Tasha Winter

Silberfluch

Roman

Impressum
© dead soft verlag, Mettingen 2024
http://www.deadsoft.de

© the author

Cover: Irene Repp
http://www.daylinart.webnode.com
Bildrechte: stock.adobe.com

1. Auflage
ISBN 978-3-96089-723-1
ISBN 978-3-96089-724-8 (ebook)

Kapitel 1

Die Sohlen von Angus Macbains Stiefeln glitten von den regennassen Dachziegeln ab. Nein, das hier war nicht seine beste Idee gewesen. Er suchte mit den Händen Halt und rutschte auf dem schrägen Dach weiter vorwärts. In die Tiefe zu sehen, wagte er nicht. Wie viele Stockwerke war er hinaufgelaufen, bevor er dem Schatten durch die Dachluke gefolgt war? Drei? Vier?

Eine nasse Haarsträhne hing ihm in die Augen, aber er hatte keine Hand frei, um sie zur Seite zu streichen. Ein Blick nach oben zeigte ihm, dass der Schatten es auf den Dachfirst geschafft hatte. Dort hockte er, in dunkelgrau gekleidet, und Angus war sich sicher, dass er unter der Sturmhaube hervor zu ihm herab starrte. Etwas an seiner Haltung erinnerte ihn an eine Krähe und es machte ihn wütend, wie wenig seiner Nemesis das steile Dach und der Regen ausmachten.

Angus biss die Zähne zusammen und schob sich weiter. Wenn er den Schatten nicht wieder entkommen lassen wollte, dann hatte er keine Wahl. Er erreichte einen Schornstein, zog sich daran hoch und erst jetzt richtete sich der Schatten auf und lief weiter, fast als habe er auf ihn gewartet. Vermutlich in der Hoffnung, Angus könne abstürzen. Wie eine Katze huschte er davon. Seine Art sich zu bewegen, ließ irgendetwas in Angus' Erinnerungen aufleuchten, aber er hatte jetzt keine Zeit, sich darauf zu konzentrieren.

Angus knirschte mit den Zähnen und erreichte mit enormer Willensanstrengung den Dachfirst. Darauf zu balancieren traute er sich nicht zu, also rutschte er unelegant im Sitzen vorwärts. Er beobachtete, wie die graue Gestalt vor ihm am Ende des Daches behände nach unten sprang, und beeilte sich, um sie nicht aus den Augen zu verlieren.

»Angus, komm zurück! Es regnet stärker, was du da veranstaltest, ist Wahnsinn.«

Nisha, seine Partnerin, hatte vermutlich recht, aber er war zu weit gekommen, um aufzugeben. Er triumphierte innerlich, als er über die Dachkante spähen konnte. Der Schatten stand auf einem flachen Vorsprung und sah zu ihm auf. Das nächste Haus war zu weit entfernt, als dass er es durch einen Sprung erreichen konnte. Er saß in der Falle.

»Stehen bleiben!«, rief Angus und ließ sich schwerfällig auf das Vordach fallen, nur wenige Meter von dem anderen Mann entfernt. Immerhin landete er auf den Füßen. Das hier war nicht sein elegantester Auftritt, aber er war endlich am Ziel. Er zog seine Waffe, die lediglich dazu gedacht war, Menschen zu betäuben. Sie waren Sucher, keine Polizisten und hatten es mit Silbernen zu tun, die illegal Magie wirkten. Ein Vergehen, das in Angus' Augen allerdings deutlich höhere Strafen verdient hätte.

»Hände hoch! Nehmen Sie die Sturmhaube ab.« Diese beiden Aufforderungen widersprachen sich, wie Angus gleich darauf einfiel, aber das war egal. Der Schatten befolgte nämlich keine davon. Er drehte sich um und sprang. Wie durch Zauberei landete er auf dem nächsten

Dach. Und es war Magie im Spiel, sonst wäre dieser verdammte Kerl in die Tiefe gesegelt, wie er es verdient hätte.

Angus steckte die Waffe weg und ballte die Hände zu Fäusten. Er kochte vor Wut. Der Schatten war ihm in den letzten Wochen zwei Mal knapp entkommen. Er wurde immer frecher bei den Demonstrationen seiner Fähigkeiten. Dieser ganze Monat war für Angus eine einzige Katastrophe gewesen. Nichts in seinem Leben lief gut.

Er nahm Anlauf und sprang dem Schatten nach. In seinem Rücken hörte er Nishas Schrei. Also musste sie ihnen zumindest auf das nächste Dach gefolgt sein. Und dieser Schrei war auch das Letzte, das er jemals hören würde, denn natürlich verfehlte er das Dach um fast einen Meter und stürzte in die Tiefe.

Verdammt. War es das wirklich wert?

Seltsamerweise hatte er sogar Zeit, sich vor dem Aufprall zu fürchten. Ziemlich viel Zeit sogar. Offenbar stimmte es, dass alles vor dem Tod langsamer lief und man sein ganzes Leben an sich vorbeiziehen sehen konnte. Angus sah zwar nicht sein Leben an sich vorbeziehen, aber der Aufprall kam ebenfalls nicht. Er dachte an Sian und entschuldigte sich im Stillen bei ihm. Und bei Nisha. Dann fiel ihm Cillian ein, sein Partner, und er fragte sich, ob der nicht im Stillen erleichtert sein würde.

Etwas stimmte nicht. Blinzelnd öffnete er die Augen und sah, dass das erste Stockwerk des Gebäudes, auf das er hatte springen wollen, sehr langsam an ihm vorbeizog, fast wie in Zeitlupe. Und dann begriff er: Er schwebte zu Boden. Was hatte das zu bedeuten? Es fiel ihm nur eine Lösung ein: Jemand benutzte Magie, um ihn zu retten. Aber wer sollte das sein?

Er kam sacht wie eine Feder auf dem Boden auf und blieb einen Moment still liegen. Es war seltsam, so sanft zu landen, wenn man gerade noch sicher gewesen war, dass einem alle Knochen im Leib zerschmettert werden würden. Er wartete, bis sein Herzschlag sich beruhigte, und richtete sich erst dann auf.

Nisha kam auf ihn zugestürzt. Sie musste die Treppen nach unten in Windeseile genommen haben. Er hatte erwartet, dass sie wütend sein würde, aber da war nur Entsetzen in ihrem Blick. Natürlich. Sie hatte nicht gesehen, dass er nicht gefallen war.

Er hob eine Hand, um sie zu beruhigen, und sie hielt inne, stützte sich auf ihren Oberschenkeln ab, um zu Atem zu kommen. »Geht es dir gut?«

»Ja, alles in Ordnung. Jemand hat meinen Fall abgebremst.«

»Jemand hat dich gerettet?«

Er nickte.

»Angus Macbain.« Jetzt war da doch Wut in ihrer Stimme. »Bist du von allen guten Geistern verlassen?« Sie richtete sich auf und stemmte die Hände in die Hüften. »Ich dachte, du wärst tot oder zumindest schwer verletzt!«

»Schon gut, Nisha. Ich weiß, dass das nicht gut durchdacht war.« Er stand auf, etwas wackelig auf den Beinen.

»Nicht gut durchdacht? Das war vollkommen irre.«

»So weit würde ich nicht gehen. Immerhin habe ich meinen Job gemacht.« Angus klopfte seine Jeans ab. Ein Vorteil ihres Berufs als Sucher war es, dass sie keine Uniformen tragen mussten. Angus hasste Uniformen.

»Deinen Job?« Nisha schnaubte. »Du bist ja vollkommen besessen von diesem Schatten. Niemand ist es wert, dass du dein Leben riskierst. Sei froh, dass er zumindest genug Anstand hatte, dich zu retten. Vermutlich wollte er kein Menschenleben auf dem Gewissen haben.«

Angus sah sie entgeistert an. »Du denkst, der Schatten hat mich gerettet?«

»Natürlich. Oder hast du über Nacht magische Kräfte entwickelt?«

»Nein. Aber der Schatten? Komm schon, das kannst du nicht wirklich glauben.« Alles in Angus sträubte sich gegen diese Annahme. »Dieser Verbrecher hätte lachend zugeschaut, wie ich abstürze, da bin ich mir sicher.«

»Dann hast du offenbar einen Schutzengel mit starken Fähigkeiten. Telekinese habe ich ja schon öfter gesehen, auch wenn es eine der schwierigeren Disziplinen ist, aber dass jemand einen Menschen mitten im freien Fall aufhält ... alle Achtung.«

Angus blickte sich um, als könne er seinen Retter noch entdecken, doch die Straße war menschenleer.

»Seien wir froh, dass du noch mal mit dem Leben davongekommen bist«, sagte Nisha. »Wir sollten Sharp darum bitten, dass jemand anderes sich um den Schatten kümmert. Diese Sache nimmt dich zu sehr gefangen.«

»Auf keinen Fall! Ich kriege den Kerl und wenn es das Letzte ist, was ich tue.«

»Nach dem, was ich heute gesehen habe, wird es das tatsächlich sein. Was ist los mit dir, Angus? Bist du lebensmüde?«

»Natürlich nicht.«

Sie trat näher an ihn heran, legte ihm beide Hände auf die Schultern und sah ihm fest in die Augen. »Mach so was nicht noch mal, hörst du? Dein Leben ist das Wichtigste, vergiss das nicht.«

»Ja, du hast recht«, sagte er, gerührt von ihrer Sorge. Dann blickte er hoch zum Dach, aber der Schatten war längst verschwunden.

Sie gingen die Straße entlang zurück zu ihrem Einsatzfahrzeug. Nisha hatte es nahe dem Platz geparkt, an dem ihnen die illegale Nutzung von Magie gemeldet worden war. Angus hätte sich darüber gefreut, wenn sie einen BMW oder Volvo hätten fahren können. Er hatte immer das Gefühl, dass man sie mit dem kleinen hellblauen Ford, der ihnen zur Verfügung stand, nicht ernst nahm, wenn sie bei einem Einsatz auftauchten. Aber Nisha war der Meinung, das bilde er sich nur ein.

»Willst du zurück auf die Wache?«, fragte Nisha. »Oder wollen wir zuerst was trinken auf den Schreck?«

»Das zweite klingt nach einer guten Idee.«

Das »Old Duck«, ihre Stammkneipe, lag unweit der Wache im Cathedral Quarter, das seine Urtümlichkeit bewahrt hatte, gleichzeitig aber das fortschrittlichste Viertel der Stadt war. Glücklicherweise öffnete das »Old Duck« schon nachmittags. Das Gebäude war mit dunklem Holz verkleidet und an den Wänden hingen Musikinstrumente. Hinter der Bar befand sich ein riesiges Sammelsurium aus Flaschen und daneben stand ein Fass, auf das eine Ente gemalt war. Daher hatte der Pub vermutlich seinen Namen. Es gab eine Jukebox, über der eine große Pride Flag hing. Angus nahm mit Nisha an ihrem Stammplatz im hinteren Teil des Pubs Platz.

Alkohol war im Dienst verboten, und obwohl Angus ein Pint Guiness jetzt gut vertragen hätte, entschied er sich stattdessen für eine Cola. Osvaldo Vasquez, der Inhaber des Pubs, stellte die beiden Gläser, in denen Zitronenscheiben schwammen, mit einem breiten Grinsen vor ihnen ab.

»Kann ich sonst noch was für euch tun?«, fragte er. »Ihr seht ein bisschen mitgenommen aus. Anstrengender Fall? Machen euch die Wölfe wieder zu schaffen?«

Angus winkte ab. »Der Schatten. Frag lieber nicht weiter.«

»Ihr solltet mal Urlaub nehmen. Ein bisschen in die Sonne. Angus, du bist auf jeden Fall zu blass.«

»Er wird nicht braun«, sagte Nisha. »Nur rot.«

Angus nickte bestätigend und nahm einen Schluck von seiner Cola.

»Urlaub wäre aber trotzdem nicht schlecht.« Er überlegte, ob Cillian mit ihm in den Urlaub fahren würde. War es seltsam, dass sie das noch nie gemeinsam gemacht hatten? Tat man das nicht als Paar? Aber andererseits wollte er Sian ungern alleinlassen. Seinem Bruder ging es gerade nicht besonders gut.

»Ich kann euch ein paar schöne Orte auf Barbados empfehlen«, sagte Osvaldo und seufzte. »Da bin ich zu selten. Und hier regnet es schon wieder.« Er sah missmutig zu dem kleinen Fenster, das auf die Straße hinausging.

Angus hatte nichts gegen Regen, solange er hier in diesem gemütlichen Pub saß, in dem es nach Fish'n'Chips duftete und Whiskeywerbungen an den Wänden hingen.

Osvaldo warf sich sein Geschirrtuch über die Schulter und verschwand hinter der Bar, an der zwei weitere Gäste Drinks bestellten.

Angus lehnte sich über den Tisch zu Nisha. »Ich wäre dir dankbar, wenn du Sharp gegenüber nichts von meiner Aktion vorhin erwähnst.«

Lex Sharp war ihr Boss und Angus war sich sicher, dass Sharp ihm den Kopf waschen würde, wenn xier erfuhr, was er sich geleistet hatte. Nicht dass Sharp je laut wurde, das war nicht xiere Art. »Ich fürchte, dass xier mich für ein paar Tage vom Dienst suspendieren könnte.«

»Vielleicht wäre das nicht das Schlechteste.« Nisha sah in ihre Cola.

»Das meinst du doch nicht ernst, oder?«

»Überleg mal, Angus. Du warst vorhin nicht du selbst. Du hast dein Leben riskiert, nur weil der Schatten dich mal wieder provoziert hat.«

»Mich provoziert hat? Er hat eine Straftat begangen, Nish.«

»Er hat ein Auto schweben lassen, na und? Niemand ist dabei zu Schaden gekommen. Und nenn mich nicht Nish, Nisha ist genug abgekürzt.«

Angus stutzte. »Möchtest du lieber, dass ich Benisha zu dir sage?«

»Nein, es wäre mir nur lieb, wenn mein Name nicht irgendwann zu Ni werden würde.«

Angus nickte und nahm einen Schluck von seiner Cola. »Verstanden. Jedenfalls wird es Zeit, dass der Schatten hinter Schloss und Riegel kommt. Er hält die gesamte Stadt in Aufruhr.«

»Besonders dich, scheint mir.«

»Wer weiß, was er sich als Nächstes einfallen lässt. Die Silbernen werden immer wagemutiger, weil er damit durchkommt.«

»Glaubst du wirklich, dass der Schatten daran schuld ist?«

»Auf jeden Fall macht er die Situation nicht besser.«

Osvaldo tauchte mit zwei Schüsseln Irish Stew an ihrem Tisch auf, die er vor ihnen abstellte. Angus' Stimmung hellte sich zum ersten Mal an diesem Tag auf.

»Neues Rezept«, sagte Osvaldo. »Ihr seid meine Versuchskaninchen.«

»Nichts lieber als das.« Angus griff nach dem Löffel. Das Stew schmeckte großartig. Gut durchgezogen und mit reichlich Knoblauch, genau, wie er es mochte. Allerdings noch etwas zu heiß zum Essen.

Der Messenger, den Nisha an ihrem Gürtel trug, gab einen durchdringenden Ton von sich und sie sah darauf.

»Sharp«, sagte sie. »Wir sollen sofort auf die Wache kommen.«

Angus ließ den Löffel sinken. »Das ist nicht dein Ernst.«

»Leider doch. Es scheint sich um einen Notfall zu handeln. Komm schon, du kannst das später essen.«

»Aber dann ist es kalt.«

»Angus!« Nisha war bereits aufgestanden.

»Ja, schon gut. Auf den Schreck hätte ich eben etwas Warmes vertragen können.«

»Ihr geht?«, rief Osvaldo, der hinter dem Tresen Gläser abtrocknete.

»Sharp.« Nisha seufzte bedauernd.

»Seid ihr heute Abend dabei? Wir haben mal wieder Livemusik. Bring doch deine Bodhrán mit, Angus. Es ist so lange her, dass du dabei warst.«

Das stimmte und der Gedanke klang verlockend. Er war sich nur nicht sicher, was Cillian davon halten würde.

»Klingt gut«, sagte Nisha. »Ich bin dabei. Bis später, Osvaldo, und heb uns was von dem Stew auf.«

Er winkte mit dem Geschirrtuch und kurz darauf standen Angus und Nisha auf der Straße. Das Kopfsteinpflaster glänzte vom Regen und sie zogen die Köpfe ein, als sie zum Revier hasteten. Für die paar Meter lohnte es sich nicht, das Auto zu nehmen.

Die Wache war in einer engen Nebenstraße in einem Backsteinhaus untergebracht. Angus mochte das Gebäude, auch wenn es ein wenig altmodisch war und das Treppenhaus leicht modrig roch. Er hätte sich nur gewünscht, dass der Kaffeeautomat moderner wäre und der Kaffee trinkbar. Ihr kleines Büro lag im ersten Stock, das von Sharp befand sich im zweiten. Die Stufen der Holztreppe knarrten unter ihren Füßen.

Nisha klopfte an und sie traten auf ein knappes »Herein« hin ein. Sharps Büro war unpersönlich eingerichtet. Es wirkte so, als habe der Eigentümer oder die Eigentümerin nur Arbeit im Sinn und so schätzte Angus Sharp auch ein. Ein Schreibtisch mit einem MacBook, zwei Stühle davor und eine kleine Sitzecke. Keine Fotos oder Gimmicks, die es auf Angus' Schreibtisch zuhauf gab. Er hätte gern mehr Platz dafür gehabt. Die einzige Dekoration in Sharps Büro war eine Zimmerpflanze, die prächtig gedieh und ihre Triebe über das schmale Regal an der Backsteinwand schob.

Sharp stand hoch aufgerichtet hinter dem Schreibtisch. Ein Blick auf xiere Handgelenke zeigte Angus, dass sie heute mit weiblichen Pronomen angesprochen wurde, denn sie trug das schmale schwarz-weiße Band am rechten Arm. Sharps Haare waren raspelkurz geschoren und der schiefergraue Anzug saß perfekt. Angus war sich sicher, dass ein Anzug an ihm niemals so makellos aussehen würde, selbst wenn er maßgeschneidert wäre. Der einzige andere Mensch, den er kannte, der Anzüge so gut tragen konnte, war Lorcan Flynn. Und an ihn wollte er jetzt sicher nicht denken.

Sharps helle Augen, die einen Kontrast zu ihrer leicht bronzenen Haut bildeten, richteten sich auf sie.

»Angus, Nisha, gut, dass ihr so schnell hier sein konntet«, sagte sie. »Wir brechen sofort auf. Ich erkläre euch alles unterwegs. Wir nehmen meinen Wagen.«

Angus seufzte. Das klang nicht so, als wäre das hier eine kurze Sache. Ihm tat es immer noch leid um das Stew und sein Magen knurrte beim Gedanken daran.

Kapitel 2

Angus ließ sich auf die Rückbank von Sharps Auto fallen, darauf bedacht, die Ledersitze nicht zu beschmutzen. Er hatte Respekt vor der Limousine. Ehrfürchtig legte er sich den Anschnallgurt um.

»Wohin fahren wir?«, fragte Nisha, die auf dem Beifahrersitz Platz genommen hatte.

»Ich möchte, dass ihr euch zunächst selbst ein Bild macht und nicht durch meine Worte voreingenommen seid«, sagte Sharp. »Es ist nicht weit.«

Sie fuhren in Richtung des Titanic Quarters und es dauerte nicht lange, bis Angus das Titanic Belfast Museum vor sich auftauchen sah. Er war selbst noch nie dort gewesen, wie er zu seiner Schande gestehen musste. Cillian war nicht begeistert darüber, wie wenig er sich für Kultur interessierte, das war ihm schmerzlich bewusst. Er bewunderte dessen Interesse an Kunst und seine Belesenheit, aber er selber kam sich in Museen vor wie ein Kind, das auf die Bilder starrte und nicht einmal begriff, was darauf zu sehen war. Wenn er las, schlief er regelmäßig ein, was Cillian schon des Öfteren ironisch kommentiert hatte. Ja, vielleicht war sein Gehirn nicht für diese Art der Unterhaltung gemacht, aber es war nicht so, dass er keine Interessen hatte. Musik liebte er zum Beispiel. Folklore genau wie Heavy Metal. Damit konnte wiederum Cillian nichts anfangen, der ausschließlich Klassik hörte. Und der einzige Komponist, dessen Namen sich Angus merken konnte, war Beethoven. Doch sogar dessen Stücke erkannte er nie.

Aber all das tat jetzt nichts zur Sache. Es gab wichtige Dinge, auf die er sich konzentrieren musste. Lex Sharp hatte sie, soweit er sich erinnern konnte, noch nie zu einem Tatort gefahren. Wenn irgendwo illegal Magie gewirkt wurde, bekamen sie eine Nachricht auf ihren Messenger und begaben sich dort hin, um nach dem Rechten zu sehen. Das hier musste eine größere Sache sein.

Ihm kam sofort der Schatten in den Sinn. Aber hätte dieser tatsächlich direkt nach ihrer Verfolgung bereits den nächsten Coup in Angriff genommen? Der Schatten war klug, das hatte Angus schon des Öfteren festgestellt. Und er schätzte ihn eher so ein, dass er sich jetzt eine Weile ruhiger verhalten würde.

Sie hielten am Hafen. Das Titanic Belfast ragte windschnittig links von ihnen auf und rechts befanden sich große Hallen, in denen Fracht gelagert wurde. Ein Stück entfernt standen die riesigen Lastenkräne, die Angus immer an Dinosaurier erinnerten. Jetzt durch den leichten Nieselregen wirkten sie noch mehr wie archaische Tiere. Eine Möwe schrie und Angus fröstelte. Nicht weil ihm kalt war, er fror fast nie, aber er hatte kein gutes Gefühl. Irgendetwas lag in der Luft wie eine lauernde Stille. Etwas war heute anders.

Der Hafen war für Angus und Nisha kein unbekanntes Gebiet. Die Wölfe hielten sich häufig hier auf, wenn sie nicht in Gaeltacht Quarter ihr Unwesen trieben. Sie bereiteten Angus und Nisha, abgesehen vom Schatten, im Moment am meisten Probleme. Es handelte sich um eine Gruppe meist junger Silberner, die sich nicht an die Vorschriften hielt und Magie auch für kleinere Gaunereien einsetzte. Aber darum konnte es sich diesmal nicht handeln, sonst wäre Sharp nicht bei ihnen.

Sharp ging voran in Richtung der Lagerhallen und Angus tat es ein bisschen um ihre Schuhe leid, deren teures Leder sicher unter der Feuchtigkeit und dem Ölfilm auf dem Boden leiden würde. Sharp selbst schien keinen Gedanken daran zu verschwenden und wich den Pfützen nicht aus.

Angus und Nisha wechselten einen Blick, als sie die Polizeiautos sahen, die neben der Halle geparkt waren. Sharp hielt das Polizeiband hoch, das vor dem Eingang der ersten Lagerhalle gespannt war, und sie duckten sich darunter hindurch.

Ein etwas untersetzter Mann mit einer runden Brille kam auf sie zu und drückte Sharps Hand. Er trug das schwarz-weiße Bändchen am linken Handgelenk.

»Hauptkommissar Webb«, begrüßte ihn Sharp. »Das sind Sarkar und Macbain, meine besten Mitarbeiter*innen.«

»Ich bin froh, dass Sie so schnell kommen konnten«, sagte Webb und Angus erinnerte sich dunkel, dass er ihn bereits hin und wieder gesehen hatte. Im Fernsehen und bei den unregelmäßigen Zusammenkünften mit der Polizei. Aber Webb hielt sich, soweit er wusste, von magischen Verbrechen fern. Er war für ernstere Angelegenheiten zuständig wie Mord und organisierte Kriminalität. Angus ungutes Gefühl wurde stärker.

»Kommen Sie mit in den hinteren Teil der Halle. Ich muss wohl nicht darauf hinweisen, dass absolute Diskretion geboten ist.«

»Das versteht sich von selbst«, sagte Sharp.

»Ich muss sie warnen, es ist kein schöner Anblick.«

Sie folgten ihm an einigen Polizisten vorbei, die auf Spurensuche waren, und duckten sich dann unter einem weiteren Absperrband hindurch.

Nach allem, was hier vor sich ging, war es nicht so, dass Angus nicht mit einer Leiche gerechnet hatte. Dennoch war es ein kurzer Schock, den Mann auf dem Boden zu sehen. Sein grauenvoll verzerrtes Gesicht war blau angelaufen. Der Mund wie zu einem tonlosen Schrei geöffnet, die vor Entsetzen geweiteten Augen zur Decke gerichtet. Seine Hände waren zu Klauen verformt.

Angus schluckte. Er hätte sich gern abgewendet, wollte aber in diesem Moment keine Schwäche zeigen. Es überraschte ihn selbst, wie sehr ihm der Anblick zusetzte.

»Verdammt«, hörte er Nisha neben sich leise flüstern und war erleichtert darüber, wie entsetzt sie klang. Sie war eindeutig die Besonnenere von ihnen. Angus erlaubte sich, sich kurz abzuwenden, und fuhr sich mit den Händen über das Gesicht. Zwar war es nicht das erste Mal, dass er eine Leiche sah, aber noch nie war es die eines Mordopfers gewesen. Das hier war grauenvoll. Er brauchte einen Moment, um sich zu sammeln. Dankbar fühlte er Nishas Hand zwischen seinen Schulterblättern. Er nahm ein paar Atemzüge und drehte sich dann wieder zu der Leiche.

Sharp war inzwischen neben dem toten Mann niedergekniet und nahm ihn ruhig in Augenschein. Dann wandte sie sich zu Angus und Nisha. »Was seht ihr?«

»Einen toten Mann«, hätte Angus gern geantwortet, aber er wollte vor Sharp und dem Kommissar ungern als dumm dastehen. Sicher gab es hier etwas, das er übersah.

»Das ist Graham Foley, nicht wahr?«, fragte Nisha. »Er hat für einen Platz im Unterhaus kandidiert.«

»Das haben Sie gut erkannt«, sagte Webb. »Wegen des entstellten Gesichts hat eine Weile gedauert, bis meine Leute ihn identifizieren konnten. Fällt Ihnen noch etwas auf?«

Nisha kniete sich neben Sharp. »Auf den ersten Blick ist mir nicht klar, wie er gestorben ist. Seinem Ausdruck nach könnte er erwürgt worden sein, aber da sind keine Male an seinem Hals, die dafür üblich wären.«

»Richtig«, bestätigte Webb. »An Ihnen ist eine Kommissarin verloren gegangen.«

Angus ignorierte den kleinen Stich, den ihm das gab. Er wusste ja, dass Nisha die Klügere von ihnen war. Es war nur manchmal nicht leicht, immer wieder daran erinnert zu werden.

»Sieht aus, als sei er durch Magie gestorben«, warf er ein, eher um überhaupt etwas beizutragen, und war sicher, dass Sharp ihm einen dieser Blicke zuwerfen würde, wie jedes Mal, wenn er etwas Unpassendes von sich gab.

»Sehr gut, mein Lieber«, Webbs Tonfall war zu Angus' Überraschung anerkennend. »Was lässt sie darauf schließen?«

»Keine äußeren Anzeichen«, sagte Angus. »Und die Tatsache, dass wir hier sind, um ehrlich zu sein.«

Webb lachte. Offenbar hatte er trotz der entstellten Leiche seinen Humor nicht verloren. Vermutlich ging es nicht anders, wenn man in seinem Job arbeitete. Angus fand es trotzdem unpassend. Ihm selbst drehte sich beim Anblick von Foley der Magen um. Er hatte ihn nicht erkannt, auch wenn er ihn etliche Male auf Plakaten und einmal im Fernsehen gesehen hatte.

Webb klopfte ihm auf die Schulter. »Gut kombiniert, mein Lieber. Deswegen sind Sie hier.«

Sharp erhob sich mit einer schnellen Bewegung. »Der erste Mord in Belfast, der mit Magie in Zusammenhang gebracht wird. Einer der ersten Tötungsdelikte überhaupt, bei dem das der Fall ist.«

»Also waren da weitere?«, fragte Nisha. »Das wusste ich nicht.«

»Es gab im letzten Jahr einen ähnlichen Fall in Dublin. Der Verdacht, dass Silberne beteiligt sein könnten, wurde unter Verschluss gehalten, weil es nie bewiesen werden konnte. Damals handelte es sich um einen Obdachlosen, den kein Mensch vermisst hat. Schrecklich, aber es hat niemanden gestört, dass der Fall nicht aufgeklärt werden konnte. Ich wurde informiert, ebenso wie die obersten Sucher aller anderen Städte. Wir waren uns einig, dass es nur Unruhen geben würde, wenn der Verdacht an die Öffentlichkeit gelänge. Wie gesagt, konnten wir nie nachweisen, dass Magie im Spiel war. Dass es jetzt einen weiteren Fall gibt, verschärft die Lage.«

»Wie soll man beweisen, dass Magie gewirkt wurde?«, fragte Nisha. »Es gibt keine eindeutigen Zeichen. Vor diesem Problem stehen Angus und ich ja ständig. Uns wurde schon erzählt, dass Schlösser ganz von allein aufgesprungen seien oder dass Schmuck sich völlig selbstständig in Manteltaschen verirrt hätte.«

Angus schnaubte. »Sehr wahr.«

Webb nickte bedauernd und wischte sich mit einem Taschentuch über die Stirn. »Das ist die große Schwierigkeit. Zu beweisen, dass das Opfern durch Einwirkung von Magie gestorben ist, wird schwer werden.«

»Deswegen müssen wir dieses Mal unbedingt den Täter oder die Täterin finden«, erklärte Sharp. »Einer der Gründe, warum wir hier sind. Wir kennen uns im Milieu der Silbernen in Belfast aus.«

Angus nickte. Er war sich nicht sicher, was er davon halten sollte, in eine Mordermittlung verwickelt zu werden. Aber er verstand, dass es notwendig war. Ihm kam sofort der Schatten in den Sinn. »Kann man sagen, seit wann der Mann tot ist?«, fragte er.

»Seit letzter Nacht, das ist sicher«, sagte Webb. »Vermutlich wurde er zwischen Mitternacht und zwei Uhr in diesem Lagerhaus ermordet. Es ist bisher vollkommen unklar, was er hier zu suchen hatte. Gut möglich, dass er in eine Falle gelockt wurde.«

»Klar ist auch, dass die Silbernen ein Motiv hätten«, ergänzte Sharp. »Foley hat damit geworben, dass er nach seiner Wahl die Regelungen für Magie extrem verschärfen will. Das hat ihm viele Anhänger eingebracht.«

Angus nickte. Seine Stimme hätte Foley gehabt. Es gab unzählige Schlupflöcher und Möglichkeiten, Magie illegal unbehelligt einzusetzen. Manchmal kam er sich bei der Ausführung seines Berufs vor wie ein Vasall, der keinerlei Handlungsspielraum hatte. Strengere Regelungen waren seiner Meinung nach unbedingt notwendig. Jetzt sah man ja, wozu es führte, wenn den Silbernen freie Hand gelassen wurde.

Es kribbelte unangenehm in Angus' Nacken. Spinnensinne, wie Sian es genannt hätte. Damit bezeichnete er all jene Empfindungen, die sich rational nicht erklären ließen, aber einem dennoch mitteilten, dass etwas nicht in Ordnung war. Sians Spinnensinne waren sehr gut ausgeprägt.

Angus fühlte so etwas normalerweise nie, aber jetzt wusste er, wovon sein Bruder sprach.

Er drehte sich um und sein Magen zog sich zusammen, als er sah, wer auf sie zukam. Sie hatten sich seit Jahren nicht gesehen, aber die schlanke, hochgewachsene Gestalt von Lorcan Flynn hätte er immer wieder erkannt. Vielleicht lag es auch an seinem Gang, dass Angus sofort wusste, wer er war. Leicht federnd schritt er weit aus, so als sei er fest davon überzeugt, dass ihm der Boden, über den er lief, gehörte. Lorcans Aussehen hatte sich seit der Universität kaum verändert. Er trug sein pechschwarzes Haar lang und seine Haut war beinahe unnatürlich blass, die grünen Augen so durchdringend, dass Angus sich früher manchmal gefragt hatte, ob er Kontaktlinsen benutzte. Seine Lippen waren schmal und es wirkte immer so, als ziehe er eine Augenbraue hoch.

Die alte Abneigung wallte in Angus auf, als kurze Bilder in seinem Geist aufleuchteten. Seine erste Erinnerung an Lorcan. Der abschätzige Blick, als Angus im Mathematikunterricht an der Tafel keine der Aufgaben hatte lösen konnte. Lorcan, der die Abschlussrede ihres Jahrgangs hielt und danach vom Direktor in höchsten Tönen gelobt wurde. Sein aufgesetztes bescheidenes Lächeln, das sich zu einem höhnischen Grinsen verzog, als er in Angus' Richtung sah. Lorcan, der in der mündlichen Prüfung, die sie in einer Gruppe absolvierten, jede Frage mühelos beantwortete, während Angus Blut und Wasser schwitzte. Lorcans Blick zu ihm, als die Ergebnisse der Abschlussklausur mitgeteilt wurden und Angus durchgefallen war. In all seinen schlechtesten Momenten war Lorcan anwesend gewesen und hatte die Prüfungen, in denen Angus versagte, mühelos gemeistert. Er war der beste Absolvent ihres Studiengangs gewesen und hatte sich danach entschieden, kein Sucher zu werden, sondern in die Magieforschung zu gehen. All diese Erinnerungen zogen an Angus' innerem Auge vorbei und noch eine weitere, die er sofort in die hintersten Kammern seines Geistes verbannte.

Flynn trug ein irisierendes grünes Hemd, dunkle Hosen und einen langen schwarzen Mantel aus dünnem Stoff. Auch an seinem Kleidungsstil hatte sich nichts geändert. Sein Armband hatte er noch immer am linken Handgelenk.

»Was machst du hier?«, fragte Angus und versuchte, seinen ganzen Unwillen in diese Frage zu legen. »Ich dachte, du unterrichtest an der Universität in Dublin.«

»Das habe ich auch.« Lorcan zog eine Augenbraue hoch. Eine Angewohnheit, die Angus schon immer gehasst hatte, weil sie ihn noch herablassender erscheinen ließ. »Glaub mir, ich bin nicht glücklich darüber, dass ich hier bin.«

»Oh, da bist du nicht der Einzige.«

»Angus!« Sharp sah ihn mit zusammengezogenen Brauen an. »Wo sind deine Manieren?«

»Hatte er jemals welche?«, fragte Lorcan mit einem falschen Lächeln. »Ich kann mich erinnern, dass es da gewisse Defizite gab.«

Angus' Kiefer pressten sich aufeinander. »Zumindest habe ich keine Defizite in anderen Bereichen.«

»Nicht?« Lorcans Augenbraue wanderte noch höher.

Angus sah, wie Nisha die Augen verdrehte, und verschränkte die Arme vor dem Körper. Sie hatte ja recht. Wieso ließ er sich überhaupt von diesem Lackaffen provozieren? Die Zeiten, in denen Lorcan Flynn irgendeine Art von Reaktion bei ihm hervorgerufen hatte, waren lange vorbei.

»Meine Herren«, sagte Sharp. »Ich muss doch sehr bitten. Wir haben es mit einem Mordfall zu tun. Können Sie Ihre persönlichen Konflikte aus dem Spiel lassen?«

Zu Angus' Freude sah Lorcan peinlich berührt aus. Dann fiel ihm allerdings ein, dass der Tadel genauso ihm selbst gegolten hatte.

»Entschuldigen Sie bitte. Das war unangemessen.«

»Es freut mich trotzdem, dass Sie so schnell kommen konnten, Mr. Flynn.« Webb schüttelte seine Hand. »Ich hoffe, dass wir diesen Fall gemeinsam schnellstmöglich lösen können. Möchten Sie sich am Tatort umsehen?«

Lorcan nickte und kniete dann neben der Leiche nieder. Für die nächsten Minuten war er vollkommen auf den leblosen Körper vor sich konzentriert und Angus fragte sich, was er da tat. Er selbst kämpfte noch mit der Wut darüber, dass Lorcan aufgetaucht war. Es gab Menschen, denen es verboten werden sollte, wieder in das eigene Leben zu treten, vor allem ohne Vorwarnung. Er hatte das Gefühl, dass er sich vor Sharp und Webb blamiert hatte, so wie es ihm ständig passierte, wenn Lorcan in der Nähe war. Es schien ihm fast, als sei dessen Anwesenheit ein Auslöser für ihn zu versagen. Das war schon immer so gewesen und er fand es schlimm, dass sich daran in drei Jahren nichts verändert hatte.

Nisha bedeutete ihm mit einem Kopfnicken, ihr zu folgen und sie entfernten sich ein wenig von der Gruppe. Sie stand vor ihm und sah zu ihm auf.

»Du darfst dich von Lorcans Anwesenheit nicht aus dem Konzept bringen lassen. Ich habe keine Ahnung, was damals an der Uni zwischen euch vorgefallen ist, aber ich weiß, dass du eigentlich nicht nachtragend bist. Also muss es ziemlich unangenehm gewesen sein. Versuch trotzdem, es jetzt zu vergessen. Er ist hier und wir haben einen Mordfall, bei dessen Aufklärung wir helfen müssen.«

Angus' Schultern entspannten sich. Nisha hatte recht. Dass Lorcan wieder hier war, hieß nicht, dass er in Konkurrenz zu ihm treten musste, wie er es damals getan hatte. Er war sowieso jedes Mal gescheitert.

»Er ist so ein unangenehmer Mensch.« Er blickte zu Lorcan, der sich erhoben hatten und den Tatort in Augenschein nahm, als sei er in der Lage hier mehr zu erkennen, als die Normalsterblichen. »So sehr von sich überzeugt, so herablassend. Ich war für ihn immer schon eine Lachnummer.«

»Das sagt doch nichts über dich aus«, warf Nisha ein. »Denk nicht darüber nach, was er von dir hält. Es kann dir doch egal sein. Eng werden wir vermutlich sowieso nicht zusammenhalten. Ein paar Besprechungen wirst du durchstehen. Wir lösen diesen Fall so schnell wie möglich und dann können wir Flynn zurück nach Dublin schicken und du musst ihm nie wieder begegnen.«

»Hoffen wir es.« Angus hatte eine dunkle Vorahnung. Bisher hatten Lorcan Flynn und er stets auf die eine oder andere Art mehr miteinander zu tun gehabt, als ihm lieb war.

»Mrs. Sarkar, Mr. Macbain, darf ich Sie bitten, wieder mit zu meinem Auto zu kommen?«, fragte Sharp. »Die leitende Staatsanwältin möchte mit uns sprechen. Sie wird das oberste Kommando für diesen Fall innehaben.«

Kapitel 3

Testweise wippte Angus mit seinem Stuhl. Er war noch nie in einem so edlen Besprechungsraum gewesen. Er befand sich im obersten Stockwerk des Gerichtsgebäudes und der war fast rundum verglast, was ihm nach seinem Sturz vor ein paar Stunden ein mulmiges Gefühl gab. Ein riesiger Bildschirm am vorderen Ende des Raums zeigte Fotos vom Tatort und die Stühle sahen teuer aus, waren aber unbequem. Glücklicherweise gab es Kaffee, den er dringend brauchte. Er trank seinen mit viel Milch und Zucker, was Cillian missbilligt hätte, aber Angus beschloss, dass er es sich verdient hatte. Fast aus Trotz nahm er sich auch ein paar von den Keksen, die in der Mitte standen, und ärgerte sich kurz darauf darüber, weil er der Einzige war, der ans Essen dachte.

Die oberste Staatsanwältin, Elizabeth Rose, kannte er nur flüchtig von den wenigen Prozessen, an denen er teilgenommen hatte, und die wichtig genug gewesen waren, dass sie einen Blick darauf geworfen hatte. Sie war Ende fünfzig, eine attraktive Frau mit schulterlangem grauem Haar, die stets farbige Anzüge trug. Heute war es ein Modell in einem zarten Blau, das ihre gute Figur betonte. Sie hatte eine Ausstrahlung, die dazu führte, dass vermutlich sogar Möbelstücke ihre Wünsche erfüllten.

»Mrs. Sharp, ich bin dankbar, dass Ihre Behörde uns bei diesem Fall zur Seite stehen wird«, begann sie die Sitzung. »Und auch Ihnen danke ich für Ihre schnelle Anreise, Mr. Flynn.«

Flynn, der Angus schräg gegenübersaß, neigte kurz den Kopf. Wenn Angus es nicht besser gewusst hätte, hätte er gedacht, dass er Bescheidenheit zeigte.

»Wir wissen alle, warum es wichtig ist, diesen Fall schnell aufzuklären«, fuhr Rose fort. »Wenn die Bevölkerung erfährt, dass es bei dem Mord Einwirkung von Magie gegeben hat, könnte es Unruhen geben.«

Zu Recht, dachte Angus. Er verstand nicht, warum vor den Menschen verheimlicht werden sollte, dass ein Mord mithilfe von Magie geschehen war. Seiner Meinung nach hatten sie ein Recht darauf, es zu wissen. Und im Grunde war es ja nur eine Frage der Zeit gewesen, bis es so weit kam. Menschen waren nicht in der Lage, mit Magie verantwortungsvoll umzugehen. Das machte sie gefährlich.

Er versuchte, sich auf das zu konzentrieren, was Staatsanwältin Rose sagte, aber sein Blick schweifte immer wieder zu Lorcan. Jetzt, da er ihn in Ruhe betrachten konnte, sah er die kleinen Fältchen in seinen Augenwinkeln, die ihn noch attraktiver machten, wie Angus verärgert feststellte. Manchmal hätte er gern gewusst, ob Lorcan wirklich so schön war, wie er es empfand. Wirkten dessen scharfe Gesichtszüge, seine sehr dunklen Augenbrauen und der durchdringende Blick auch für andere so anziehend? Das wollte er schon so lange wissen, aber er wollte sich nicht blamieren, indem er jemanden danach fragte.

Lorcan sah mit einem kleinen Stirnrunzeln zu ihm und Angus blickte zur Seite, fühlte seine Wangen warm werden. Er hasste das. Normalerweise wurde er nie rot, aber in Lorcans Gegenwart passierte es ihm immer wieder. Er angelte nach einem Keks.

»Sind alle Anwesenden einverstanden?«, fragte Staatsanwältin Rose in dem Augenblick als Angus in den Keks biss und ihm wurde bewusst, dass er die letzten Minuten ihrer Ausführungen nicht mitbekommen hatte. Also nickte er und versuchte, nicht zu krümeln. Ihn überraschte der fassungslose Blick, den Nisha ihm zuwarf.

»Was?«, fragte er lautlos.

»Sehr gut, dann ist beschlossen, dass es zwei Sonderteams geben wird, die sich mit dem Mordfall beschäftigen.« Rose schob ein paar Unterlagen zusammen, die vor ihr auf dem Tisch lagen. »Sucherin Nisha Sarkar arbeitet für diesen Fall mit Detective Harlan Greenaway zusammen.«

Angus legte den Keks weg. Ihm schwante Schreckliches.

»Sucher Angus Macbain bildet ein Team mit Dr. Lorcan Flynn.«

Angus stand auf, sein Stuhl kippte nach hinten und verursachte ein lautes Krachen in der Stille des Raums. Es war ihm egal. »Ich glaube nicht, dass das eine gute Idee ist«, sagte er.

Rose hielt in ihrer Bewegung inne und sah ihn an, als sei er ein Regenwurm, der sich irgendwie auf ihren Tisch verirrt hatte. »Wie bitte, Mr. Macbain?«

Angus hätte sich gern wieder hingesetzt, aber er konnte sich schlecht umdrehen, um den Stuhl aufzuheben. Er räusperte sich. »Mr. Flynn und ich haben bereits festgestellt, dass wir nicht gut zusammenarbeiten.«

»Und woran liegt das wohl?«, fragte Flynn so leise, dass Angus sicher war, dass nur er es gehört hatte.

»Sie sind erwachsene Menschen und werden es für die Dauer der Ermittlungen schaffen, Ihre Dispute in den Hintergrund zu stellen«, erklärte Rose. Angus kam es vor, als sei sie größer als er, obwohl er sie gut um einen Kopf überragte. Er wollte noch etwas erwidern, fing aber Sharps Blick auf. Seine Chefin hätte nicht deutlicher sein können, wenn sie mit den Händen eine Geste des Erwürgens ausgeführt hätte. Angus wusste, dass er besser die Klappe hielt. Ein unangenehmes Ziehen breitete sich in seiner Bauchgegend aus und er hatte das Gefühl, dringend pinkeln zu müssen.

»Natürlich«, sagte er.

Nisha richtete seinen Stuhl auf und er ließ sich dankbar darauf sinken.

Auch kurze Zeit später, als sie den Sitzungsraum verließen, fühlte er sich wie betäubt. Lorcan saß noch am Tisch, den Kopf ein wenig gebeugt und würdigte ihn keines Blickes. Angus hätte erwartet, dass er triumphierte, dass er es kaum erwarten konnte, ihn wieder einmal wie einen Vollpfosten aussehen zu lassen. Aber zumindest im Moment wirkte er eher in sich gekehrt.

Sharps Standpauke ließ er schweigend über sich ergehen. Ihm war so elend, dass er gar nicht die Kraft hatte, zu widersprechen. Es war, als habe er drei Jahre lang geglaubt, einer Spinne zu entkommen, nur um festzustellen, dass er ihr Netz nie verlassen hatte. Er war froh, als er vor der Wache aus dem Auto steigen konnte, auch wenn es regnete.

»Wollen wir zurück ins ›Old Duck‹?«, fragte Nisha. »Jetzt könnten wir uns ein Pint genehmigen.«

Angus schüttelte den Kopf. »Ich muss für Sian einkaufen und ihm die Sachen hochbringen.«

»Aber später bist du dabei? Livemusik ist genau das, was du brauchst, Angus. Und ich würde gern mal wieder deine Stimme hören.«

»Das ist lieb von dir, Nish ... Nisha. Aber ich weiß nicht, ob ich heute noch mal raus will. War ein langer Tag.«

Er wäre gern ins »Old Duck« gegangen, aber Cillian würde das vermutlich nicht gefallen.

»Genau deswegen. Wir könnten reden. Über den Mord und über alles andere. Du kannst mir endlich verraten, warum du Lorcan hasst. Vielleicht geht es dir besser, wenn es raus ist.«

»Verlockendes Angebot. Ich sehe mal, wie ich mich nach einer Dusche fühle.«

Nicht, dass er wirklich vorhatte, Nisha zu erzählen, was zwischen ihm und Lorcan vorgefallen war. Darüber würde er nie wieder sprechen. Er weigerte sich zu akzeptieren, dass es Realität war.

Nisha fuhr ihn nach Hause und sie hielten unterwegs, um im Tesco die Sachen für Sian zu besorgen.

»Ich hol dich morgen früh ab«, versprach Nisha, als sie vor dem etwas heruntergekommenen Backsteingebäude im Linen Quarter hielten, in dem Angus wohnte.

»Ich kann nicht glauben, dass wir kein Team mehr sind«, sagte Angus niedergeschlagen.

»Nur für diesen einen Fall.«

»Schlimm genug. Wir hätten vehement widersprechen sollen, aber dafür ist es zu spät.«

Er seufzte, lehnte den Kopf nach hinten. Jetzt, da es Zeit war auszusteigen, hätte er gern noch länger mit Nisha geredet.

»Die Staatsanwältin wird ihre Gründe haben, warum sie uns neue Partner gibt. Geben wir unser Bestes, dann ist es schnell wieder vorbei.« Sie klopfte mit der Hand auf sein Knie. »Ich hoffe, wir sehen uns später. Ist lange her, dass wir nach der Arbeit was zusammen gemacht haben.«

Angus wurde klar, dass das stimmte und er nahm sich vor, heute noch für ein oder zwei Guinness ins Pub zu gehen. Die Ablenkung würde ihm guttun.

»Vielleicht bis später«, sagt er und stieg aus.

Die Haustür quietschte in ihren Angeln und die Holztreppe knarrte unter seinen Füßen, als er ins vierte Stockwerk hochstieg. Auch die Wände hatten bessere Zeiten gesehen und an manchen Stellen bröckelte der Putz. Aber er wohnte gern hier und hoffte, dass sie nicht zu bald umziehen würden. Cillian redete schon länger davon, dass ihre Wohnung nicht mehr tragbar war. Zu unmodern, zu zugig, zu eng und zu weit von der Innenstadt entfernt. Vor allem wünschte er sich ein größeres Arbeitszimmer und Angus verstand ihn. Auf der anderen Seite fühlte er selbst sich wohl hier. Außerdem lebte Sian im Dachgeschoss und er musste nur zwei Treppen steigen, um seinen Bruder zu besuchen. Ein Umzug wäre für Sian mit riesigem Stress verbunden.

Auf dem Absatz des zweiten Stocks ragte eine hünenhafte Gestalt wie aus dem Nichts vor ihm auf. Angus war es nicht gewohnt, dass Menschen genauso groß waren wie er. Matt der Hausmeister überragte ihn jedoch sogar ein kleines Stück. Er stützte sich auf seinen Besen und erinnerte Angus an ein Gewitter. Er hatte wirres schwarzes Haar, das sein Gesicht umrahmte, und trug eine altmodische Brille. Er besaß eine große Nase und etwas abstehende

Ohren, und zumindest im Moment war sein Blick so düster, dass Angus automatisch ein wenig vor ihm zurückwich.

»Die Treppen?«, fragte Angus kleinlaut.

»Seit zwei Wochen nicht geputzt.« Matt beugte sich zu ihm vor. »Meine Geduld hat langsam ein Ende.«

»Ich hatte fest vor, sie morgen zu wischen.«

Es war in ihrem Haus so geregelt, dass jede Mietpartei die Treppen, die zu ihrem Stockwerk führten, wischte und Angus musste zugeben, dass ihr Bereich sich meist durch Schlieren und Staubflusen auszeichnete. Cillian sah es als unter seiner Würde, das Treppenhaus zu wischen. Seiner Meinung nach war das Aufgabe des Hausmeisters und nur ein weiterer Grund, aus diesem Haus auszuziehen. Also war Angus für die Treppe verantwortlich. Und wenn er eine Sache hasste, dann war es Putzen. Es kam ihm wie eine kaum zu bewältigende Aufgabe vor.

Matt blickte vielsagend auf Angus' Stiefel, deren Sohlen noch immer mit Öl beschmiert waren. »Vielleicht solltest du alle Stockwerke wischen.«

Angus seufzte. Er wollte nur noch in seine Wohnung.

»Das mache ich, Matt. Aber ich hatte einen harten Tag. Lässt du mich bitte durch?«

Matt schob seine Brille nach oben. »Ärger mit den Silbernen?«

Das war zumindest etwas, das sie teilten. Matt waren die Silbernen nicht geheuer und er versuchte ab und zu, Angus über seinen Job auszuhorchen.

»Das kann man so sagen.«

»Sie werden immer wagemutiger, nicht wahr? Hab gehört, dass heute jemand ein Auto hat schweben lassen. Am helllichten Tag.«

»So ist es«, sagte Angus und drückte sich an Matt vorbei.

Dieser wies auf die Einkaufstasche, die Angus trug. »Sind das Sachen für Sian? Soll ich sie oben vor seine Tür stellen? Ich muss in dem Stockwerk sowieso eine Glühbirne wechseln.«

»Hast du nicht gerade erst alle Lampen im Treppenhaus gewartet?«

»Ja, aber die da oben flackert.«

»Danke Matt, aber ich gehe nachher selbst bei ihm vorbei.«

Angus schloss seine Wohnungstür auf, drehte sich um und nickte Matt noch einmal zu. Dann schloss er die Tür und ließ die Tasche im Flur fallen. Der vertraute, warme Geruch seiner Wohnung hüllte ihn ein.

Er sah zu der Tür, die zu Cillians Arbeitszimmer führte. Verschlossen. Damit hatte er gerechnet. Trotzdem wollte er wenigstens ein paar Worte mit ihm wechseln.

Er klopfte an und wartete auf das etwas genervte »Herein«.

Seit wann fühlte Cillian sich immer gestört, wenn er sich an ihn wandte?

Cillian schaute von seinem Laptop auf, die Hände über der Tastatur, als hoffe er, gleich weitertippen zu können. Wie jedes Mal, wenn Angus ihn sah, versetzte es ihm einen Stich, wie hübsch er war, mit seinem ebenmäßigen Gesicht, dem braunen leicht welligen Haar und den vollen Lippen. Er war sich lange Zeit sicher gewesen, dass jemand wie Cillian ihn nie eines Blickes würdigen würde.

»Hallo«, sagte Angus. »Ich bin wieder da.«
»Schön. Hattest du einen guten Tag?«
»Nicht wirklich.« Angus strich sich über den Kopf. »Anstrengend. Ist viel passiert. Eine Verfolgungsjagd, die schiefgegangen ist.«
»Wie meinst du das?« Cillian hob fragend eine Augenbraue.
»Der Schatten ist mir entwischt.«
»Schon wieder?« Mit einem kleinen Seufzen schob Cillian den Laptop etwas von sich weg. Er musterte Angus. »Das ist nicht gut. Könnte es sein, dass du mehr trainieren musst?« Sein Blick blieb vielsagend an Angus' Bauch hängen und dieser fühlte einen schmerzhaften Stich, als würden aus dessen Augen Pfeile auf ihn schießen.
»Ich trainiere doch jeden dritten Tag.«
»Du ernährst dich aber nicht gerade gesund.«
Dem konnte Angus nichts entgegensetzen. Er aß zu große Portionen und liebte es über alles, es sich abends mit einer Tüte Chips auf dem Sofa bequem zu machen. Er rechtfertigte es immer damit, dass es sein Ausgleich für die harten Tage war. Aber vielleicht hatte Cillian recht und das rächte sich langsam.
»Das stimmt. Das sollte ich ändern.«
Er hatte vorgehabt, Cillian von Lorcan zu berichten. Auch wenn er den Mord nicht erwähnen durfte, hätte er gern mit ihm darüber gesprochen, dass ihm sein alter Rivale als Partner zugeteilt worden war. Konnte man überhaupt von einem Rivalen sprechen, wenn er niemals annähernd auf einer Stufe mit Lorcan gestanden hatte? Jedenfalls war ihm die Lust vergangen, Cillian davon zu erzählen. Er war sicher, dass dieser seine Bedenken vom Tisch wischen

würde. Cillian hatte nie Probleme mit Lorcan gehabt. Er war in der Schule ein Jahr über ihnen gewesen und hatte zwar an derselben Uni studiert, aber mit Wirtschaftswissenschaften ein vollkommen anderes Fach. Er und Lorcan waren immer respektvoll miteinander umgegangen.

»Ich möchte später ins ›Old Duck‹«, sagte Angus und lehnte sich gegen den Türrahmen. »Nisha und ein paar andere Kollegen sind dort. Hast du Lust mitzukommen?«

»In ein Pub?« Cillian klang nicht begeistert. »Diese Biere nach Feierabend sind nicht gut für dich.«

»Ich müsste nicht unbedingt etwas trinken.«

Cillian hob beide Augenbrauen. »Wie du siehst, habe ich noch Arbeit vor mir.« Er tippte ein paar Wörter.

»Vielleicht könnte ich dann allein für zwei Stündchen hingehen?«

»Ich dachte, wir essen später zusammen und gucken einen Film.«

Angus' Stimmung hellte sich augenblicklich auf. Zeit mit Cillian zu verbringen war ebenfalls eine wunderbare Aussicht. »Das klingt gut. Ich gehe nur schnell hoch zu Sian. Schreibst du mir eine Nachricht, wenn du so weit bist?«

»Zu Sian? Schon wieder? Warst du nicht erst gestern da?«

»Ich bringe ihm ein paar Einkäufe, schaue mal, wie es ihm geht. In letzter Zeit war er oft niedergeschlagen.«

»Du weißt aber, dass Sian ein erwachsener Mann ist, nicht wahr?«, fragte Cillian. »Er sollte langsam selbst mit seinem Leben klarkommen.«

Angus' Schultern sanken. Diese Diskussion hätte er heute gerne umgangen. »Ich bin sicher, das wird er bald. Ich greife ihm ja nur ein wenig unter die Arme. Er ist nun mal mein kleiner Bruder.«

»Das ist er nicht und das weißt du.«

Angus schluckte. Wenn Cillian wüsste, wie weh diese Aussage jedes Mal tat, hätte er sie sicher nicht gemacht.

»Es fühlt sich aber so an.«

»Du kennst ihn erst, seit du zwanzig bist. Er war damals bereits sechzehn und das Ganze ist erst sieben Jahre her. Da kann man kaum davon sprechen, dass er dein Bruder ist. Dass deine Mutter ein Jahr lang mit seiner zusammen war, macht euch nicht zu Verwandten. Ihr habt eine Freundschaft, ja. Eine bei der du schlecht wegkommst, mein Lieber.«

Angus wusste, dass Cillian so dachte, und er hätte ihm gern erklärt, wie viel es ihm bedeutete, Sian zu haben. Aber das hatte er bereits versucht und war gescheitert.

Also nickte er nur und ging rückwärts aus dem Zimmer. »Schreib mir, wenn du so weit bist. Ich koche uns dann was.«

Er schloss die Tür zu Cillians Arbeitszimmer, nahm die Einkaufstüte und stieg die Treppen hoch ins Dachgeschoss. Die Stufen waren hier wie immer gründlich gewischt und auf dem obersten Absatz stand Matt auf einem Schemel und schraubte die Glühbirne aus ihrer Fassung. Angus nickte ihm zu und klingelte. Zwar hatte er einen Schlüssel, aber er fand es höflicher, sich anzukündigen, darum klingelte er immer. Hin und wieder schlief Sian tagsüber ein und hörte die Klingel nicht und dann ließ Angus ihn in Ruhe. Sein Bruder fühlte sich manchmal nicht gut und brauchte die Erholung.

Sian öffnete fast sofort, spähte an ihm vorbei und trat dann ein paar Schritte zurück in die Wohnung. Angus schloss die Tür hinter sich.

»Da draußen ist Matt«, sagte Sian und eine leichte Röte überzog seine Wangen.

»Ja, aber keine Angst, er kommt hier nicht rein.«

Sian reagierte oft empfindlich auf die Anwesenheit des Hausmeisters. Das war Angus schon früher aufgefallen. Jetzt jedoch richtete sich Sians Aufmerksamkeit auf ihn. Er trat näher und nahm ihm die Tüte ab. »Wie geht es dir? Du siehst mitgenommen aus.«

Sian hatte langes rötliches Haar, das schon länger keine Bürste mehr gesehen hatte. Sein Gesicht war blass und ein wenig spitz, mit Sommersprossen auf der Nase. Die linke Augenbraue zierte ein Piercing. Er trug ein weites, gebatiktes Shirt und Yogahosen.

Angus schmolz angesichts des Mitgefühls im Blick seines Bruders. »Harter Tag«, sagte er.

»Das tut mir leid. Willst du davon erzählen?«

Angus nickte.

»Gut, ich mache uns einen Kakao und dann reden wir.«

Die Einrichtung in Sians Wohnung gefiel Angus besser als die in seiner eigenen, aber ihm war klar, dass Cillian, der es gerne puristisch mochte, sich nie darauf eingelassen hätte. Hier lagen bunte Teppiche auf den Holzdielen, statt eines Sofas gab es in einer Ecke eine riesige Kissenlandschaft und dahinter war ein Baum an die Wand gemalt, der mit einer Lichterkette geschmückt war. Bücherregale, die Comics und Romane beherbergten, waren an den Wänden verteilt und einige Zimmerpflanzen rankten von einem zum anderen. An der Decke hingen gebatikte Tücher und wenn es dunkel war, leuchteten die vielen Sterne, die Sian mit Angus' Hilfe angeklebt hatte. Auf einem kleinen Tischchen standen eine Wasserpfeife, verschiedene Lampen, Kerzen und Räucherstäbchen. In einer Ecke lehnte Sians Skateboard. Angus sah schnell wieder weg. Es erinnerte ihn daran, wie glücklich Sian früher auf der Halfpipe gewesen war. Angus wusste, dass ihm das Boarden am meisten fehlte, seit er seine Wohnung nicht mehr verließ.

Er ließ sich in den Kissenberg sinken und schloss die Augen. Zum ersten Mal an diesem Tag fiel seine Anspannung von ihm ab und er fühlte sich geborgen. Sian kam wenig später mit zwei dampfenden Tassen zurück und stellte das kleine Tablett auf einem Schemel ab. Zu Angus' Freude lagen auch vier große Chocolate Chip Cookies auf dem Tablett.

»Sandelholz oder Zimt?«, fragte Sian und hielt zwei Packungen mit Räucherstäbchen hoch. »Beides wirkt beruhigend.«

»Sandelholz«, sagte Angus. »Zimt mag ich nur an Weihnachten.«

Sian kniete vor einem Schemel nieder und ließ sich Zeit, das Stäbchen anzuzünden. »Musik?«

»Ich bin froh über die Ruhe.«

»In Ordnung.« Sian setzte sich im Schneidersitz neben Angus. »Jetzt erzähl.«

Angus begann und war selbst überrascht, wie viel Unangenehmes ihm an einem einzigen Tag widerfahren war. Aber es tat gut, darüber zu reden. Sian lauschte aufmerksam und unterbrach ihn nur selten für Zwischenfragen. Angus erklärte ihm, dass er über den Fall nicht sprechen durfte, aber dass es ernster war als alles, mit dem er bisher zu tun gehabt hatte.

»Ich verstehe«, sagte Sian, als Angus geendet hatte. »Wirklich ein verdammt harter Tag.« Er streichelte über Angus' Arm.

»Und das Schlimmste ist, dass es damit ja nicht endet.« Angus griff nach einem Keks. »Morgen geht es erst richtig los, wenn ich mit Lorcan arbeiten muss.«

»Du wirst Benisha mit Sicherheit vermissen. Ihr seid ein perfektes Team.«

»Das auch. Und Lorcan wird keine Gelegenheit auslassen, um mich wie einen Pfosten dastehen zu lassen. So war es schon immer.«

»Vielleicht hat er sich geändert. Es ist drei Jahre her, dass du ihn das letzte Mal gesehen hast. Vielleicht hat er dazugelernt.«

»Du hättest ihn heute erleben sollen. Arrogant wie eh und je. Ich weiß nicht, wie wir jemals effektiv zusammenarbeiten sollen.«

»Wäre es denn möglich, dass ihr euch aussprecht?«

Angus schnaubte. Das war typisch Sian. Er sah immer das Gute in Menschen und glaubte daran, dass man mit jedem auskommen konnte.

»Das macht so viel Sinn, wie mit einer Spinne darüber zu diskutieren, ob es richtig ist, Insekten in ihr Netz zu locken.«

»Dann sei kein Insekt.« Sian richtete sich etwas auf. »Lass dich nicht von ihm provozieren. Gerade heute habe ich mit meiner Therapeutin wieder darüber gesprochen, dass es nicht wichtig ist, wie andere dich wahrnehmen, sondern nur wie du dich selbst siehst.«

»Natürlich ist es wichtig, was andere über mich denken«, widersprach Angus und nahm einen Schluck von seinem

Kakao. »Wenn ich behaupte, ich sei der König von Ägypten, heißt das noch lange nicht, dass andere mir dafür die Füße küssen.«

»So ist das doch nicht gemeint.«

Sian schlug die Augen nieder und Angus tat seine Aussage sofort leid.

»Ich weiß. Natürlich stimmt das. Man darf anderen keine Macht über sich geben.«

»Genau.«

»Wie läuft es in der Therapie?«

Sian sank in sich zusammen. »Wir arbeiten immer noch daran, dass ich mich vor die Tür traue. Aber im Moment schaffe ich es nicht. Danke, dass du für mich einkaufst.«

»Das mache ich gern.«

»Soll ich uns etwas kochen?«, fragte Sian. »Ich wollte mir Spaghetti mit Tomatensauce machen.«

»Eigentlich wollte ich mit Cillian essen, aber wer weiß, wann er sich meldet.«

Angus stand auf und folgte Sian in die winzige Küche. Sie war der einzige weitere Raum in der Wohnung, abgesehen vom winzigen Badezimmer. Sian schlief auf dem Kissenberg. Außerdem gab es in der Dachgeschosswohnung einen Flur, der Sians Schallplattensammlung beherbergte.

Angus ließ sich auf einem der zwei Stühle nieder. Einen kleinen Tisch konnte man von der Wand herunterklappen, sodass es bei Bedarf eine winzige Essecke gab. Die Küchenmöbel waren in Dunkelgrün und Lila gestrichen und auf dem minimalen Platz befand sich ein Sammelsurium aus Tassen, Schüsseln, kleinen Behältern mit Gewürzen, Blumentöpfen mit Kräutern und Küchenutensilien. Angus schmiss hier regelmäßig etwas um und bemühte sich deswegen, möglichst still auf seinem Stuhl zu sitzen.

»Findest du, dass ich zugenommen habe?«, fragte er Sian. Der fuhr zu ihm herum. »An Muskeln vielleicht.«

Angus sah an sich herab. »Cillian meinte, dass ich mehr darauf achten sollte, was ich esse.«

»Das brauchst du sicher nicht. Ich weiß nicht, warum er immer solche Gemeinheiten zu dir sagt.«

Sie aßen gemeinsam an dem kleinen Ausklapptisch und spielten dann in die Kissen im Wohnraum gekuschelt auf Sians Playstation. Er besaß nur einen winzigen uralten Fernseher, aber das war egal. Angus liebte diese Zeit mit Sian. Erst als es an der Tür klopfte, fiel ihm wieder ein, dass er den Abend mit Cillian verbringen wollte. Aber der hatte ihm nicht geschrieben.

Sian erstarrte neben ihm. »Schon gut«, sagte Angus. »Das ist nur Cillian. Ich gehe öffnen.«

Cillian stand mit gerunzelter Stirn vor ihm. »Wolltest du nicht längst wieder unten sein?«

Angus sah zur Sicherheit noch mal auf sein Handy. »Du hast mir nicht geschrieben. Es war abgemacht, dass ich dann komme.«

»Nein, mein Lieber. Abgemacht war, dass du gleich wieder runterkommst und wir gemeinsam kochen. Ich habe mich darauf gefreut.«

Angus dachte angestrengt nach. Sollte er sich so vertan haben? Vielleicht hatte er nach dem anstrengenden Tag etwas falsch verstanden.

»Es tut mir leid«, sagte er. »Aber du hättest jederzeit anrufen können.«

»Ich wollte dich nicht davon abhalten, wenn du den Abend lieber mit Sian verbringst.«

»Ich komme jetzt gleich mit runter. Möchtest du ein paar Nudeln? Ich mache sie dir warm, wenn du magst.«

Cillian schüttelte den Kopf. Seine Lippen waren schmal.

»Mach's gut, Sian!«, rief Angus ins hintere Zimmer.

»Bis bald« Sians Stimme war leise. Er war Cillian gegenüber immer ein wenig vorsichtig. Zurecht, wie Angus zugeben musste. Cillian machte keinen Hehl daraus, dass er Sian nicht ausstehen konnte.

Kapitel 4

Wütend auf sich selbst, weil er Cillian gegen sich aufgebracht hatte, folgte Angus ihm nach unten. Er hielt den Kopf gesenkt, als sie ins Wohnzimmer gingen. Das war nicht sein Tag.

Auf dem Sofatisch stand ein halbleeres Glas Wein. Cillian trank einen tiefen Schluck.

»Hör zu, es tut mir leid«, sagte Angus. »Ich wollte den Abend gern mit dir verbringen, weißt du? Es war ein Missverständnis.«

Cillian nahm noch einen Schluck und sah ihn über das Glas hinweg an. »Nun, dann hoffe ich, dass du es wieder gutmachen wirst.« Er lächelte. »Im Bett vielleicht?«

Angus atmete auf. Das war ein positives Zeichen. Wenn Cillian mit ihm schlafen wollte, war er zumindest nicht mehr wütend auf ihn.

»Natürlich«, sagte er und ging langsam auf ihn zu. »Was immer du willst.«

Er war erschöpft nach dem Tag, aber er würde nie zu müde sein, um mit Cillian zu schlafen. Es hatte eine Zeit in seinem Leben gegeben, in der er sich so sehr gewünscht hatte, dass Cillian ihn auch nur eines Blickes würdigte. Wenn er sich damals jetzt hätte sehen können, wäre er unendlich stolz auf sich gewesen. Sie waren seit drei Jahren ein Paar. Es war nicht alles perfekt, aber war das nicht normal? Beziehungen funktionierten eben nur mit Kompromissen.

Er hob Cillian hoch, weil er wusste, dass er das mochte, und dieser schlang die Beine um seine Hüften, drückte sich an ihn. Er war bereits hart und Angus' Atem ging schneller. Er trug Cillian, der sich ungeduldig an ihn presste, ins Schlafzimmer und ließ ihn sanft aufs Bett sinken.

»Irgendwelche Wünsche?«, flüsterte er, während er Cillians Hemd aufknöpfte. Er senkte den Kopf, um dessen Brustwarzen zu küssen. Cillian liebte es, wenn Angus tat, was er mochte und Angus fand, dass das eine gute Sache war. Er wollte wissen, was seinem Partner im Bett gefiel. Nur ab und zu hätte er gerne gehabt, dass Cillian auch nach Angus' Bedürfnissen fragen würde, aber man konnte nicht alles haben. Immerhin war einer seiner größten Wünsche erfüllt worden, als Cillian sein Partner geworden war.

»Mach schon. Heute will ich es schnell.«

Cillian drückte ihn nicht gerade sanft nach unten und seine Hüften hoben sich Angus entgegen. Der beeilte sich, Cillians Gürtel zu öffnen, seine Hose und Unterhose nach unten zu schieben. Cillian schien es eilig zu haben, was Angus ein wenig schade fand. Er verstand es, natürlich. Sehr oft war er selbst so erregt, dass er sich rasche Befriedigung wünschte. Heute hätte er aber ein intensives Vorspiel schön gefunden. Doch das hatten sie schon seit längerer Zeit nicht mehr gehabt.

Cillians Hände vergruben sich in seinem Haar und drückten ihn tiefer. Angus umschloss seine Erektion mit den Lippen und Cillian stöhnte erleichtert auf. »Tiefer!«

Angus Mund war trocken. Er hätte vor dem Sex noch etwas trinken sollen, aber jetzt war es zu spät. Cillian würde es ihm nie verzeihen, wenn er jetzt nicht weitermachen würde. Angus erinnerte sich daran, dass er einmal aufgehört hatte, weil sein Nacken in der Position extrem zu schmerzen angefangen hatte. Cillian war wütend auf ihn gewesen, hatte ihm vorgeworfen, es absichtlich für ihn kaputtzumachen. Er war im Badezimmer verschwunden, die Tür hinter sich zuknallend, und sie hatten fast eine Woche nicht miteinander geschlafen. Schlimmer als das war jedoch gewesen, dass Cillian auch die gesamte Woche wütend auf Angus gewesen war.

So was würde ihm nicht noch einmal passieren. Er nahm Cillian tief in den Mund, worin er mittlerweile geübt war, und überließ ihm die Führung. Cillians Hände zogen an seinem Haar und seine Hüften stießen nach oben. Angus mochte es normalerweise Blowjobs zu geben, aber das hier fühlte sich nicht gut an. Egal.

Er war trotzdem erleichtert, als Cillian ihn wegzog.

»Leg dich auf den Rücken«, keuchte dieser außer Atem. Angus tat, was er von ihm wollte und Cillian kam über ihn.

»Ich will mit dir schlafen«, stöhnte er. Angus konnte den Rotwein in seinem Atem riechen. Seine Augen waren glasig und voller Lust. Sein Gesicht war gerötet.

»Natürlich. Hast du die Gleitcreme?«

Cillians Gesicht verzog sich unwillig und er tastete auf dem Nachttisch umher. Angus hätte vielleicht nicht fragen sollen, aber er hatte befürchtet, dass Cillian einfach so in ihn eindringen würde und dafür fühlte er sich heute ganz und gar nicht bereit. Cillian verteilte das Gel, dehnte ihn auch ein wenig und positionierte sich dann.

»Kannst du langsam machen?«, fragte Angus. Sie hatten schon oft miteinander geschlafen und er war gerne bottom, aber heute brauchte er mehr Zeit.

»Was denn?« Cillian grinste. »Du bist doch ein großer starker Mann. Du bildest dir sonst so viel ein auf deine Muskeln. Hast du jetzt etwa Angst?«

Angus schluckte. Angst war es nicht, aber auch kein gutes Gefühl. Er versuchte, sich zu entspannen, an etwas zu denken, das ihn anmachte. Das Bild, das als Erstes auftauchte, schob er schnell wieder von sich. Aber es hatte ausgereicht, um eine ganz bestimmte Erinnerung in ihm wachzurufen und da Cillian bereits in ihn stieß, ließ er sie zu. Ein bleiches Gesicht, das sich vor Lust verzog, umgeben von schwarzem Haar. Schmale Lippen, die sich öffneten und seinen Namen stöhnten.

Er stöhnte ebenfalls auf und jetzt war Cillian in ihm. Es hatte kaum wehgetan. Er genoss es sogar, wie sein Partner sich in ihm bewegte, schlang die Arme um ihn, zog ihn näher. Cillian stieß schnell und heftig in ihn, ganz in seinem eigenen Rhythmus verloren. Angus versuchte mitzukommen, aber er hatte keine Chance.

»Ich komme«, keuchte Cillian und ergoss sich im nächsten Moment stöhnend. Mit einem zufriedenen Seufzen ließ er sich gleich darauf neben Angus sinken. »Das war gut«, sagte er mit einem Grinsen und Angus nickte. Hatte Cillian nicht gemerkt, dass er nicht gekommen war, oder war es ihm egal? Das fragte er sich in letzter Zeit immer öfter.

Cillian tätschelte seinen Arm und erhob sich dann, um nach nebenan ins Bad unter die Dusche zu gehen. Angus verschränkte die Arme hinter dem Kopf und sah zur Decke, während er dem rauschenden Wasser lauschte. Das hier war vermutlich vollkommen normal. Es war ja klar, dass der Sex in einer Beziehung nach drei Jahren nicht mehr so war wie am Anfang. Da schlichen sich Routinen ein, das ließ sich gar nicht vermeiden. Eine Stimme in seinem Kopf flüsterte ihm zu, dass Cillian trotzdem immer auf seine Kosten kam. Aber war das nicht egal? Es ging nicht nur um Orgasmen. Und er brachte den Mann, den er über alles liebte, gerne zum Höhepunkt. Vermutlich waren seine eigenen Ansprüche zu hoch.

Wenn da nur nicht diese eine Nacht gewesen wäre.

Er kniff die Augen zusammen, um die Erinnerung zu vertreiben, aber sie war zurück, kämpfte sich in den Vordergrund und er konnte nichts dagegen tun. *Warum,* flüsterte er dem Bild von Lorcan Flynn zu, das vor seinem inneren Auge entstanden war. *Warum lässt du mich nicht in Ruhe, du verdammter Mistkerl?*

Als er später unter der Dusche masturbierte, dachte er an schwarzes Haar und grüne Augen und hasste sich dafür.

~~~

Cillian war bester Laune, als sie am nächsten Morgen gemeinsam am Frühstückstisch saßen, und Angus war froh, das zu sehen. Cillian trank sein Glas Orangensaft, während Angus sich Spiegelei mit Bacon in einer Pfanne briet. Sein Partner aß morgens nur Müsli, lobenswert, aber Angus wurde davon nicht satt.

»Das ist nicht gut für deinen Cholesterinspiegel.« Cillian wies mit dem Löffel auf die Pfanne. »Und wie kannst du morgens schon etwas Fettiges essen?«

»Ich brauche das«, sagte Angus entschuldigend und kippte Ei und Bacon mit Schwung auf einen Teller.

»Besonders heute. Ich habe dir ja noch gar nicht erzählt, dass ich einen neuen Partner habe.«

»Haben sie dich und Benisha Sarkar getrennt?«, fragte Cillian. »Vielleicht ist das gar nicht so schlecht. Es schien mir, als hätte sie einen negativen Einfluss auf dich.«

»Das hat sie nicht. Und ab heute muss ich mit Lorcan Flynn zusammenarbeiten. Erinnerst du dich an ihn?«

Cillians Löffel fiel klirrend in seine Schale. »Lorcan Flynn? Und das verschweigst du mir?«

Angus wich etwas zurück. Mit dieser Reaktion hatte er nicht gerechnet. »Ich bin gestern nur nicht dazu gekommen, es dir zu erzählen.«

»Wieso hast du nicht abgelehnt?« Cillians Augenbrauen zogen sich zusammen. Kein gutes Zeichen.

»Das habe ich versucht, aber ich hatte keine Chance. Es ist zum Glück nur für diesen Fall, aber ich weiß nicht, wie ich das durchstehen soll.«

Cillian sah ihn immer noch an und da war etwas Seltsames in seinem Blick, das Angus nicht deuten konnte.

»Du arbeitest also mit ihm zusammen, nachdem er dich jahrelang wie Dreck behandelt hat?«

»Ich hatte doch keine Wahl.«

»Erinnerst du dich zumindest noch daran, wie herablassend er dir gegenüber war? Wie er dich lächerlich gemacht hat?«

»Ja. Natürlich.«

»Die ganze Schule hat er dazu gebracht, über dich zu lachen.«

Angus saß still.

Cillian nahm einen Happen von seinem Müsli. Etwas Milch rann an seinem Kinn hinab. »Ich hoffe, du vergisst nicht, wie manipulativ er ist. Du hast ihm mal fast vertraut, weißt du noch?«

»Ich weiß.«

»Er wird dir wieder Lügen auftischen.«

»Vielleicht. Aber er hat seinen Doktor gemacht und unterrichtet Magiekunde an der Universität. Glaubst du wirklich, dass er sich mir gegenüber noch immer so verhält?«

»Oh ja.« Cillian lachte. »Typen wie er ändern sich nie. Hör auf meine Worte. Und vergiss seine Wette von damals nicht.«

Wie hätte Angus die jemals vergessen können? Cillian hätte ihn nicht erinnern müssen.

»Ich muss los«, sagte er und schob seinen Teller von sich. Der Appetit war ihm vergangen. »Weißt du, wann du heute nach Hause kommst?«

»Spät. Warte nicht auf mich. Und Angus? Es würde mich nicht wundern, wenn Lorcan Flynn selbst ein Silberner wäre.«

Die Worte hallten in Angus nach, als er die Treppe hinabstieg.

Kapitel 5

Lorcan Flynn wartete in dem Büro, das ihnen zugewiesen worden war, auf Angus. Seine Anwesenheit irritierte Angus. Die Art, wie er die Arme vor dem Körper verschränkt hatte, die aufrechte Haltung und die hochgezogene Augenbraue. Am meisten störte ihn, dass Lorcan so verdammt pünktlich war. Sogar seinen Schreibtisch hatte er schon eingerichtet. Und natürlich war Angus drei Minuten zu spät und außer Atem. Er trug die Kiste mit den Utensilien aus dem Büro, das er mit Nisha geteilt hatte, und aus irgendeinem Grund war sie verdammt schwer. Wie hatte er nur so viel Kram ansammeln können?

»Sieht aus, als seist du gerannt.« Flynn sah vielsagend zu der Uhr, die über der Tür hing. Angus erwiderte nichts. Ganz sicher würde er sich bei Flynn nicht entschuldigen. Er war nicht sein Vorgesetzter, auch wenn er das sicher anders sah. Ihr Büro war etwas größer als das, welches er sich mit Nisha geteilt hatte und in dem jetzt Harlan Greenaway seinen Schreibtisch übernommen hatte. Harlan wirkte auf Angus wie ein übereifriger Junge, der früher der Klassenstreber gewesen war und sich jetzt selbst etwas beweisen musste.

Aber besser als Lorcan Flynn.

»Was machst du hier, Lorcan?«, fragte er.

Lorcan sah sich um, spielte Überraschung. »Ich dachte, dies sei das Büro, das uns zugewiesen wurde.«

»Ich meine nicht das Büro, ich meine Belfast. Du bist verschwunden und niemand war traurig darüber. Warum bist du zurück?«

»Das weißt du. Und diese Stadt gehört nicht dir, Macbain.«

»Das meine ich nicht. Du bist hier, weil du mir wieder einmal das Leben schwer machen willst, nicht wahr?«

Lorcan nahm seelenruhig eine Akte von seinem Schreibtisch. Angus konnte sehen, dass darauf alles seinen Platz hatte. Etwas, das ihm nie gelang. Es schien, als hätten seine Gegenstände ein Eigenleben und strebten immer die größtmögliche Unordnung an.

»Ich glaube, du überschätzt deine Bedeutung in meiner Realität«, sagte Lorcan mit dem herablassenden Halblächeln, das Angus schon früher so gehasst hatte. »Denkst du nicht, ich hätte Besseres zu tun, als hier in Belfast eure Mörder zu jagen? Aber Rose und Sharp haben mich persönlich darum gebeten.«

Angus stellte mit einem Knall die Kiste auf seinem neuen Schreibtisch ab. »Offensichtlich bist du ja hier, so unendlich wichtig können deine Aufgaben in Dublin dann nicht sein.«

»Angus.«

Warum hörte es sich gut an, wenn Lorcan seinen Vornamen aussprach? Der Name klang weicher in seinem Mund. Angus sah auf.

»Versuchen wir, das Kriegsbeil für diese Ermittlung zu begraben. Es wird nur länger dauern, wenn unsere Zusammenarbeit scheitert.«

Angus nickte und griff seine bis zum Bersten gefüllte Ablage und ein paar Aktenordner aus seiner Kiste. Leicht gesagt, aber nicht einfach, wenn schon Lorcans bloße Anwesenheit dafür sorgte, dass sich seine Nackenhaare aufstellten. Er platzierte das Bonbonglas neben die Ablage. Leider war es leer. Er würde es später auffüllen, etwas Nervennahrung würde er brauchen.

»Du hast also deinen Doktor in Magiekunde gemacht?«, fragte er.

Lorcan zuckte mit den Schultern. Er lehnte immer noch an seinem Schreibtisch und sah zu, wie Angus versuchte, eine zu große Menge Utensilien auf seiner Tischplatte unterzubringen. »Der Titel ist mir egal. Von mir aus müsste er gar nicht mehr erwähnt werden.«

Angus schnaubte. Lorcan war genau der Typ, der überall mit »Doktor« unterschrieb, dann aber bescheiden tat.

»Ich finde das Fach faszinierend. Wir wissen so wenig über Magie und fürchten uns trotzdem davor – oder vielleicht gerade deswegen.«

»Aus gutem Grund.« Angus platzierte seine Grünlilie, die Sian ihm geschenkt hatte, am Rand seines Schreibtisches. Sian hatte ihm erklärt, dass diese Pflanzen für eine gute Raumatmosphäre sorgten, und das konnte dieses Büro mit Sicherheit gebrauchen. Er ging zum Waschbecken in der Ecke, um ihr Wasser zu geben.

»Ich möchte dich nicht antreiben, aber wir sollten langsam los«, sagte Flynn. »Lex möchte mit uns sprechen, bevor wir mit unseren Ermittlungen beginnen. Und wir dürfen keine Zeit verschwenden.«

Angus verdrehte die Augen. »Du nennst xien Lex?«

Er selbst arbeitete seit zwei Jahren für Sharp und ihm hatte xier nicht das »Du« angeboten. Angus ging auch nicht davon aus, dass das jemals passieren würde. Nicht, dass es ihm wichtig gewesen wäre. Natürlich nicht.

»Wir kennen uns von früher. Das war einer der Gründe, warum Sharp mich angefordert hat.«

»Verstehe.«

Angus' erster Blick in Sharps Büro wanderte zu xiesen Handgelenken und er stellte fest, dass xier heute männliche Pronomen für sich nutzte.

»Haben Sie sich in Ihrem neuen Büro gut eingerichtet?«, fragte Sharp, die Hände vor sich auf dem Schreibtisch gefaltet.

Angus nickte.

»Ich weiß, dass das für Sie keine leichte Situation ist, Macbain, und dass Sie gern weiter mit Sarkar arbeiten möchten. Sie sind ins kalte Wasser geworfen worden. Aber Rose und ich sind uns sicher, dass es in dieser Konstellation die größten Chancen gibt, den Fall schnell aufzuklären. Sie und Sarkar sind erfahrene Sucher. Greenaway ist jung, aber einer der besten Ermittler des Reviers und Lorcan kennt sich wie kein Zweiter mit der wissenschaftlichen Seite von Magie aus.«

»Danke, Lex«, sagte Lorcan. »Das sind sehr liebe Worte.«

»Ich verstehe.« Angus war sofort besänftigt. Er hatte keine Erklärung von Sharp erwartet und das hier grenzte fast an eine Entschuldigung. »Danke, Sir.«

»Nachdem dieser Fall abgeschlossen ist, wird alles wieder beim Alten sein. Und Benisha Sarkar ist ja nicht aus der Welt.«

Angus nickte. Alles sah wieder hoffnungsvoller aus.

»Ich habe Ihnen einen neuen Dienstwagen zur Verfügung gestellt. Einen schwarzen Volvo. Er steht unten bereit.«

Angus konnte ein Grinsen nicht unterdrücken, auch wenn er sicher war, dass der Wagen weniger für ihn als für Flynn war. »Das freut mich, Sir.«

Sharp erhob sich. »Sie berichten die Ergebnisse Ihrer Ermittlungen zunächst bitte mir. Ich bin weiterhin Ihr Vorgesetzter, auch wenn Rose die Verantwortung für diesen Fall trägt.«

»In Ordnung.«

Sharp schob den Autoschlüssel über den Schreibtisch und Angus nahm ihn mit einem Blick zu Flynn entgegen. Er folgte seinem neuen Partner aus dem Büro und die Treppen hinunter in den nebligen Morgen. Der Volvo war vor dem Gebäude geparkt und Angus vorhin schon aufgefallen.

»Fährst du oder fahre ich?«, fragte Lorcan.

»Ich fahre.« Angus würde den Schlüssel so schnell nicht wieder hergeben.

»Hätte ich mir denken können. Du brauchst immer das Gefühl, die Dinge im Griff zu haben, nicht wahr?«

»Wie bitte?«

»Du hast das Bedürfnis, stets eine lediglich empfundene Kontrolle über deine Realität zu besitzen.«

»Hä?« Typisch Lorcan eine unverständliche Aussage mit einer noch komplizierteren zu erklären. »Was meinst du?«

»Du bist gern Herr deines Schicksals.«

»Wenn du meinst.« Angus ließ sich in den Fahrersitz sinken und lächelte über die bequeme Polsterung. Lorcan nahm auf dem Beifahrersitz Platz.

»Ich nehme an, du hast bereits einen Plan, wie wir anfangen?«

Angus Magen gab ein gut hörbares Knurren von sich. Jetzt rächte es sich, dass er sein Frühstück vorhin stehengelassen hatte. Sein Appetit war mit aller Macht zurückgekehrt und ihm war fast ein bisschen übel vor Hunger.

»Vielleicht sollten wir uns zunächst eine Strategie überlegen?«

»Gute Idee.«

Angus blickte starr geradeaus. »In einem Café?«, fragte er und wartete darauf, dass Lorcan sich darüber lustig machen würde, dass er zuerst essen wollte. Für Cillian war sein ständiger Hunger etwas, womit er ihn regelmäßig aufzog.

»Gute Idee«, sagte Flynn. »Ich könnte einen starken Tee gebrauchen.«

Angus fuhr sie zu dem gemütlichen Coffeeshop in der Nähe, in dem er oft mit Nisha frühstückte. Passend zur Jahreszeit stand auf jedem Tisch ein kleiner Kürbis und es roch nach Pumpkin Spice Latte. Er wartete auf einen herablassenden Kommentar, als er drei Rühreier mit Bacon sowie Käsebrötchen und Baked Beans bestellte, aber Flynn schwieg.

Er sah kurz in die Karte und orderte dann Darjeeling und einen Muffin. Süßes am Morgen hätte Cillian niemals gutgeheißen, das trieb den Blutzuckerspiegel zu sehr in die Höhe. Aber Angus fühlte sich ein wenig besser. Es war angenehm, dass sein Gegenüber seine Bestellung nicht kritisierte.

»Du kennst dich in der Stadt aus«, eröffnete Flynn das Gespräch. »Wie würdest du vorgehen?«

»Ich würde gern zunächst mit einigen Menschen sprechen«, sagte Angus. »Evan McAodhan ist ein Uhrmacher in Gaeltacht Quarter. Er ist selbst ein Silberner, hält sich aber streng an die Vorgaben. Trotzdem weiß er oft genau, was in der Welt der Magienutzer vor sich geht. Ich vermute sogar, dass er Kontakt zu den Wölfen hält.«

»Also gibt es sie immer noch.« Flynn sah auf die Uhr, als sein Tee gebracht wurde.

»So ist es. Sie sind über die Jahre mehr geworden und waghalsiger, wenn man das so sagen kann. Es gab einige Raubüberfälle mit Magiebeteiligung. Wir kommen nicht mehr gegen sie an. Ich vermute, dass auch dieser Mordfall auf ihre Kappe geht.«

»Du glaubst, sie haben den Mann ermordet?«

»Zumindest wissen sie vermutlich, wer es war. Ich habe einen Verdacht, wer der Täter sein könnte. Es wird nur schwer sein, ihn zu fassen.«

»Wer ist es?«

Angus' Rührei wurde gebracht und er musste ein paar Happen essen, bevor er antworten konnte. Er hob eine Hand und nahm auch noch einen Schluck von seinem Orangensaft.

»Hier in der Stadt gibt es einen Silbernen mit ungewöhnlichen Fähigkeiten«, sagte er. »Wir waren ihm schon ein paarmal auf den Fersen, aber er ist uns immer entkommen. Wir nennen ihn den Schatten.«

»Nicht gerade originell.« Flynn rührte in seinem Tee. »Über welche Art von Kräften verfügt er?«

»Er ist der stärkste Telekinetiker, der mir bisher begegnet ist.«

»Eine schwierige Disziplin.«

»Ich habe gesehen, wie er ein Auto schweben ließ.«

»Erstaunlich. Dafür muss er lange mit großer Hingabe geübt haben und ohne Talent könnte er eine solche Stärke auch nicht erreichen. Magie zu erlernen ist ähnlich schwierig, wie ein kompliziertes Musikinstrument perfekt zu beherrschen.«

»Ich weiß.« Angus gefiel es nicht, dass Flynn beinahe bewundernd klang, aber es wunderte ihn nicht. Er dachte wieder an Cillians Worte.

»Hat es dich nie gereizt, Magie zu erlernen?«, fragte Angus. Flynn war schließlich schon immer ein Streber gewesen. Es überraschte Angus, dass er sich auf diesem Gebiet noch nicht ausprobiert hatte.

»Ich weiß, dass es viel Zeit und Kraft kosten würde, Magie gut genug zu beherrschen, um auch nur irgendetwas zu bewirken. Die strengen Reglementierungen führen dazu, dass es sich für mich nicht lohnt, diese zu investieren.«

»Kann ich sicher sein, dass du nicht doch ein Stück Silizium bei dir hast?« Alle Silbernen trugen Silizium bei sich, das als eine Art Katalysator fungierte. Die Magie, die im Körper entstand, wurde durch das Mineral katalysiert. Ohne es war das Wirken von Magie nicht möglich. Das silbrige Gestein war es auch, das den Silbernen ihren Namen eingebracht hatte.

»Du könntest mich durchsuchen«, sagte Flynn mit einem Lächeln, das Angus nicht deuten konnte.

Er beschloss, schnell das Thema zu wechseln. »Ich würde vorschlagen, dass wir zunächst mit einigen Silbernen sprechen, die in Belfast auffällig geworden sind. Vor allem mit den Wölfen.«

»Weißt du, wo wir sie finden?«

»Ich kenne zumindest jemanden, den ich fragen kann. Ihn würde ich gern als Erstes aufsuchen.«

»Ich denke, das ist eine gute Idee.«

Angus war überrascht, dass Flynn ihm zustimmte. Er konnte sich nicht daran erinnern, dass sie früher jemals einer Meinung gewesen waren. Hatte dieser sich geändert?

»Das Frühstück geht auf mich«, sagte Flynn und winkte den Kellner herbei.

Der Name Silberstadt war irreführend. Eigentlich handelte es sich nur um ein paar enge Straßen in Gaeltacht Quarter, die sich in den letzten Jahren zu dem Ort entwickelt hatten, an dem die meisten Magiekundigen lebten und ihre Läden und Betriebe hatten. Allerdings hatte sich im Laufe der Zeit ein spezielles Aussehen bei diesen Straßen herausgebildet. Man betrat das Viertel durch einen von mehreren silbernen Torbögen, die sich von einer Straßenseite zur anderen spannten und aus Silizium gemacht waren. Über den Gassen hingen Lichterketten, die ihnen wirklich etwas Magisches verliehen. Die Fassaden der Häuser waren, wie es auch an anderen Stellen von Dublin üblich war, mit Murals bemalt. Einige Silberne, die auf Pflanzenmagie spezialisiert waren, hatten dafür gesorgt, dass an vielen Häusern Kletterpflanzen emporrankten, manchmal ebenfalls von einer Seite der Gasse zur anderen. Stellenweise lief man wie durch einen grünen Tunnel. Auch der Asphalt war an einigen Stellen aufgebrochen und Pflanzen wuchsen daraus hervor.

»Hier hat sich vieles verändert.« Flynn sah sich um. »Scheint, als hätten die Silbernen in den letzten Jahren ein Zuhause gefunden. In Dublins Old Town ist es ähnlich.«

»In diesen Straßen leben die Silbernen, die sich an die Vorschriften halten«, sagte Angus.

»Aber du hoffst trotzdem, dass dir jemand etwas über die Wölfe erzählen kann?«

Angus hielt vor einem Laden. In dem kleinen Schaufenster waren Taschenuhren und Kuckucksuhren ausgestellt. »McAodhan. Uhren und Reparaturen«, stand auf dem Holzschild darüber.

»McAodhan ist auf magische Reparaturen spezialisiert«, erklärte Angus. »Außerdem schuldet er mir einen Gefallen. Er hält sich normalerweise streng an die Vorschriften, aber einmal ist ihm dahingehend ein Fehler unterlaufen und er hat einige Aufträge ohne Genehmigung durchgeführt. Ich habe es ihm durchgehen lassen, weil ich mir sicher war, dass er ein ehrlicher Mann ist.«

Sie betraten den Laden und wurden vom Ticken unzähliger Uhren begrüßt. Einige schlugen schnell und leise, andere lauter und behäbiger. Obwohl es nicht die volle Stunde war, schrie ein kleiner Kuckuck.

Angus wartete, bis der Vogel schwieg, bevor er auf den Mann zutrat, der an einer Werkbank saß und konzentriert auf eine geöffnete Uhr vor sich schaute. Offenbar hatte er ihr Eintreten nicht bemerkt. Er hatte rötliches, dünner werdendes Haar und trug einen karierten Tweedanzug, der ihm an den Beinen zu kurz war. Sein Gesichtsausdruck war sehr ernst.

Angus räusperte sich und der Uhrmacher blickte auf und erhob sich. »Angus Macbain«, sagte er und trat von einem Fuß auf den anderen. »Womit kann ich dir helfen?«

»Ich bin hier, weil ich mit den Wölfen sprechen muss«, fiel Angus mit der Tür ins Haus. »Es ist dringend. Hast du irgendeine Idee, wo ich sie treffen kann?«

»Nein, ich habe mit den Wölfen nichts zu tun.« McAodhan wich ein kleines Stück zurück.

»Sind sie nicht hin und wieder hier in der Straße? Hast du nicht selbst schon Aufträge für sie ausgeführt?«

»Nun ja, sie sind zahlende Kunden.« Er sah zu seinem Tisch, dann wieder zu Angus. »Ist es verboten, mit ihnen Geschäfte zu machen?«

»Nein, solange du selbst dich an die Vorschriften hältst, nicht.«

McAodhan neigte den Kopf. »Seit dem letzten Mal ist mir kein Missgeschick mehr passiert. Das kann ich versichern.«

»Das glaube ich dir. Hast du irgendeine Möglichkeit, mit den Wölfen Kontakt aufzunehmen? Wenigstens mit einem ihrer Mitglieder?«

McAodhan überlegte kurz und ging dann zum Verkaufstresen. Er nahm einen Zettel vom Tisch, eine Art Flyer, den er Angus überreichte. Flynn trat näher.

»Eine Versammlung der Silbernen zu Vollmond am *Cave Hill*«, las Angus vor. »Typisch. Einige von ihnen glauben, dass der Vollmond ihnen Energie gibt oder dass sie ihre Kräfte in dieser Nacht besser einsetzen können, was Quatsch ist. Magie zu beherrschen ist Übungssache. Der Mond hat damit nichts zu tun.«

»Wer weiß?« Lorcan lächelte. »Menschen glauben fast seit Anbeginn der Zeit an die Kräfte des Mondes.«

Angus schnaubte. »Sie glauben auch, dass es Götter gibt, die im Himmel hocken und für ihr Schicksal verantwortlich sind«, sagte er. »Aber egal. Dort sollten wir vorbeischauen.

Diese Feiern arten regelmäßig aus und es wird illegal Magie gewirkt.«

»Und die Chance, dass wir die Wölfe dort treffen, ist vermutlich ebenfalls hoch.«

»Richtig.« Angus wandte sich an McAodhan. »Danke für den Hinweis.« Er steckte den Flyer ein und sah zu Flynn. »Wenn wir schon hier sind, würde ich gern auch in einigen anderen Läden nach dem Rechten sehen und Erkundigungen einholen.«

Kapitel 6

Lorcan folgte Angus auf die Straße. Der Regen hatte nachgelassen, aber sein nebliger Dunst hing über dem Kopfsteinpflaster und der angenehme Geruch von nassem Backstein stieg Lorcan in die Nase. Er hatte Belfast vermisst, auch wenn er angenommen hatte, dass er keinen Gedanken mehr an diese Stadt verschwenden würde. Aber es war kein Tag ohne Erinnerungen an seine Zeit hier vergangen. Ganz sicher hatte er nicht erwartet, dass er ausgerechnet Seite an Seite mit Angus Macbain arbeiten würde, wenn er jemals zurückkehrte.

Dessen Annahme, dass er absichtlich hergekommen war, um ihm das Leben schwer zu machen, hätte nicht weiter von der Wahrheit entfernt sein können. Er hatte sich mit Händen und Füßen dagegen gewehrt, aber Rose und Sharp hatten ihm keine Wahl gelassen und an sein Gewissen appelliert. Warum es so wichtig war, dass ausgerechnet er sich an den Ermittlungen beteiligte, war ihm noch immer nicht klar. Ja, er war einer der führenden Wissenschaftler im Fachgebiet Magiekunde, aber das bedeutete nicht, dass er die Motive dahinter verstand, wenn jemand Magie als Mordwerkzeug einsetzte. Er war weder Ermittler noch Psychologe.

Es hatte ihn außerdem überrascht, wie feindselig Angus Macbain ihm sofort gegenübergetreten war. Ja, es hatte Differenzen zwischen ihnen gegeben, aber diese rechtfertigten nicht ein solches Verhalten. Warum war Angus so wütend auf ihn? Andererseits kannte er das bereits aus der

Schule. Irgendetwas an ihm brachte Angus Macbain regelmäßig zur Weißglut. Er war nicht der Einzige, der Lorcan Arroganz vorwarf. Aber bei anderen Menschen störte ihn das nicht.

Zumindest schien es jetzt eine Art Waffenstillstand zwischen ihnen zu geben und er wollte diesen nicht aufs Spiel setzen. Er wusste nie genau, was Angus gegen ihn aufbringen würde. Dabei gelang es ihm sonst meist, Menschen für sich einzunehmen.

Er folgte Angus über die Straße, den Blick auf dessen breite Schultern gerichtet. Seine weit ausladenden Schritte, sein muskulöser Körperbau und seine aufrechte Haltung deuteten auf ein großes Selbstbewusstsein hin. Und dennoch war Angus so leicht angreifbar. Vielleicht hatte Lorcan das zu spät begriffen. Er schloss zu ihm auf, bevor Angus das nächste Geschäft betrat. Es war ein Laden für Zaubertränke, deren Wirkung jedoch umstritten war. Viele waren der Meinung, dass es gar nicht möglich sei, Magie auf Flüssigkeit zu übertragen. Andere wiederum schworen darauf, dass die Elixiere Kraft besaßen. Lorcan hatte in seinen Forschungen herausgefunden, dass es verschiedene Wirkungsgrade gab. Schlaftränke schienen zum Beispiel eine recht hohe Wirkung zu erzielen, während Liebestränke offenbar nutzlos waren. Dennoch verkauften sie sich unwahrscheinlich gut.

Bevor sie den Laden betreten konnten, piepte Angus' Messenger und er sah darauf. »Sharp. Ich soll mich bei xiem melden.«

Er zog sein Handy hervor und Lorcan beobachtete ihn, die Hände in den Taschen seines Mantels.

»Hier ist Angus Macbain. Wir sind im Silbernen Viertel.« Angus verzog die Stirn und lauschte. »Verstehe. Wir sind in wenigen Minuten vor Ort. Wir sehen uns da. Ja, verstanden.«

Er legte auf und sah Lorcan an. »Ein weiterer Mord ist geschehen. Und es sieht wieder so aus, als habe es Einwirkung von Magie gegeben.«

»Wo?«, fragte Lorcan. Er folgte Angus, der auf dem Weg zu ihrem Volvo war, und hatte Mühe, Schritt zu halten, ohne zu rennen.

»In der *Old Chaple* bei *Belfast Castle*.«

»Wird die noch benutzt?«

»Scheinbar wurde dort heute ein Gottesdienst abgehalten von einem Prediger, der sich gegen die Silbernen ausspricht und sie als Gotteslästerer bezeichnet.«

»Und er wurde ermordet?«

»Erraten. Es sieht so aus, als meinten die Silbernen es dieses Mal ernst. Nisha und Greenaway sind ebenfalls auf dem Weg dorthin. Sharp will, dass wir schnell am Tatort sind, auch wenn ich nicht begreife, was xier sich davon erhofft. Der Täter hat mit großer Sicherheit das Weite gesucht und die Spurensicherung muss die Polizei übernehmen.«

»Vielleicht denkt er, dass uns trotzdem irgendetwas auffällt, das von Wichtigkeit sein könnte«, überlegte Lorcan. Er nahm wieder auf dem Beifahrersitz Platz. Ihn störte es nicht, dass Angus fuhr, aber das halsbrecherische Tempo, das dieser jetzt an den Tag legte, brachte ihn dazu, sich an seinem Türgriff festzuhalten. »Sharp will sicher, dass wir heil dort ankommen«, sagte er.

»Das werden wir auch.« Angus sah wütend aus und Lorcan hoffte, dass sein Zorn sich dieses Mal nicht auf ihn bezog. Ihm lag daran, eine bessere Beziehung zu Angus aufzubauen, auch wenn es schwer war, weil er nie verstand, was dieser über ihn dachte. Einmal, vor fünf Jahren, hatte er geglaubt, dass er es begriffen hatte, und Angus hatte ihm eindrucksvoll das Gegenteil bewiesen. Und auch jetzt verstand er nicht, wie er in ein solches Minenfeld hineingeraten war. Er selbst war doch derjenige, der allen Grund hatte, wütend auf Angus zu sein, wenn man bedachte, wie es damals zwischen ihnen geendet hatte.

Aber jetzt war keine Zeit für diese Überlegungen. Es galt, einen Mörder zu finden. Offenbar sogar einen Serientäter, der die Stadt innerhalb kürzester Zeit in Aufruhr versetzen würde. Die Angst vor Magie und vor den Silbernen wurde immer größer. Nicht auszudenken, was passieren würde, wenn die Menschen erfuhren, dass mit Hilfe von Magie Morde begangen wurden. Das würde Aufstände über die Grenzen von Belfast hinaus nach sich ziehen.

Er sah zu Angus und bemerkte, dass dessen Hände sich so fest um das Lenkrad schlossen, dass die Knöchel weiß hervortraten.

»Alles in Ordnung?«, fragte er.

Angus schüttelte den Kopf. »Ich bin wütend. Seit Jahren sage ich, dass die Silbernen sich zu viel herausnehmen, weil wir kaum Mittel haben, überhaupt gegen sie anzukommen. Ein paar Nächte in der Arrestzelle und Bußgelder schrecken sie nicht ab. Den Wölfen kommen wir nicht bei, weil sie zu gut organisiert sind. Die Polizei ignoriert sie aus irgendeinem Grund fast vollständig. Ich bin nicht überrascht, dass es so weit gekommen ist.«

Lorcan wurde zur Seite gegen die Tür gedrückt, als Angus eine Kurve zu schnell nahm. Er ersparte sich einen Kommentar. Einen wütenden Angus durfte man nicht noch weiter provozieren. So viel wusste er inzwischen. Auch wenn er nicht umhinkonnte, es doch immer wieder zu tun. Er verstand sich da selbst nicht ganz.

»Du bist dir also sicher, dass die Silbernen dahinterstecken?«

»Nein, ich denke, es war eine Banshee, die sie zu Tode geschrien hat.«

»Eine Fee, die den Tod verkündet?«

Angus sah Lorcan genervt an. »Natürlich waren es die Silbernen. Fang gar nicht erst mit irgendetwas anderem an und zerstöre das letzte bisschen Vertrauen, das ich in dich habe.«

Dieser Satz von Angus versetzte ihm einen Stich. »Warum vertraust du mir nicht?«

»Weil du ein verlogener Mistkerl bist.«

»Ich?« Lorcan runzelte die Stirn. »Ich bin verlogen?«

Angus öffnete den Mund, um etwas zu erwidern, aber im selben Augenblick kam *Belfast Castle* in Sicht und er schwieg.

In dem Moment, als sie ausstiegen, begann es wie aus Eimern zu schütten, und Lorcan fluchte innerlich. Er mochte Regen nur, wenn er im Trockenen war. Am besten vor einem warmen Kaminfeuer mit einer Tasse Tee in der Hand. Er bedankte sich zähneknirschend bei Rose, der er die Verantwortung dafür gab, dass er überhaupt hier war.

Old Chaple, die kleine steinerne Kirche, saß wie ein Relikt aus einer anderen Zeit in der Landschaft. Jetzt im Regen wirkte sie, als sei sie tatsächlich aus der Vergangenheit hierhergereist. Lorcan hatte sie immer gemocht und war früher oft hier gewesen.

Jetzt standen Menschen in kleinen Grüppchen davor, viele hatten Regenschirme aufgespannt und es herrschte eine seltsame Stimmung. Einige der Anwesenden gestikulierten aufgeregt, während andere vollkommen stillstanden wie unter Schock. Jemand schluchzte leise.

Sie wurden unbehelligt durchgelassen. Vor dem Eingang der Kapelle war gelbes Absperrband gespannt. Benisha Sarkar kam ihnen mit besorgtem Blick entgegen. »Es wird diesmal nicht möglich sein, es geheim zu halten. Zu viele haben gesehen, wie er erstickt ist. Wir können nur hoffen, dass sie nicht auf die Beteiligung von Magie schließen.«

»Verdammt«, sagte Lorcan.

»Ich verstehe immer noch nicht, warum es so wichtig ist, das geheim zu halten.« Angus verschränkte die Arme. »Die Menschen haben ein Recht darauf zu wissen, was vor sich geht.«

»Angus, wenn das herauskommt, haben wir deutlich mehr Probleme als bisher«, sagte Sarkar. Lorcan war froh, dass sie mehr Durchblick zu haben schien als Macbain. »Es könnte zu Aufständen kommen«, fuhr sie fort. »Zu Unruhen im schlimmsten Fall.«

Angus setzte zu einer Erwiderung an, aber in dem Moment hielt Sharps Bentley vor der Kirche und Sharp und Rose stiegen aus.

Sharp, der sein Armband am linken Handgelenk trug, hielt seinen schwarzen Regenschirm über die Staatsanwältin und Lorcan empfand einen kurzen Augenblick der Bewunderung dafür, wie sicher sich Rose trotz ihrer hohen Absätze auf dem aufgeweichten Boden bewegte.

»Greenaway, Macbain und Sarkar, nehmen Sie die Personalien aller Anwesenden auf«, sagte Sharp.

Rose wandte sich an Lorcan. »Und ich möchte, dass Sie die Leiche genau in Augenschein nehmen, Dr. Flynn. Gleich hier, bevor sie obduziert wird.«

Er nickte, auch wenn ihm nicht klar war, welche Erkenntnisse er beitragen konnte, die ein Gerichtsmediziner nicht zuverlässiger treffen würde. Dennoch ging er mit Sharp und Rose in die kleine Kapelle, atmete den angenehmen Geruch nach Weihrauch ein. Durch die wenigen schmalen Fenster fiel verwaschenes Licht herein. Die Spurensicherung war bei der Arbeit. Lorcan bekam Plastiküberzieher für seine Schuhe ausgehändigt.

Die Leiche des Predigers lag hinter dem steinernen Altar und wurde von Scheinwerfern angestrahlt, was bizarr wirkte. Der grauenvoll verzerrte Gesichtsausdruck trat dadurch noch deutlicher hervor und Lorcan musste den Blick kurz abwenden. Er war nicht empfindlich, aber es war auch keine schöne Vorstellung, dass jemand unter solchen Qualen gestorben war. Das gönnte er nicht mal einem Prediger, der die Menschen gegen Silberne aufhetzte. Er zog die Handschuhe über, die man ihm ebenfalls gegeben hatte, und kniete mit einem Blick zu Lex Sharp neben dem Körper nieder.

»Ich würde sagen, dass er auf die gleiche Art zu Tode gekommen ist wie Graham Foley. Aber das ist nur meine laienhafte Meinung.«

»Wie sicher sind Sie, dass Magie im Spiel war?«, fragte Rose.

»Ich kann es nicht mit hundertprozentiger Sicherheit sagen, aber es wäre das Erste, das ich annehmen würde.« Er sah zu Rose und Sharp auf, die einen Blick wechselten.

»Keine Würgemale«, sagte Rose. »Und nach allem, was ich gehört habe, ist er mitten in seiner Predigt umgefallen. Also hat sich ihm niemand genähert. Dieses Mal scheinen die Zeichen noch eindeutiger auf Magieeinwirkung hinzuweisen.«

»Könnte es kein Herzversagen oder ein anderer natürlicher Tod gewesen sein?«, hakte Lorcan nach.

»Unwahrscheinlich. Alle Zeugen sagen aus, dass es wirkte, als würde ihm der Hals zugeschnürt, als würde er erwürgt.«

»Ich verstehe.«

»Können Sie etwas darüber sagen, welche Art von Magie verwendet werden kann, um einen Menschen zu ersticken?«, fragte Rose.

»Es könnte eine Art Telekinese gewesen sein, bei der Kraft auf die Luftröhre ausgeübt wird. Oder auch Transition. Das müsste sich bei einer Obduktion feststellen lassen.«

»Ich möchte, dass Sie dieser beiwohnen, Dr. Flynn.«

Lorcan war sich nicht sicher, was er davon halten sollte. Einerseits war es eine neue Erfahrung. Andererseits konnte er sich bei Weitem Angenehmeres vorstellen, als zuzusehen, wie ein Körper aufgeschnitten wurde. Er nickte ergeben.

»Ein Wagen wird Sie zum Leichenschauhaus bringen. Wir haben hier noch zu tun.«

Lorcans Blick glitt zu Macbain, den er durch die geöffnete Kapellentür dabei beobachten konnte, wie er Befragungen durchführte. Der Regen schien ihm nichts auszumachen. Im Gegensatz zu allen anderen Anwesenden hatte er weder einen Schirm noch eine Kopfbedeckung. Noch nicht einmal seine Schultern waren hochgezogen.

Lorcan war überrascht, dass er fast ein wenig enttäuscht darüber war, dass sie jetzt für den Rest des Tages getrennt wurden. Er war sich sicher gewesen, dass er Angus Macbains Anwesenheit als extrem belastend empfinden würde, aber das war nicht der Fall. Auch die altbekannte Verzweiflung aus Schultagen war nicht zurück. Er hoffte nur, dass er nicht trotzdem mit dem Feuer spielte.

Kapitel 7

»Es wäre höflich, Greenaway zu fragen, ob er mit uns ins *Old Duck* kommen möchte«, sagte Nisha. »Immerhin ist er zurzeit mein Partner.« Sie saß an ihrem Schreibtisch und tippte Berichte. Angus lehnte in der Tür zu seinem alten Büro. Es störte ihn, dass Greenaways Sachen jetzt auf seinem Tisch standen. Auch wenn es nur ein Laptop und ein paar Stifte waren.

»Nicht heute Abend«, bat Angus. »Es ist wirklich lange her, dass wir zu zweit unterwegs waren.«

»Das liegt aber nicht an mir.«

»Stimmt. Aber ich musste schon Flynn den halben Tag über ertragen. Gönn mir einen Abend Ruhe. Morgen kannst du dann mit deinem mausartigen neuen Partner etwas trinken gehen.«

»In Ordnung.« Sie seufzte und stand auf. »Eigentlich hätte ich gern erst eine warme Dusche, nachdem wir uns vor der Kapelle im Regen die Beine in den Bauch gestanden haben. Aber das lässt sich wohl nicht einrichten.«

»Du könntest hier auf der Wache duschen.«

Nisha warf ihm einen vielsagenden Blick zu. Die Waschräume auf der Wache waren uralt und rochen nach Schimmel. Schon sich dort die Hände zu waschen, machte keinen Spaß.

Harlan Greenaway wieselte an Angus vorbei. Er war ein schmaler junger Mann, der Angus knapp bis zur Schulter reichte. Seine Nase war spitz, sein Kinn fliehend und seine

Augen so groß, dass es immer ein wenig wirkte, als sei er erstaunt.

»Harlan, ich mache Schluss für heute «, sagte Nisha. »Kann mich nicht mehr konzentrieren. Du solltest auch nicht mehr so lange arbeiten.«

Greenaway nickte. »Nur noch ein paar Minuten.« Seine Finger flogen über die Tastatur. »Ich habe da fünf Profile, die ich mir ansehen möchte.«

»Gut, bis morgen dann!« Sie zog die Tür hinter sich ins Schloss.

Angus und Nisha liefen nebeneinander die Treppen hinunter.

»Wie läuft die Zusammenarbeit?«, fragte Angus.

»Gut. Er ist ehrgeizig und fleißig. Manchmal habe ich das Gefühl, er hat nie etwas anderes gemacht, als zu lernen und zu arbeiten.«

»Das ist vermutlich auch so. Ich glaube, er hat mich kein einziges Mal angesehen.«

»Du machst ihm Angst, denke ich.«

»Warum das?«

»Wegen deiner Statur? Und du bist poltrig.«

Angus mochte es nicht, Menschen einzuschüchtern, aber ihm war bewusst, dass das hin und wieder vorkam, schon allein aufgrund seiner Größe und Muskeln. Er nahm sich vor, morgen etwas Freundliches zu Greenaway zu sagen.

»Wie läuft es denn mit Lorcan Flynn? Du warst ja alles andere als begeistert.«

Angus schob die Hände tiefer in die Taschen seiner Jacke. »Heute besser als gedacht, um ehrlich zu sein.« Sie gingen jetzt nebeneinander die Straße entlang zum Pub. Der Regen hatte aufgehört. Nur vereinzelte Tropfen fielen von den Dachrinnen. »Trotzdem bin ich froh, wenn er wieder nach Dublin verschwindet. Das, was ich damals mit ihm erlebt habe, brauche ich nicht noch mal.«

»Willst du mir nicht erzählen, was vor drei Jahren passiert ist? Wie schon gesagt, manchmal hilft es, die Dinge auszusprechen. Und gerade jetzt könnte das für dich von Vorteil sein.«

»Ich wollte es vergessen. Aber das ist mir offenbar nicht vergönnt.«

Er hielt Nisha die schwere Eingangstür des *Old Duck* auf. Da es recht früh am Abend war, gab es genug freie Plätze und sie suchten sich einen nah beim Kamin. Nisha räkelte sich in der angenehmen Wärme wie eine Katze. Sie bestellten Guinness und Irish Stew. Osvaldo versprach ihnen große Portionen und Angus fühlte sich angemessen für den anstrengenden Tag entschädigt.

Nisha ließ ihn essen und trinken, bevor sie ihn wieder ansprach. »Was war zwischen dir und Lorcan Flynn? Seit wir uns kennen, hast du nur selten von ihm gesprochen, aber selbst da habe ich gemerkt, wie sehr du ihn verabscheust.«

Angus bestellte noch ein Guinness. Das würde er brauchen. Dann sah er Nisha ergeben an. »Es ist keine komplizierte Geschichte. Sie lässt mich nur nicht gut dastehen.«

»Das ist doch egal. Wir sind Freunde, Angus. Ich weiß, dass du manchmal ins Fettnäpfchen trittst.«

Er runzelte die Stirn. »Das mag sein, aber so war es nicht. Es war nicht meine Schuld.« Er nahm einen tiefen Schluck von seinem Bier und stellte dann laut das Glas ab. »Also gut. Es fing damit an, dass wir schon in der Schule Konkurrenten waren. Wobei man das vermutlich gar nicht sagen kann, denn er war mir in allem überlegen. Gibt es dafür einen Ausdruck? Jedenfalls hat er mich immer deutlich spüren lassen, dass ich nicht so klug und belesen bin wie er.«

»Das klingt nicht sympathisch.«

»In der Uni lief es dann so weiter. Ich habe sogar angenommen, dass er sich entschieden hat, Sucher zu werden, damit er mir weiterhin auf die Nerven gehen kann. Ist aber möglich, dass ich ihm unrecht tue. Auf jeden Fall hat er es genossen, mich scheitern zu sehen. Du weißt ja, dass ich am Anfang durch einige Prüfungen gesegelt bin, bevor ich dich getroffen habe und wir zusammen gelernt haben.« Er sah missmutig in die Flammen des Kamins und schwieg.

»War es das?«, fragte Nisha. »Bist du deswegen so wütend auf ihn? So nachtragend kenne ich dich gar nicht.«

»Nein, das war noch nicht alles. Aber was dann passierte, habe ich bisher nur Sian erzählt. Und Cillian konnte es sich vermutlich zusammenreimen.«

Angus räusperte sich, richtete sich etwas auf und sank dann wieder in sich zusammen. »Da war dieser eine Abend ...«

»Ja?«

»Ich war mit ein paar Freunden in einem Pub und hatte schon ein oder zwei Guinness getrunken. Mehr nicht. Und dann ist er aufgetaucht. Lorcan. Das war ungewöhnlich. Passte nicht zu ihm. Er ging nie aus. Vermutlich waren wir alle unter seiner Würde. Schon in der Schule war er ein Einzelgänger gewesen. Kein Wunder.«

»Aber an dem Abend war er da?«

»Ja und nicht nur das. Er hat sich sofort neben mich gesetzt, als seien wir alte Freunde. Hat mir ein Bier bestellt und mich gefragt, wie es mir so geht.«

»Kam dir das nicht seltsam vor?«

»Am Anfang schon, aber er war freundlich, hat sich für alles interessiert, was ich gesagt habe. Sogar nach Sian hat er gefragt. Ich hatte mich bereits in Cillian verguckt, vielleicht fiel es mir darum leichter, mit Flynn zu sprechen. Auch wenn ich mir bei Cillian damals keine Chancen ausgerechnet habe.«

»Hattest du denn vorher Gefühle für Flynn?«

»Natürlich nicht, wie kommst du darauf?«

Nisha lächelte. »Es klang eben so. Entschuldige, dann habe ich das falsch verstanden. Erzähl weiter.«

»Ich hatte nie Interesse an Flynn«, bekräftigte Angus seine Aussage. »Ich fand ihn immer eingebildet und herablassend. Da war mir sein gutes Aussehen komplett egal.« Er musterte Nisha, um zu sehen, ob sie das jetzt begriffen hatte.

Sie nickte, aber da war dieses kleine Funkeln in ihrem Blick.

»An dem Abend jedenfalls war es vollkommen anders zwischen uns. Er war wie ausgewechselt. Total offen, fast ausgelassen. Auf mich wirkte er glücklich. Wir haben sogar getanzt.« Er nahm noch einen tiefen Schluck Guinness. »Ja und dann habe ich ihn mit nach Hause genommen, wir haben miteinander geschlafen und am nächsten Tag ist er nach Dublin gezogen und hat sich nie wieder bei mir gemeldet.«

»Was?« Das Lächeln auf Nishas Lippen verschwand. »Am nächsten Tag? Nach Dublin?«

Angus nickte, wischte sich Bierschaum von den Lippen. »Später habe ich erfahren, dass es eine Wette war, die er gewonnen hat, indem er mich ins Bett bekommen hat. Als wäre es nur ein Spiel. Er hat mich benutzt, um sich interessant zu machen.«

»Ich verstehe, dass dich das getroffen hat.«

»Ich war vor allem wütend. Weil es so typisch für ihn ist.«

»War es denn gut?«

Angus schwieg einen Moment. »Es war verdammt gut«, sagte er dann. »Das hat es nicht leichter gemacht. Ehrlich gesagt hatte ich an dem Abend sogar das Gefühl, dass mehr aus uns werden könnte. Und das hatte ich vorher bei niemandem.«

»Das ist mies.« Nishas dunkle Augen funkelten, dieses Mal wütend. »Tut mir leid, Angus. So etwas sollte man niemandem antun.« Sie streckte eine Hand aus und legte sie auf seine. »Das ist daneben. Man spielt nicht mit Menschen.«

»Ja, das sehe ich auch so.«

»Habt ihr jemals darüber gesprochen?«

»Nein. Ich wusste ja nicht einmal, wo er ist. Dass er nach Dublin gezogen ist und dort Magiekunde studiert, habe ich erst später herausgefunden.«

»Und hast du ihn jetzt gefragt, warum er verschwunden ist?«

»Ich weiß es doch im Grunde. Er hatte nie Interesse an mir. Meinst du, das muss ich noch mal hören?«

Nisha sah ins Kaminfeuer. »Und er hat nicht versucht, es dir zu erklären? Es kommt mir so kindisch vor. So hätte ich ihn nicht eingeschätzt.«

»Glaub mir, wenn es darum ging, mir eins auszuwischen, war er sehr kreativ und sich für nichts zu schade. Ich habe erst später erfahren, wie er an der Uni über mich gesprochen hat. Hinter meinem Rücken.«

»Wer hat es dir erzählt?«

»Cillian. Wenn ich ihn damals nicht gehabt hätte, wäre alles noch unerträglicher gewesen.«

»Bist du kurz nach der Nacht mit Lorcan mit Cillian zusammengekommen?«

»Nein, es hat eine Weile gedauert, bis ich darüber weg war. Aber Cillian war damals ein echter Freund. Ich habe mit einem Kumpel von ihm in einer WG gewohnt und er war oft bei mir.« Angus richtete sich auf. »Ich hatte keinen Liebeskummer oder so. Vor allem habe ich mich darüber geärgert, dass ich Flynn vertraut habe, obwohl ich es besser wusste. Dass ich in der Nacht geglaubt habe, er meint es ernst.«

»Er muss ein guter Schauspieler sein.«

»Ja, das ist er.«

»Vielleicht solltest du trotzdem ...« Nisha brach ab, als Angus' Handy klingelte.

Cillians Name erschien auf dem Display.

»Ja?«, meldete er sich. »Bist du schon zu Hause?«

»Seit zwei Stunden.« Cillian klang kühl, was nie ein gutes Zeichen war.

»Seit zwei Stunden schon? Du hast doch gesagt, du musst heute lange arbeiten.«

»Nein, Angus, das habe ich nicht gesagt. Ich hatte gehofft, wir könnten den misslungenen Abend von gestern nachholen. Wo bist du?«

»Im *Old Duck* mit Nisha.«

»Verstehe.«

»Cillian, warte …« Angus richtete sich auf. »Ich muss da etwas verwechselt haben. Ich war mir sicher, dass du heute lange arbeitest.« Sein Blick wanderte zur Uhr an der Wand. »Ich kann nach Hause kommen, wenn du möchtest.«

»Ist schon in Ordnung. Ich finde es nur schade, dass dir offenbar recht wenig daran liegt, Zeit mit mir zu verbringen, während du Sian und Nisha ständig siehst.«

Angus kramte nach seinem Geldbeutel. »Ich bezahle jetzt und komme dann nach Hause. Und wenn du möchtest, können wir gleich Pläne fürs Wochenende machen. Wir könnten wegfahren. Was immer du möchtest.«

»Hast du vergessen, dass ich dieses Wochenende auf Geschäftsreise bin?«

»Hast du mir das gesagt?«

»Das habe ich. Und es auf den Kalender in der Küche geschrieben, auf den du leider nie guckst. Egal, wie oft ich dich darum bitte. Genau darum hatte ich gehofft, dass wir uns diese Woche öfter sehen.«

Angus fuhr sich mit der Hand über die Stirn. Warum konnte er es sich nie angewöhnen, auf den blöden Kalender zu gucken? Das Schlimme war, er bildete sich sogar ein, gestern darauf geschaut zu haben. Wie hatte er da die Geschäftsreise übersehen können?

»Ich mach es wieder gut«, sagte er. »Und ich bin gleich da.«

Cillian legte auf und Angus zog einen Schein aus seiner Tasche, den er Nisha hinschob. »Kannst du für mich zahlen?«

»Musst du wirklich schon los?« Sie sah enttäuscht aus.

»Ja, ich hab da was verwechselt.«

»Fällt dir eigentlich auf, wie oft Cillian anruft, wenn wir beide zusammen unterwegs sind? Er kontrolliert dich doch nicht, oder?«

Angus lachte. »Nein. Er will den Abend gern mit mir verbringen.«

»Es stört ihn also nicht, wenn du dich mit Freunden triffst? Die anderen aus dem Team finden nämlich auch, dass du dich zurückgezogen hast.«

»So ist das nun mal, wenn man in einer längeren Partnerschaft ist.« Angus zog seine Lederjacke über. »Dann hat man nicht mehr so viel Zeit wie vorher.«

»Das muss aber nicht heißen, dass man seine Freunde kaum noch sieht. Ronan und Aoife kennst du seit der Uni. Und sie sehen dich nur noch im Dienst.«

»Wir reden ein andermal darüber, in Ordnung? Und du hast recht, wir sollten mal wieder zu viert weggehen. Aber jetzt muss ich los.«

»Du nimmst ein Taxi, oder?«

»Ja, natürlich.«

Der Taxistand war leer und Angus verschwendete Minuten damit im Regen zu stehen. Das gab ihm Zeit, ein wenig nachzudenken. Warum hatte er so ein schlechtes Gewissen? Er hatte Cillian nicht absichtlich missverstanden und vielleicht hatte der sich ja auch falsch ausgedrückt. War es nötig gewesen, die gute Unterhaltung mit Nisha zu unterbrechen? Sie waren im Moment keine Partner mehr und es war ihm wichtig, die Freundschaft zu ihr zu erhalten. In den letzten drei Jahren waren sie immer füreinander da gewesen und er war froh, dass sie jetzt auch über

Lorcan Flynn Bescheid wusste. Vielleicht konnte er das Ganze dadurch besser hinter sich lassen.

Als das Taxi kam, war er vollkommen durchnässt. Erleichtert ließ er sich auf den Rücksitz sinken.

Zu Hause erwartete Cillian ihn schweigend. Das war immer das Schlimmste. Angus war es lieber, wenn er wütend auf ihn war. Mit dieser Stille wusste er nicht umzugehen und sie führte dazu, dass er sich unsichtbar fühlte.

Er sah auf den Kalender in der Küche. Darauf war die Dienstreise eingetragen, wie auch ihr Date heute Abend. Wieso hatte er das übersehen? Aber so etwas passierte ihm nicht nur zu Hause. Auch Sharp hatte ihn schon oft kritisiert, weil er Versammlungen vergaß und Berichte zu spät abgab. Organisatorisches war nicht seine Stärke.

Cillian saß auf dem Sofa und sah eine Dokumentation im Fernsehen an. Er hatte ihn nicht begrüßt.

Angus goss ihm ein Glas Rotwein ein und stellte es auf dem Sofatisch ab.

»Hör zu, Cillian, das war keine Absicht«, sagte er. »Es tut mir leid, dass ich so chaotisch bin. Ich werde mir Mühe geben, dass es nicht wieder vorkommt.«

Cillian wandte den Kopf ihm und die Kälte in seinem Blick ließ Angus erschauern. »Du wolltest es wieder gutmachen. Dann gib dir mal ein wenig Mühe.« Er ließ sich im Sofa zurücksinken und öffnete den Knopf seiner Hose.

Angus ließ sich vor ihm auf die Knie sinken.

Deutlich später lag Angus im Bett und hörte wieder dem Rauschen der Dusche zu. Er überlegte, wann ihm Sex mit Cillian das letzte Mal Spaß gemacht hatte, und konnte sich nicht erinnern. Wenn er an guten Sex dachte, tauchte immer diese eine verdammte Nacht mit Lorcan vor seinem inneren Auge auf. Es war nicht einfach nur befriedigend gewesen. Das auch, aber das waren viele der kurzen Affären und One-Night-Stands, die er davor gehabt hatte.

Lorcan jedoch hatte er sich auf eine Weise nahe gefühlt, die er vorher noch nicht erlebt hatte. Als würden sie sich einander öffnen, als bedeute es etwas. Ja, irgendetwas hatte sich in seinem Innern verändert in dieser einen Nacht. Es nützte nichts, das zu leugnen. Lange hatte ihn das nicht losgelassen. Er hatte geglaubt, dass er es deswegen kaum ertragen würde, mit Lorcan zusammenzuarbeiten, aber das war nicht der Fall. Manchmal wenn sie zu zweit im Auto saßen, oder durch die Straßen gingen, fühlte es sich so richtig an. Als würde sich eine Lücke in seinem Innern schließen. Dieses Gefühl hatte er bei Cillian nie. Und das machte ihm Angst.

Cillian kam aus dem Badezimmer zurück, ein Handtuch um die Hüften. Angus sah zu ihm auf. Die Kälte war noch immer nicht ganz aus seinem Blick gewichen. Angus hatte darauf geachtet, dass es schön für ihn war, hatte ihn zwei Mal zum Höhepunkt gebracht. Aber vermutlich reichte das nicht mehr. Eine Beziehung konnte nicht nur auf körperlicher Befriedigung beruhen und vielleicht konnte er Cillian ansonsten nicht mehr das geben, was er brauchte. Das Gefühl hatte er ständig.

»Geht es dir gut?«, fragte Angus und setzte sich im Bett auf.

»Im Moment nicht wirklich«, sagte Cillian. »Es ist anstrengend auf der Arbeit. Ich brauche einen Partner, auf den ich mich verlassen kann.«

»Das verstehe ich.«

»Warst du wirklich mit Nisha im Pub? Oder mit deinem neuen Kollegen?«

Angus gefiel es nicht, wie Cillian das Wort Kollege benutzte. War er etwa eifersüchtig auf Lorcan? Das war schlecht. Cillian konnte sich vermutlich denken, was damals vorgefallen war, auch wenn er nie nachgefragt hatte.

»Ich habe nicht die geringste Lust, mit Lorcan auszugehen.«

»Du musst auf dich aufpassen.« Cillian legte eine Hand auf Angus' Bein. Die Berührung ging ihm durch und durch. »Damals als wir zusammengekommen sind, warst du seinetwegen ziemlich deprimiert, nicht wahr?«

Angus nickte stumm, hoffte, dass Cillians Hand höher rutschen würde. Dorthin, wo er sie so gern mal wieder spüren würde.

Tatsächlich strich Cillian an seinem Oberschenkel entlang. »Du darfst nicht vergessen, was für ein Lügner er ist und wie gut er manipulieren kann. Vielleicht wird er versuchen, uns auseinanderzubringen.«

»Das glaube ich nicht«, sagte Angus.

Er keuchte, als Cillians Hand seinen harten Schwanz umschloss. Schon jetzt war er kurz davor zu kommen. Es war so lange her und es tat so gut, das zu fühlen. Langsam strich Cillian an seinem Schaft auf und ab und Angus ließ sich mit einem Stöhnen in die Kissen sinken.

»Es wäre doch schlimm, wenn jemand zwischen uns käme, oder?«

Angus nickte hilflos.

»Oder?« Cillian hörte auf, ihn zu streicheln.

»Ja. Ja, Cillian, das wäre schlimm. Bitte ...«

»Bitte, was?«

»Mach weiter«, flüsterte Angus kleinlaut. Er mochte es nicht zu betteln, weil er wusste, dass Cillian nicht immer darauf einging.

Aber dieses Mal hatte er Erbarmen und machte weiter. Angus kam fast sofort, wand sich auf dem Laken und krallte seine Hände hinein.

Auf dem Bett ausgestreckt wartete er, dass sein Herzschlag sich beruhigte, und beobachtete Cillian, der ins Bad ging, sich die Hände wusch und ihm dann ein Handtuch zuwarf. Er säuberte sich sorgfältig, weil er wusste, dass Cillian es nicht mochte, wenn das Laken klebte.

»War das gut?«, fragte Cillian und sah grinsend auf ihn herab.

»Sehr gut.« Angus wagte ein kleines Lächeln.

»Das freut mich.« Cillian setzte sich auf die Bettkante. »Da ist noch eine Sache, über die ich gern mit dir sprechen würde.«

Angus war zum Umfallen müde. Vorhin hatte ihm Cillian einiges abverlangt und sein eigener unerwarteter Orgasmus hatte ihm den Rest gegeben. »Was ist es?«

»Ich habe eine wunderschöne Altbauwohnung im *Cathedral Quarter* entdeckt. Direkt in der Innenstadt. Du könntest zu deiner Arbeit laufen. Und dank meiner Gehaltserhöhung können wir sie uns sogar leisten.«

Angus rührte es, dass Cillian mit ihm in eine andere Wohnung ziehen wollte. Das bedeutete, dass er sich noch immer wohlfühlte in ihrer Beziehung, oder?

Allerdings war da noch Sian. Er würde sich keine Wohnung im *Cathedral Quarter* leisten können. Angus wollte ihn nicht alleinlassen, aber Cillian reagierte empfindlich auf das Thema.

»Das klingt gut«, sagte er also nur. Ihm fielen fast die Augen zu.

»Du kannst sie dir ja mal ansehen.« Cillian legte sich neben ihn, zog die Bettdecke über sich. »Ich wäre froh, wenn wir hier demnächst rauskommen.«

Kapitel 8

»Kaum zu glauben, du bist fast pünktlich«, sagte Lorcan, als Angus in ihr gemeinsames Büro gepoltert kam. Er stichelte schon wieder. Warum konnte er das nicht lassen? Er wusste doch, wie Angus es hasste.

Angus warf ihm einen finsteren Blick zu und ließ sich auf seinen Bürostuhl fallen, der etwas zu klein für ihn war. »Cillian hat mich gefahren.«

Und damit hatte er es Lorcan heimgezahlt, ohne das vermutlich selbst zu wissen. Lorcan biss sich auf die Unterlippe, starrte einen Moment lang auf seinen Laptop, auf dem die Buchstaben verschwammen.

»Du bist also noch immer mit Cillian Fletcher zusammen.«

»Du klingst überrascht.« Angus streckte sich in seinem Stuhl, gähnte.

»Ich habe ihn als total arroganten Typ in Erinnerung.«

Angus lachte, aber es klang bitter.

»Was?« Lorcan sah zu ihm, versuchte, seinen Blick nicht wieder an seinem Körper entlangwandern zu lassen. Sein T-Shirt war etwas hochgerutscht, gab den Blick auf seinen muskulösen Bauch frei. Wer trug bitte bei diesem Wetter ein T-Shirt?

»Du nennst jemanden arrogant? Wie überaus ironisch.«

»Was meinst du damit?«

Angus winkte ab. »Ich will mich nicht streiten. Waffenstillstand, erinnerst du dich? Aber hör auf, meinen Partner zu beleidigen.«

»Du denkst also, ich bin arrogant?«

»Natürlich bist du das. Das steht nicht zur Debatte.«

»Wie definierst du arrogant?«

»Lass mich mal überlegen. Sich so fühlen, als sei man besser als seine Mitmenschen. Glauben, niemand könne einem das Wasser reichen. Sein Gegenüber das auch regelmäßig deutlich spüren lassen. Sich diebisch darüber freuen, dass man so viel toller ist als die anderen. So ungefähr.«

Lorcan schwieg. Natürlich, ihm war immer klar gewesen, dass Angus ihn nicht gut leiden konnte. Aber dass es so schlimm war, hatte er nicht gewusst. Und er wäre lieber ahnungslos geblieben. Angus' Worte versetzen ihm Stiche in seinem Innern.

»Was denn?«, fragte der. »Hat es dir die Sprache verschlagen?«

»Nein, ich verschwende nur nicht gern Worte an den Plebs.«

»Plebs?«

Lorcan seufzte. »Das gemeine Volk im alten Rom.«

»Wieso waren sie denn gemein?« Angus lehnte sich in seinem Stuhl zurück.

»Sie waren ... ach egal. Möchtest du Kaffee?«

»Ja, aber nicht aus dem Automaten. Glaub mir, da kann man genauso gut Abwaschwasser trinken. Lass uns unterwegs einen mitnehmen. Wir müssen sowieso aufbrechen.«

»Du hast recht.« Lorcan stand auf und griff nach seinem Mantel. Heute lag ein langer Tag mit Befragungen vor ihnen. Sharp wollte, dass sie mit allen sprachen, die während des Mordes in der *Old Chapel* anwesend gewesen waren. Reine Zeitverschwendung in Lorcans Augen. Wenn er daran dachte, was er in Dublin in der Zeit alles hätte schaffen können, wurde ihm ganz anders.

Im Volvo drehte er die Sitzheizung auf.

»Memme«, sagte Lorcan. »Bist du bei der Obduktion gestern nicht umgekippt? Was kam da überhaupt raus?«

»Es sieht alles danach aus, als hätten wir es mit Telekinese zu tun«, erklärte Lorcan. »Es steckte nichts in der Luftröhre des Pastors und trotzdem ist er erstickt. Es wirkt, als habe etwas sie zusammengedrückt. Aber wie wir wissen, ist das nicht durch Einwirkung von außen geschehen.«

Angus Hände schlossen sich fest um das Lenkrad. »Ich habe es gewusst. Der Schatten.«

»Der Silberne, von dem du mir bereits erzählt hast?«

»Ja. Wir nennen ihn den Schatten, weil er immer komplett in Grau gekleidet ist und eine Sturmhaube trägt. Ich war kurz davor, ihn zu erwischen. Der Gedanke, dass das einen Mord verhindert hätte ...«

»Wir können nicht sicher sein, ob er es war«, erwiderte Lorcan. Auch wenn er zugeben musste, dass es durchaus logisch klang, dass ein starker Telekinetiker, der in Belfast schon länger sein Unwesen trieb, für die Morde verantwortlich sein könnte. Telekinese war schwer zu erlernen und nur wenige beherrschen sie gut genug, um so präzise arbeiten zu können.

»Er war es«, sagte Angus. »Ich weiß es.«

»Seine eigene Intuition sollte man nicht außer Acht lassen. Dennoch bleibt uns nichts anderes übrig, als nach Hinweisen zu suchen.«

Die Befragungen der Zeugen zogen sich unendlich hin und es gab kaum neue Erkenntnisse. Immerhin bildeten Lorcan und Angus kein schlechtes Team, weil Angus auf andere einschüchternd wirkte, während Lorcan seine rhetorischen Fähigkeiten nutzte, um die Menschen dazu zu bringen, sich ihnen zu öffnen.

Am Ende des Tages hatten sie trotzdem das Gefühl, nichts erreicht zu haben. Es war niemand in der Nähe der *Old Chapel* gesehen worden, es war keinem aufgefallen, dass jemand Silizium dabeigehabt hatte, und niemand war sich darüber bewusst, ob der Pastor aufgrund seiner Äußerungen Feinde hatte.

Draußen dämmerte es und sie saßen an ihren Schreibtischen, die einander zwar gegenüberstanden, aber nicht zusammengeschoben waren. Zwischen ihnen war eine etwa einen Meter breite Lücke. Lorcan dachte, dass das unpraktisch war und unnötig Platz in dem ohnehin kleinen Büro wegnahm, aber er würde Angus nicht bitten, es zu ändern.

Er beobachtete seinen Partner unauffällig, der über den Laptop gebeugt war und langsam tippte. Das Schreiben mit zehn Fingern hatte er offenbar nie gelernt, aber Lorcan war dieses Mal schlau genug, das nicht anzumerken.

Angus Macbain war nicht mehr derselbe. Das war Lorcan schon am ersten Tag aufgefallen, aber er konnte es nicht in Worte fassen. Irgendetwas fehlte.

Früher war immer ein Strahlen von Angus ausgegangen, eine Wärme, die man fast körperlich spüren konnte. Wenn er gelacht hatte, dann dröhnend, den Kopf in den Nacken gelegt. Jetzt klang sein Lachen oft bitter. Sein Körper war muskulöser als früher und seine Haltung weiterhin aufrecht, aber Lorcan nahm eine gewisse Unsicherheit an ihm wahr. Vielleicht an der Art, wie seine Schultern jetzt manchmal nach vorne sackten. Hin und wieder starrte er vor sich hin, mit gerunzelter Stirn. Diesen Ausdruck hatte er früher nur gehabt, wenn er in Prüfungen eine schwierige Aufgabe lösen musste. Jetzt hatte er ihn oft.

Lorcan kam es vor, als habe er etwas verloren, das er nie wirklich besessen hatte. Er wollte den alten Angus zurück.

»Soll ich Eintritt verlangen?«, fragte Angus.

»Wie bitte?«

»Du starrst mich seit Minuten an.« Angus blickte genervt auf. »Ich kann nicht schneller schreiben, okay? Hatte keine Lust, ständig zu üben.«

»Das wollte ich gar nicht sagen.«

»Und diese verdammten Berichte hängen mir zum Hals raus.« Angus schob den Laptop von sich weg. »Ich weiß, Sharp will sie noch heute, aber ich habe keine Ahnung, wie ich das schaffen soll, bevor wir zum *Cave Hill* aufbrechen müssen.«

Lorcan hatte seine Berichte über die Zeugenaussagen schon seit einer Weile fertig und nutzte die Zeit zum Recherchieren über *Cave Hill* und seiner Bedeutung für die Silbernen. Er war überrascht, dass Angus noch immer daran saß.

»Ich kann ein paar von deinen übernehmen«, bot er an. »Wir waren ja beide bei den Vernehmungen dabei.«

Er war überrascht, dass Angus ihn düster ansah. »Sag ruhig, dass die Berichte für dich eine Kleinigkeit sind und ich unfähig bin.«

»Stimmt, Berichte tippen fällt mir nicht schwer, darauf bilde ich mir nichts ein. Da gibt es andere Sachen.« Er grinste. »Also schieb mir ein paar rüber, dann haben wir noch Zeit, essen zu gehen. Hast du nicht vorhin erzählt, dass es im *Old Duck* heute Burger gibt?«

Angus' Gesicht hellte sich auf und Lorcan erinnerte sich daran, dass Essen Angus auch früher schon immer aufgemuntert hatte. Das sollte er sich merken.

Das Abendessen im *Old Duck* verlief harmonisch. Gutes Essen war etwas, das sie beide gern mochten und Lorcan musste zugeben, dass das Steak hervorragend war.

Er fühlte sich besser, als sie im Volvo zum *Cave Hill* fuhren und auch Angus schien besänftigt.

»Was genau erhoffen wir uns von dem Besuch dieser Party?«, fragte Lorcan.

»Ich gehe davon aus, dass ich einige der Wölfe dort treffe und mit ihnen sprechen kann. Nicht alle sind vollkommen unzugänglich. Möglicherweise gibt es auch unter den illegalen Silbernen einige, die Morde mit Hilfe von Magie nicht gutheißen.«

Lorcan nickte. »Sind wir dort überhaupt willkommen?«

»Willkommen nicht, aber die Partys sind auch für Nichtmagische frei zugänglich. Um Cave Hill hat sich ein regelrechter Kult entwickelt. Einige Silberne behaupten, dass sie bei diesen Versammlungen ihre Kräfte aufladen oder so einen Blödsinn.«

»Wenn man stark genug an etwas glaubt, wird es ja manchmal wahr.«

»Das könnte glatt von Sian stammen.« Angus lächelte. »Er glaubt auch an die Kraft der Gedanken und an die Macht von Tarotkarten.«

»Wie geht es denn deinem Bruder?«

»Nicht so gut im Moment.« Angus strich sich übers Haar. »Er verlässt die Wohnung kaum. Eigentlich gar nicht mehr. Es ging ihm schon mal besser, aber in letzter Zeit ...«

Angus brach ab und Lorcan sah den Schmerz, der sich auf seinem Gesicht spiegelte.

»Das tut mir leid. Er ist damals Opfer einer Entführung geworden, nicht wahr? Fünf Menschen sind verschleppt und zwei Wochen später wieder freigelassen worden. Ich habe in der Zeitung darüber gelesen.« Er hoffte, dass er keine persönliche Grenze überschritten hatte, aber Angus nickte.

»Von Silbernen. Sie haben Experimente an ihm durchgeführt und ihn dann wieder gehen lassen. Er hatte es vorher schon nicht leicht, aber danach ist er psychisch nicht mehr auf die Beine gekommen.«

»Er wurde von Silbernen entführt?« Lorcan sah Angus an, versuchte, in seinem Gesicht zu lesen. »Das war mir nicht bewusst.«

»Die Regierung hat es damals unter den Tisch gekehrt. Genau wie sie es jetzt mit den Morden machen. Es hieß, es sei nicht sicher, was passiert ist. Aber Sian kann sich an die Experimente erinnern. Sie haben ihm wehgetan, um ihn dazu zu bringen, sich mit Magie zu wehren, die er nicht beherrscht.«

»Das ist grausam.«

»Ja, das ist es. Und es ist unfair, dass er darunter leidet, aber nie jemand zur Rechenschaft gezogen wurde.«

Lorcan schwieg, sah auf Angus' Hände, die noch immer um das Lenkrad verkrampft waren. »Glaubst du, dass die Entführungen von damals etwas mit den Mordfällen zu haben?«

Angus blickte ihn überrascht an. »Auf die Idee bin ich noch nicht gekommen. Es ist fünf Jahre her. Aber wer weiß?«

»Wir sollten das zumindest im Hinterkopf behalten«, sagte Lorcan.

Kapitel 9

Angus parkte den Volvo am Fuß von Cave Hill. Es war dunkel, aber die Nacht wurde von Fackeln erhellt, die am Wegesrand aufgestellt waren. Einige verhüllte Gestalten waren auf dem Weg nach oben. Es hatte etwas Mystisches, aber das wunderte Lorcan nicht. Menschen, die ihre Zeit darauf verwendeten, Magie zu erlernen, hatten oft eine gewisse Affinität zum Okkulten. Nicht alle, aber es kam doch häufig vor. Die meisten brauchten viele Jahre, um überhaupt so weit zu kommen, dass die Magie, die sie in ihrem Innern aufbauten, sich mit Hilfe von Silizium den Weg nach außen bahnen und dort etwas bewirken konnte. Lorcan verglich diese Fähigkeit oft mit dem Erlernen eines schwierigen Instruments. Nur, dass eine Geige auch Töne von sich gab, wenn man sie nicht spielen konnte. Um Magie zu wirken, musste man sie virtuos beherrschen. Die allermeisten Menschen gaben auf, bevor sie jemals irgendeine Wirkung erzielt hatten. Man konnte deswegen voraussetzen, dass die Silbernen Hingabe und Ehrgeiz in sich vereinten. An sich gute Eigenschaften, die sie als Kriminelle aber besonders gefährlich machten.

Er stieg aus und zog seinen Mantel enger um sich. Zum Glück regnete es nicht, aber er hatte seinen Schal vergessen, was ihn jetzt ärgerte. Ihm war immer kalt, wenn er keinen hatte.

Neben Angus stapfte er den Weg zwischen den Fackeln hoch. Die Klänge von »Blood of Cú Chullain« wehten schwach zu ihnen herunter.

»Wir sollten uns zunächst möglichst unauffällig verhalten«, erklärte Angus. »Ich möchte mich umsehen, ob ich Mitglieder der Wölfe entdecke. Wenn wir zu früh auffallen, dann verschwinden sie vermutlich.«

»Ich halte mich einfach an dich«, sagte Lorcan. »Du weißt besser, wie man sich auf Partys unauffällig verhält. Du warst in der Schule schließlich der Mittelpunkt von jeder.«

»Und du nicht?«

»Nein. Ich war nie eingeladen.«

»Was?« Angus runzelte die Stirn.

»Ich stand nie auf euren Gästelisten.«

»Ich war mir sicher, unsere Feiern wären unter deiner Würde gewesen.«

»Ich hätte gern eine Chance gehabt, das herauszufinden.«

War das so etwas wie Mitgefühl in Angus' Blick, als er ihn jetzt ansah? Das hatte Lorcan mit Sicherheit nicht heraufbeschwören wollen. Dennoch war er froh darüber, dass sie heute gut miteinander auskamen und er es geschafft hatte, Angus nicht gegen sich aufzubringen. Er fühlte noch immer die Abneigung, die von ihm ausging, aber zumindest im Moment nahm sie nicht überhand.

Die Höhlen tauchten vor ihnen auf und gleichzeitig wurde die Musik lauter. Viele der Anwesenden hatten Instrumente mitgebracht. Die Höhlen waren von Feuerschein erhellt und auch vor ihnen standen Fackeln. Hier und dort waren Lagerfeuer angezündet, an denen Menschen zusammenstanden, sich unterhielten und lachten. Es hatte nichts Bedrohliches, sondern wirkte fast einladend. Der Duft von Weihrauch stieg Lorcan in die Nase und vermischte sich mit der frischen Nachtluft. Er drehte sich um und sah die Lichter von Belfast unter sich. Einen Moment hielt er inne und fühlte tief in seinem Innern, wie sehr er diese Stadt vermisst hatte. Er war früher viel zu selten hier oben gewesen und jetzt genoss er es. Aber er durfte nicht vergessen, warum sie hier waren. Dennoch hätte er die Feier der Silbernen mögen können, wenn es nicht so kalt gewesen wäre. Er überlegte, ob er Angus unauffällig näher an eines der Lagerfeuer locken sollte. Der fror offenbar nicht, trotz seiner dünnen Jacke unter der er, wie Lorcan wusste, nur ein T-Shirt trug.

»Hast du schon ein Mitglied der Wölfe entdeckt?«, fragte Lorcan leise.

Im selben Moment tauchte eine junge Frau mit glänzend schwarzem Haar vor ihnen auf. Ihre dunkelbraune Haut schimmerte im Feuerschein. Sie trug eine Lederjacke, enge schwarze Jeans und klobige Stiefel. Gut sichtbar hing eine Kette mit einem großen Anhänger aus geschliffenem Silizium um ihren Hals. Ihr Bändchen trug sie am rechten Handgelenk. »Angus Macbain«, sagte sie. »Was für eine Überraschung, ausgerechnet dich hier zu sehen.«

»Zahira Bashar.« Angus wandte sich an Lorcan. »Sie hat eine hohe Position bei den Wölfen inne.«

Zahira lachte. »Das würde ja voraussetzen, dass die Wölfe hierarchisch aufgebaut sind. Das ist aber nicht der Fall.«

»Willst du damit sagen, du bist nicht eine ihrer Anführerinnen?«

»Nein, das bin ich nicht. Wir brauchen niemanden, der uns sagt, was wir zu tun haben. Wir sind nichts anderes als ein loser Zusammenschluss. Nicht der organisierte Verbrecherverein, den ihr in uns seht.«

»Wie dem auch sei. Kannst du uns trotzdem ein paar Fragen beantworten?«

»Erst nachdem ich euch etwas zu trinken geholt habe.« Zahira zwinkerte Angus zu und verschwand in Richtung der Höhlen.

»Sie wirkt freundlich«, sagte Lorcan. »Ich wusste gar nicht, dass du dich mit den Wölfen verstehst.«

»Das täuscht. Zahira weiß genau, wie sie Menschen um den Finger wickeln kann. Sie versucht nur, mich zu manipulieren, was ihr nicht gelingen wird.«

»Welche Art der Magie beherrscht sie?«

»Verwandlung. Und ich weiß nicht, wie stark ihre Kräfte wirklich sind. Vor ihr müssen wir uns in Acht nehmen. Ich halte sie für gefährlich.«

»Redet ihr über mich?«, fragte Zahira, die wieder vor ihnen auftauchte und ihnen zwei Flaschen Guinness hinhielt. »Ich hoffe nur Gutes. Das magst du doch, Angus?«

»Ja, danke.« Er öffnete sein Bier mithilfe eines Schlüssels.

»Womit kann ich euch helfen?«

»Du hast sicherlich von den Morden gehört«, begann Angus. Typisch, dass er sofort mit der Tür ins Haus fiel. Lorcan hätte das etwas diplomatischer angefangen.

»Ich habe mir schon gedacht, dass es darum geht.« Zahira verschränkte die Arme vor dem Oberkörper. »Wir haben nichts damit zu tun.«

»Was macht dich da so sicher? Wenn ihr keine hierarchischen Strukturen habt, dann weißt du doch gar nicht, was andere Mitglieder eurer Gruppe tun.«

»So etwas wüsste ich. Niemand von uns würde einen Mord begehen. Das widerspräche all unseren Prinzipien.«

Angus schnaubte. »Raubüberfälle scheinen hingegen nicht gegen eure Prinzipien zu gehen.«

Zahiras Blick verdunkelte sich. »Wir haben noch nie jemandem etwas weggenommen, der den Verlust nicht verschmerzen konnte. Einige Menschen in dieser Stadt verschimmeln auf ihrem Geld, während andere nicht genug haben, um ihren Kindern vernünftige Schuhe zu kaufen. Findest du das fair?«

»Natürlich ist die Welt nicht gerecht«, sagte Angus. »War sie noch nie. Aber komm mir nicht mit der Robin-Hood-Nummer.«

»Es gibt Bonzen hier, die immer wieder Menschen für sich schuften lassen, ohne jemals eine Rechnung zu bezahlen.«

»Ich weiß Zahira, aber dafür gibt es das Gesetz.«

Zahira schnaubte. »Die Gesetze werden ja genau von diesen Leuten gemacht.«

Angus wirkte ein wenig überfordert mit der Situation und nahm einen tiefen Schluck von seinem Guinness. »Aber du bleibst dabei, dass ihr mit den Morden nichts zu tun habt?«, fragte er dann.

Zahira richtete sich auf. »So ist es. Auch wenn es um die beiden Opfer nicht schade ist.«

»Du redest dich eines Tages um Kopf und Kragen«, sagte Angus und seine Stimme klang erstaunlich sanft. »Wir hören uns hier ein wenig um. Pass auf dich auf Zahira.«

»Pass du auch auf dich auf, Angus Macbain. Und drück heute mal ein Auge zu, in Ordnung?« Mit einem Zwinkern verschwand sie in der Menge.

»Du magst sie«, bemerkte Lorcan.

»So würde ich das nicht sagen. Aber irgendwie verstehe ich, was sie meint. Der letzte Einbruch, bei dem wir die Wölfe verdächtigt haben, war in der Villa der Holburns. Es hat sich herausgestellt, dass die Familie eine ganze Sammlung geschmuggelter Elfenbeinfiguren besaß sowie gestohlene Kunstschätze afrikanischer Natives. Mein Mitleid hielt sich in Grenzen.«

»Sie suchen sich also genau aus, wen sie überfallen?«

Angus nickte unwillig. »Trotzdem ist es falsch, Magie für so etwas einzusetzen.«

»Da stimme ich dir zu. Aber es scheint, als hätten sie einen Ehrenkodex. Denkst du wirklich, sie würden morden?«

»Wie Nisha sagt: Die beiden Toten hatten nicht viele Sympathiepunkte unter den Silbernen. Ich verdächtige hier auch nicht die Wölfe, sondern einzelne Mitglieder, die sich radikalisiert haben. Vielleicht eine Untergruppe.«

Lorcan nickte. »Das ergibt Sinn.« Er fröstelte und schlang die Arme fester um sich. Seinen Schal durfte er nicht noch einmal vergessen. Das würde ihm vermutlich einen steifen Nacken einbringen. Auch seine Füße waren eiskalt. Im Grunde fror er am ganzen Körper und musste sich zusammenreißen, um nicht zu zittern. Für Ermittlungen im Freien war er nicht geschaffen. Angus dagegen wirkte absolut souverän. Vor ihm wollte er sich keine Blöße geben.

»Kalt?«, fragte dieser.

»Es geht.«

»Du frierst doch. Dein Mantel ist nicht gefüttert.«

»Ich bin für solche Einsätze nicht gut ausgestattet.«

»Stimmt.« Angus grinste schief. »In deinem warmen Studierzimmer brauchst du vermutlich keine Outdoorkleidung. Ich wette, du hast einen Kamin.«

Lorcan zögerte. »Ja.«

»Und ein Heizkissen?«

»Um ehrlich zu sein, ja.«

Angus' Lachen war das aufrichtigste, das Lorcan bisher von ihm gehört hatte, aber es klang nicht herablassend.

»Komm ans Feuer«, sagte er und griff nach Lorcans Arm. Dieser folgte ihm erleichtert, stellte sich nah an eines der Lagerfeuer vor den Höhlen. Es tat gut, seine steif gefrorenen Finger zu wärmen, aber die Kälte kroch immer noch seinen Rücken hinab.

Angus trat hinter ihn. »Darf ich?«, fragte er.

»Was?«

»Dich wärmen. Wir brauchen dich für die Ermittlung. Wenn du dich jetzt erkältest, würde ich dir das nicht verzeihen.«

»Du darfst.«

Angus' Arme schlangen sich um ihn, und Lorcan lehnte sich zurück an dessen muskulöse Brust. Erleichtert seufzte er auf, als er fühlte, wie warm Angus war. Als habe er einen inneren Ofen. Es war wundervoll. Eine entfernte Erinnerung meldete sich in seinem Geist und er schob sie schnell zur Seite. Diese Wärme hatte er schon einmal gespürt, aber er wollte jetzt nicht daran denken. Es einfach nur genießen.

Es machte etwas mit ihm, so nah bei Angus zu sein, und so gut es sich auch anfühlte, wusste er, dass er es nicht zulassen durfte.

Angus war vorsichtig darauf bedacht, ihm nicht zu nahe zu treten. Seine Arme lagen locker um Lorcan, hielten ihn nicht fest. Er stand so, dass seine Hüften ihn nicht berührten.

Lorcan biss sich auf die Lippen, konzentrierte sich darauf, gleichmäßig zu atmen.

Ob es sich für Angus auch so gut anfühlte? Angus' Atem ging etwas schneller und er meinte sogar, dessen Herzschlag an seinem Rücken zu fühlen. Er sah ins Feuer, hörte die Klänge der Fiedeln und Bodhráns, und versank in diesem Moment, vergaß das, was wie eine Mauer zwischen ihnen stand. Er wollte nichts lieber als einen Schritt zurückzutreten, um zu fühlen, ob es Angus so ging wie ihm. Aber er wollte dessen Grenzen nicht überschreiten. Angus hätte ihn jederzeit an sich ziehen können, wenn das in seinem Sinn gewesen wäre.

»Besser?«, fragte dieser und seine Stimme klang rau. Lorcan spürte seinen Atem an seinem Hals und erschauerte am ganzen Körper. Warum konnte man alles kontrollieren, nur die Reaktionen des eigenen Körpers nicht? Ihm war nicht mehr kalt, aber er war beinahe schmerzhaft hart.

»Besser«, flüsterte er und schloss die Augen, konzentrierte sich auf den angenehm herben Duft von Angus' Rasierwasser.

Jemand huschte an ihnen vorbei, rempelte Lorcan an, sodass er automatisch einen Schritt zurücktrat in Angus' Umarmung. Und da fühlte er es. Angus war ebenfalls hart. Seine Erektion drückte sich einen Moment lang fest an Lorcans Hintern, ließ ihn nach Luft schnappen. Dann schob Angus ihn von sich weg.

»Das war Aiden McAodhan, der Sohn des Uhrmachers aus dem Silberviertel. Mit ihm wollte ich reden.«

Lorcan nickte benommen. Hatte er sich das eben eingebildet?

Er folgte Angus, der den Jungen einholte und ihn am Handgelenk packte. Der drehte sich zu ihm um. Er hatte leuchtend rotes Haar, helle, sommersprossige Haut und einen breiten Mund, der sich jetzt zu einem Grinsen verzog, das ziemlich schiefe Zähne zeigte. »Macbain, mein alter Freund«, rief er. »Schön zu sehen, dass du auch mal ein bisschen Spaß hast. Und wow, du hast ja eine echte Schönheit dabei.« Er nickte Lorcan zu,

»Lass die Witze«, sagte Angus. »Du spielst schon wieder mit dem Feuer.«

»Gelungenes Wortspiel.«

»Im Ernst, Aiden, rück deine Brandbälle raus. Ich möchte nicht, dass heute jemand verletzt wird.«

Lorcan wusste, wovon Angus sprach. Feuermagier verwendeten handtellergroße Bälle aus einem leicht brennbaren Material, die sie warfen und dann in Flammen aufgehen ließen. Damit konnten sie kleine Explosionen erzeugen.«

»Du gönnst uns auch nicht das geringste bisschen Spaß.«

»Der Spaß ist schnell vorbei, wenn hier alles in Flammen aufgeht.«

»Solche Missgeschicke passieren mir nicht mehr. Wie soll ich denn bitte die Mädels beeindrucken, wenn du mir mein Feuerwerk wegnimmst. Oder die Jungs? Es war für heute um Mitternacht geplant.«

»Das ist mir egal. Solange du keine Lizenz dafür hast, ist dein kleines Feuerwerk illegal.«

»Du hast leicht reden. Wenn ich so gebaut wäre wie du, bräuchte ich auch kein Feuerwerk.« Sein Blick glitt an Angus' muskulösen Armen entlang.

»Du hast genug Charme, du brauchst keine Muskeln.« Angus hielt geduldig die Hand auf.

Mit einem leisen Grummeln zog Aiden einige murmelgroße Bälle aus seiner Jackentasche und legte sie in Angus'

Hand. Der sah ihn mit hochgezogenen Augenbrauen an. Aiden seufzte theatralisch und holte weitere Kugeln aus der anderen Jackentasche. »Du bist schuld, wenn ich heute Abend keinen Sex habe.«

»Das nehme ich gerne in Kauf.« Angus warf die Bälle ins Lagerfeuer, wo sie Funken sprühten und dann schnell verglühten. Große Explosionen erzeugten sie nur mit Hilfe von Magie.

»Wo ist eigentlich Benisha Sarkar?«, fragte Aiden. »Seid ihr keine Partner mehr?«

»Zurzeit arbeite ich mit Lorcan Flynn. Er unterrichtet Magiekunde in Dublin.«

»Ist es wegen der Morde?« Aiden musterte Lorcan mit unverhohlener Neugier.

»Weißt du irgendetwas darüber?«, fragte Angus.

Aiden schüttelte den Kopf. »Damit habe ich nichts zu tun.«

»Wir müssen einen Magier finden, der ungewöhnlich gut Telekinese beherrscht. Ein paar Mal ist er uns schon entwischt. Er trägt immer dunkelgrau und eine Sturmhaube.«

»Hat er etwas mit den Morden zu tun?«, fragte Aiden. Sein Grinsen war verschwunden. Er wirkte plötzlich ernst.

»Das nehmen wir an.«

»Ich habe ihn schon öfter gesehen, aber ich weiß nicht, wer er ist.«

»Aiden, das hier ist ernst«, sagte Angus. »Anders als eure Verbrechen, für die wir euch vielleicht nie drankriegen werden. Das hier ist Mord. Da willst du nicht hineingezogen werden.«

Aiden schluckte. »Ich weiß es nicht.« Er wich Angus' Blick aus. »Ja, er taucht manchmal am Rand unserer Versammlungen auf, aber immer mit Sturmhaube. Er gehört nicht zu uns.«

»Das hier kann unangenehm werden, Aiden. Wenn du irgendetwas weißt, dann komm damit zu mir, in Ordnung? Dein Vater möchte mit Sicherheit nicht, dass du in etwas verwickelt wirst, das du nicht kontrollieren kannst. Er findet es schlimm genug, dass du bei den Wölfen bist.«

»Mein Vater versteht mich nicht.«

»Möglich, aber er liebt dich. Denk daran und pass auf dich auf.«

Aiden nickte. Dann drehte er sich um und war kurz darauf zwischen den Lagerfeuern verschwunden.

Angus seufzte. »Ich denke nicht, dass wir hier noch viel ausrichten werden. Holen wir uns einen heißen Punsch für den Abstieg.«

»Gute Idee«, sagte Lorcan, der schon wieder fror.

Kurz darauf waren zumindest seine Hände warm vom Halten des Bechers und er stapfte mit Angus den Hügel hinab, den Blick auf Belfast gerichtet, dessen Lichter er unter sich leuchten sah. Die ersten Töne von »Belfast Child« erklangen hinter ihnen. Lorcan lief ein wohliger Schauer den Rücken hinunter.

»Angus«, sagte er. »Ich dachte, du verabscheust Silberne. Heute hatte ich fast den Eindruck, du sorgst dich um sie.«

»Ist das so?«

»Ja. Zumindest Zahira und Aiden scheinen dir nicht egal zu sein.«

»Sie sind im gleichen Alter wie mein Bruder«, sagte Angus. »Sie wissen nicht, was sie tun. Und ich habe das

Gefühl, dass das hier gefährlich für sie werden kann. Und nicht nur für sie.«

~~~*

Lorcan betrat sein Apartment, das ihm leer und trostlos vorkam. Es war gemütlich eingerichtet, daran lag es nicht. Aber er vermisste Arachne, seine Rotknie Vogelspinne. Mit ihr wechselte er normalerweise immer erst ein paar Worte, wenn er nach Hause kam. Die Tochter seiner Nachbarn kümmerte sich jetzt um sie, weil der Ortswechsel ihr nicht gutgetan hätte. Er wünschte trotzdem, sie wäre hier.

Er trat an sein Fenster, das auf die Franklin Street hinausging, und lehnte seine Stirn an das Glas. Ihm war wieder kalt und er stellte sich Arme vor, die ihn von hinten umschlangen, ihn an einen warmen Körper zogen. Das brachte weitere Erinnerungen mit sich, gegen die er seit *Cave Hill* erfolglos ankämpfte. Jetzt spielten sie sich vor seinem inneren Auge ab wie ein Film.

Er selbst vor dem Spiegel in seinem kleinen Studentenzimmer, mit prüfendem Blick, denn heute ging es um alles. Seine letzte Woche in Belfast. Er war bereit für seinen Umzug nach Dublin und er wusste, wo er Angus Macbain finden würde. Die Viertsemester feierten eine Party im Crown Liquor Salon, und er selbst konnte hingehen, man brauchte keine Einladung. Das war seine letzte Chance. Er musste Angus sagen, was er für ihn fühlte, bevor es zu spät war.

Der Abend war magisch. Besser als er es sich in seinen schönsten Träumen hätte ausmalen können. Angus lachte ihn nicht aus. Am Anfang wirkte er milde überrascht und geschmeichelt. Sie waren den ganzen Abend über zusammen, redeten, lachten, tanzten. Schließlich küsste Angus ihn in einer Ecke der Bar und fragte, ob er mit ihm nach Hause kommen wolle.

Lorcan zögerte nicht lange. Es fühlte sich an, als könne er fliegen, als er Hand in Hand mit Angus durch die Straßen lief. Sie küssten sich immer wieder, hielten es kaum aus, bis sie endlich in Angus' Zimmer waren.

Lorcan hatte schon vorher mit anderen geschlafen, aber dabei war es eher um Sex gegangen. Darum, es endlich zu tun oder einen Drang zu befriedigen. Es war okay gewesen, manchmal gut.

Aber das hier war Angus Macbain, der Junge, in den er seit der zehnten Klasse verliebt war. Er wünschte, er könne sich wenigstens an diese eine Nacht erinnern, ohne den Schmerz, der jedes Mal darauf folgte.

Er ging am nächsten Vormittag, als Angus noch im Halbschlaf war, weil er versprochen hatte, mit einigen Kommilitonen zu lernen. Er beugte sich über Angus, küsste ihn, versprach am Abend anzurufen, lachte, als Angus versuchte, ihn zurück ins Bett zu ziehen.

Den ganzen Tag über hatte er weiche Knie beim Gedanken an die Nacht. Sein Körper sehnte sich nach Angus' Berührungen, er konnte an nichts anderes denken, wünschte den Abend herbei, wenn er endlich anrufen konnte.

Seine Finger zitterten, als er den Hörer hielt, seine Eingeweide verknoteten sich.

»Cillian Fletcher?«

»Wer ist da bitte?«, fragte Lorcan.

»Cillian Fletcher. Bist du es, Lorcan?« Ein amüsiertes Lachen.

»Ja. Ist Angus da?«

»Nein, er ist nicht hier. Und ich denke nicht, dass er mit dir sprechen will. Er hat mir von eurem kleinen Rendezvous gestern erzählt.«

Lorcan schluckte, bekam kein Wort heraus. Er wusste, dass er besser den Hörer auflegen sollte, aber er konnte es nicht. Er war wie hypnotisiert.

»Ich fürchte, ich muss dich enttäuschen, Lorcie. Das war so eine Art Experiment für Angus. Eigentlich sind wir quasi ein Paar, weißt du? Aber weil du dich gestern so an ihn rangeschmissen hast, wollte er mal ausprobieren, wie es so mit einem Streber wie dir ist.«

Lorcan schloss die Augen, umklammerte den Telefonhörer. »Nein.«

»Oh doch, und ich verstehe ihn. Ich hätte wohl genauso gehandelt. Er meinte, du hattest es extrem nötig. Es war aber trotzdem eher langweilig für ihn.« Cillian lachte, als habe er einen guten Witz erzählt. »Immerhin hast du seinen Namen gestöhnt, als es dir gekommen ist und ihm später gesagt, dass er dich nicht mehr alleinlassen soll. Wusste gar nicht, dass du so romantisch veranlagt bist.«

»Das weißt du von ihm?« Lorcans Kehle war wie zugeschnürt.

»Na klar. Ich hoffe, du hattest deinen Spaß, denn hier gibt es für dich nichts mehr zu holen.«

Lorcan hatte erst in einer Woche umziehen wollen, aber er konnte niemandem mehr ins Gesicht sehen, wollte nicht mehr auf die Straße und hatte vor allem Angst, Angus zu begegnen. Also brach er sofort nach Dublin auf.

Erst drei Monate später hatte er die Kraft gehabt, sich bei einem Bekannten nach Angus zu erkundigen und hatte erfahren, dass dieser nun tatsächlich mit Cillian Fletcher zusammen war.

Lorcan hatte nie geglaubt, dass Angus aus Boshaftigkeit so gehandelt hatte. Es war vermutlich eher Gedankenlosigkeit gewesen, gepaart mit Angus' offener und leichtlebiger Art. Vielleicht hatte er sich mit Cillian noch nicht einmal über ihn lustig machen wollen, aber Lorcan hatte es bis ins Mark getroffen.

Und jetzt war er auf dem Weg wieder verletzt zu werden. Er wusste nicht, wie er das noch mal überstehen sollte.

Kapitel 10

Die Wohnung war leer. Das spürte Angus schon, als er im dunklen Flur stand. Cillian schloss sich zwar oft in seinem Arbeitszimmer ein, aber heute war er nicht da. Angus' Herz sank. Cillian hatte doch gesagt, dass er erst über das Wochenende auf Geschäftsreise fahren würde. Wo war er dann? Es war spät. Selbst wenn er lange arbeitete, müsste er jetzt zu Hause sein.

Angus zog sein Handy aus seiner Tasche. Eine Nachricht hatte er nicht bekommen. Er tippte eine an Cillian. »Hey, du fehlst mir. Arbeitest du noch?«

Dann machte er Licht in der Küche, setzte sich an den Tisch und stützte den Kopf in die Hände. Er war fast ein wenig erleichtert, dass Cillian nicht da war und das beunruhigte ihn. Ihre Beziehung lief in letzter Zeit nicht ideal. Sie mussten mehr miteinander reden, versuchen, wieder auf eine Ebene zu kommen. Beziehungen waren harte Arbeit und ihre hatte am Anfang wunderbar funktioniert. Kamen diese Zweifel, weil Lorcan wieder in der Stadt war?

Cillian hatte ihn davor gewarnt, dass Lorcan versuchen könnte, sich zwischen sie zu drängen. Auch wenn Angus diese Annahme verwunderte, denn Lorcan hatte deutlich gemacht, dass er kein Interesse an einer Beziehung mit ihm hatte. Hatte er ihn heute Abend manipuliert? Hatte er nur vorgetäuscht, zu frieren? Aber er hatte gezittert wie Espenlaub. Und er war gegen Angus gestoßen worden, dessen war er sich sicher.

Und was war mit Cillians Annahme, dass Lorcan selbst ein Silberner war? Am Anfang war diese Überlegung Angus glaubhaft erschienen, aber er hatte keine Anzeichen dafür bemerkt. Streng genommen gab es jedoch auch keine Signale dafür, dass jemand Magie beherrsche. Selbst Silizium trugen Bewunderer der Silbernen ebenfalls bei sich.

Er seufzte und stand auf. Mit diesen Überlegungen kam er nicht weiter. Immer wieder schlich sich die Erinnerung an ihre Umarmung am Feuer in seine Gedanken. Besser, er lenkte sich ab.

Er tippte eine schnelle Nachricht an Sian. »Hast du Zeit? Soll ich dir etwas mitbringen?«

Sians Antwort kam sofort. »Komm gerne vorbei. Ich brauche nichts, Matt hat für mich eingekauft.«

Matt? Sofort meldete sich Angus' schlechtes Gewissen. Hatte Sian dringend etwas benötigt und sich an den Hausmeister gewandt, weil Angus gestern nicht gefragt hatte, ob er für ihn einkaufen sollte?

Er nahm zwei Stufen auf einmal ins Dachgeschoss, bemerkte, wie sauber Sians Treppe war, und ihm fiel ein, dass er seine ja noch putzen musste.

»Warum kauft Matt für dich ein?«, fragte Angus, als Sian auf sein Klingeln öffnete.

Sian lächelte. »Er hat es angeboten. Schön dich zu sehen.«

»Aber das kann ich doch für dich machen. Eine kurze Nachricht genügt.« Ihm fiel ein, dass das nicht mehr so leicht sein würde, wenn er mit Cillian umzog. Vermutlich war es gut, dass Sian hier andere Kontakte knüpfte. Aber warum ausgerechnet Matt? Nach allem was Angus wusste, hatte Sian Angst davor, mit anderen Menschen zu sprechen und ganz besonders mit dem poltrigen Hausmeister.

»Mich wundert nur, dass es ausgerechnet Matt ist.«

»Das verstehe ich, aber glaub mir, er kann sehr liebenswürdig sein und du hast im Moment so viel zu tun. Da musst du dich wirklich nicht auch noch um mich kümmern.«

»Das ist doch kein Problem.«

»Mir geht es im Moment besser.«

Sian sah tatsächlich weniger blass aus und da war ein Glanz in seinen Augen, den Angus lange vermisst hatte.

»Das ist schön«, sagte er. »Im Gegensatz zu mir hast du sogar deine Treppe gewischt.«

Sian runzelte die Stirn. »Nein, das macht doch Matt. Er meinte, das gehört zu seinen Aufgaben als Hausmeister.«

»Für meine Treppe gilt das offenbar nicht.« Angus streifte seine Stiefel ab und bemerkte dabei, dass sie immer noch erdig waren. Möglicherweise würde Matt die Treppe noch mal wischen müssen. Geschah ihm recht.

»Oh.« Sian und ging voran in sein Zimmer. »Dann wollte er nett sein.«

»Ich wäre vorsichtig. Kommt mir fast so vor, als würde er dich mögen.«

Sian errötete heftig. »Glaubst du?«

»Sieht danach aus.« Angus betrachtete ihn stirnrunzelnd. »Moment mal, würde dich das freuen?«

»Ich mag ihn auf jeden Fall«, antwortete Sian ausweichend. »Ich finde ihn süß.«

»Süß?« Angus blieb stehen und sah Sian an, der zu Boden blickte. »Na ja, manche Menschen finden auch Oktopusse süß.«

»Ist das nicht ein bisschen gemein? Matt versteht mich. Es macht ihm nichts aus, dass ich meine Wohnung nicht verlasse. Er hat mich noch nicht einmal gefragt, ob er reinkommen kann. Und ab und zu stellt er kleine Geschenke vor die Tür. Heute ein Päckchen von meinem liebsten Kakao.«

»Klingt nicht nach dem Matt, den ich kenne.«

»Dir zeigt er eben diese Seite nicht. Was ist los, hast du schlechte Laune?«

Angus ließ sich auf den Kissenberg in der Fensternische sinken, genoss es, wie die Kissen sich an ihn schmiegten. »Nicht direkt. Einige Dinge sind seltsam im Moment.«

Sian setzte sich zu ihm. »Magst du darüber reden?«

»Die Beziehung mit Cillian. Ich habe das Gefühl, es läuft nicht so rund zurzeit.« Es war das erste Mal, dass er diesen Gedanken aussprach. Es fühlte sich seltsam an. So als beschwöre er es dadurch nur umso mehr herauf.

»Das Gefühl habe ich auch«, sagte Sian leise. »Schon seit einer ganzen Weile.«

»Wirklich?« Angus sah zu ihm. »Warum?«

»Ich finde, er behandelt dich nicht gut. Nicht so, wie du es verdienst. Du gibst dir alle Mühe und er ist oft unfair zu dir.«

»Ich bin manchmal auch kein zuverlässiger Partner. Vergesse Verabredungen oder Dinge, die er mir gesagt hat. Ich bin unordentlich, halte mich nicht an alle Vereinbarungen und trete in Fettnäpfchen. Er hat es nicht leicht mit mir.«

»Du bist trotzdem ein liebevoller Freund«, sagte Sian. »Und ein toller Bruder. Du gibst dein Bestes, auch wenn du manchmal Fehler machst. Das kann man von Cillian nicht behaupten.«

»Da ist noch etwas, worüber ich mit dir reden muss.« Angus rückte ein paar Kissen zurecht. »Cillian möchte, dass wir umziehen. In eine Wohnung näher an der Innenstadt.«

Sian schwieg für einen Moment. »Das kann ich verstehen«, sagte er dann. »Du wärst näher an deiner Arbeitsstelle und Cillian kann sich eine große Wohnung dort ja leisten.«

»Ja.«

»Du klingst nicht begeistert, Angus. Machst du dir Sorgen um mich? Das musst du nicht. Ich komme schon klar.«

»Das weiß ich Sian, aber ich wohne gern unter dir.«

»Ich bin auch froh darüber. Aber ich bin erwachsen, du musst dich nicht mehr um mich kümmern.« Er ließ sich neben Angus in die Kissen sinken und lächelte ihn an. »Ich freue mich immer, wenn du mich besuchst. Aber das kannst du ja weiterhin tun.«

Angus hatte nicht erwartet, dass Sian so gelassen reagieren würde. Natürlich war er erleichtert darüber, aber der Gedanke wegzuziehen wurde dadurch nicht angenehmer.

»Ich mag unsere jetzige Wohnung«, sagte er. »Und unser Haus. Ich mag es, dass ich dich jederzeit besuchen kann und mir gefällt diese Gegend.«

»Dann sag das Cillian. Er möchte doch sicher, dass du dich wohlfühlst.« Sian kuschelte sich in die Kissen ein.

Angus schwieg. Wollte sein Lebensgefährte das? In letzter Zeit war er sich da manchmal nicht so sicher. Cillian war ständig unzufrieden mit dem, was Angus tat. Nein, im Moment fühlte er sich oft nicht wohl bei ihm. Nicht so wie bei ...

Er brach den Gedanken ab.

»Wie läuft es denn mit dir und Lorcan Flynn?«, fragte Sian, als wisse er, was in seinem Kopf vorging. Er zog eine Dose Cadbury Heroes unter einem Kissen hervor und stellte sie zwischen sich und Angus.

»Ich würde sagen, wir lernen miteinander auszukommen.« Nur nicht daran denken, wie Lorcans Zittern in seinen Armen langsam nachgelassen hatte. Wie gut es sich angefühlt hatte, ihn zu halten. »Er ist immer noch ein arroganter Besserwisser, aber er hat auch weniger unangenehme Seiten.«

»Freut mich, dass du das sagst.« Sian suchte sich ein Twirl aus der Dose raus und öffnete es. »Ich kenne ihn ja nur aus deinen Erzählungen, aber mir tat er immer ein bisschen leid.«

»Warum das denn?« Angus schnappte sich ein Fudge.

»Auf mich wirkte er wie ein Außenseiter.«

»Wenn, dann wollte er das selbst so.«

Moment. Was hatte Lorcan gesagt? Dass er gern auf ihre Partys eingeladen worden wäre. Stimmte das? Wären die nicht total unter seinem Niveau gewesen? Angus hatte immer angenommen, dass Lorcan auf der Gästeliste stand und nicht erschien. Er selbst hatte ihn nie eingeladen, aber sie waren ja auch verfeindet gewesen.

Jetzt hatte er fast Lust, bei seinen Freunden von früher anzufragen. Aber wie hätte er eine solche Frage erklären sollen? Außerdem hatte er die meisten aus den Augen verloren. Warum eigentlich? Während ihres Studiums waren sie oft zusammen um die Häuser gezogen, hatten Livemusik gespielt.

»Woran denkst du?«, fragte Sian.

Angus schob sich das Fudge in den Mund. »Daran, dass ich viele meiner alten Freunde schon lange nicht gesehen habe. Die, die früher auch Lorcan kannten. Aber auch Kommilitonen aus der Uni.«

»Woran liegt das?«

»Ich weiß es nicht genau. Vielleicht daran, dass ich in einer festen Beziehung bin?«

»Glaubst du?«

»Ich verbringe meine Abende gern mit Cillian.«

»Aber fehlen dir deine Freunde nicht?«

»Einige sehr.« Angus legte sich auf den Rücken, sah an die Decke.

»Dann melde dich bei ihnen. Ich bin mir sicher, sie werden sich freuen.«

Angus dachte an die vielen Male, als Cillian ihm vorgeworfen hatte, dass er nicht gern Zeit mit ihm verbringen würde oder sich für andere Männer und Frauen interessiere, wenn er sich mit Freunden oder Freundinnen getroffen hatte. Die Streitereien hatten ihn ermüdet. Er hatte Angst gehabt, Cillian, seinen großen Schwarm, zu verlieren.

»Das sollte ich tun.« Er fuhr sich mit der Hand über die Augen. »Ich muss langsam ins Bett. Sharp hat verkündet, dass wir am Wochenende arbeiten werden. Da sollte ich ausgeruht sein.«

»Schlaf gut, Angus«, sagte Sian. »Und denk daran: Du bist ein wunderbarer Mensch. Lass dir nichts anderes einreden.«

~~~

Angus wurde am nächsten Morgen von Kaffeeduft geweckt. Jemand setzte sich auf seine Bettkante. *Lorcan*, dachte er und öffnete die Augen. Cillian saß neben ihm und strahlte ihn an. Angus war nicht enttäuscht. Natürlich nicht. Das seltsame Gefühl war nur Verwirrung darüber, dass Cillian wieder aufgetaucht war.

»Wo warst du?«, fragte er und richtete sich etwas benommen auf.

»Wir hatten in der Firma etwas zu feiern und dann habe ich dort auf dem Sofa geschlafen. Sorry, dass ich nicht geschrieben habe, aber es gibt gute Nachrichten: Ich wurde befördert!«

»Oh.« Angus richtete sich etwas auf. »Herzlichen Glückwunsch, das ist großartig.«

»Und um das zu feiern, habe ich dir Frühstück gemacht. Es gibt sogar Croissants.«

»An einem Freitag?« Angus rieb sich die Augen. »Ich muss träumen.« In der Tat standen auf dem Tablett auf seinem Nachttisch Croissants, Marmelade, Butter und dampfender Kaffee. Cillian hatte ihm seit Jahren kein Frühstück mehr gemacht. Hatte er auch das Gefühl, dass ihre Beziehung nicht so gut lief? Angus setzte sich mit einem Lächeln auf. Dieses Frühstück gab ihm Hoffnung.

Er war noch immer bester Laune, als er das Café an der Oxford Street betrat, in dem er mit Lorcan heute verabredet war. Etwas später würde es eine Versammlung der Teams auf der Polizeiwache geben. Nach dem Frühstück hatte Cillian einen Blowjob von ihm bekommen, den er sich wirklich verdient hatte. Gut, Angus war sexuell wieder nicht auf seine Kosten gekommen, aber hey, Frühstück ans

Bett! Das war fast so gut wie Sex. Es ging bergauf mit ihnen, da war er sich sicher. Und daran würde kein Lorcan Flynn etwas ändern. Ganz egal, wie gut er aussah, während er über seine Zeitung gebeugt dasaß, mit den schwarzen Haarsträhnen, die ihm ins Gesicht fielen und die Angus gern zur Seite gestrichen hätte.

»Kein Mensch liest heute noch Zeitung.« Er setzte sich auf den Barhocker neben Lorcan.

»Du meinst, Menschen ohne Niveau lesen keine Zeitung mehr.«

»Du verwechselst Niveau mit Altertümlichkeit«, sagte Angus, aber noch nicht einmal Lorcans spitze Bemerkung konnte ihm heute die Laune verderben. Er holte sich einen Kaffee und setzte sich wieder neben Lorcan an die Bar.

»Kein *Full English Breakfast* heute?«, fragte der mit einem Blick auf den Kaffee.

Angus schüttelte den Kopf. »Cillian hat mir Frühstück gemacht.«

Lorcan erwiderte nichts, beugte den Kopf nur tiefer über die Zeitung. Angus fühlte einen winzigen Triumph. »Wir sehen uns im Moment nach einer neuen Wohnung um. Im Stadtzentrum.«

»Ist das so?« Lorcan sah nicht auf.

Angus überlegte, womit er noch angeben könnte, aber sein Messenger piepste und er holte sein Handy hervor, um Sharp anzurufen.

»Wo sind Sie, Macbain?«

»Am St. George's Market. Wir wollten gerade in Richtung Silbernes Viertel aufbrechen.«

»Gut, das heißt, Sie sind in der Nähe der Silberbrücke über den Lagan. Wir haben eine Androhung für einen

Anschlag auf die Brücke bekommen. Sie muss sofort geräumt werden. Die Polizei ist ebenfalls auf dem Weg, aber ich möchte Sie auch dort haben, Macbain. Sie und Lorcan Flynn.«

»Alles klar!« Angus sprang auf und bedeutete Lorcan, ihm zu folgen. Der stellte keine Fragen, sondern warf einen Schein auf die Theke und stürmte ihm nach.

»Ein Notfall?«

»Ein Anschlag auf die Silberbrücke.«

»Von wem?«

Angus schüttelte den Kopf. »Das weiß ich nicht, aber sie muss geräumt werden. Zu Fuß sind wir am schnellsten.«

Kapitel 11

Die Silberbrücke war erst vor fünf Jahren errichtet worden und diente als ein Zeichen der Einheit von Silbernen und nicht Magiebegabten. Die Idee war entstanden, als die Klüfte zwischen den beiden Fraktionen wieder größer geworden waren. Sie war mit Hilfe von Handwerk und Magie errichtet worden, schwang sich hoch über den Lagan und bot eine wundervolle Aussicht über die Stadt. Nachts wurde sie von magischem Feuer beleuchtet und an Feiertagen strahlte sie in unterschiedlichen Farben. Mittlerweile hatte sie sich zu einem Touristenmagnet entwickelt.

Als Lorcan und Angus das Flussufer erreichten, war bereits alles in Aufruhr. Angus entdeckte ein Polizeiauto, vor dem ein Polizist mit einem Megafon stand und die Menschen auf der Brücke dazu aufforderte, diese zu verlassen. Allerdings war er selbst hier unten kaum zu verstehen. Am Ufer standen Passanten und winkten. Sie versuchten, denjenigen auf der Brücke Zeichen zu geben, aber bisher befanden sich noch immer viele Leute dort oben.

»Warum holen Sie sie nicht runter?«, fragte Angus.

»Weil es gefährlich ist. Nicht unbedingt der Sturz ins Wasser, aber hier gibt es eine starke Strömung und wenn die Brücke einstürzt, läuft man Gefahr, von den Steinen getroffen zu werden.«

»Trotzdem muss jemand sie warnen, verdammt.«

»Aber das musst nicht ausgerechnet du sein, Angus. Hier sind Polizisten und es wird Verstärkung kommen.« Lorcan hielt Angus am Arm fest, aber der machte sich los.

Verdammt, musste er wirklich unbedingt den Helden spielen? Einen Augenblick lang nahm Lorcan es Lex Sharp extrem übel, dass xier sie hierher beordert hatte. Er sah, wie Angus auf die Brücke zu rannte, und blieb einen Moment wie angewurzelt stehen. Dann lief er ihm nach. Er war noch nie besonders mutig gewesen, das gab er gerne sofort zu, aber er konnte Angus auch nicht allein gehen lassen. Der Aufgang zur Brücke war ein gewundener Gang in einem hohen Turm, ähnlich dem der Tower Bridge. Lorcan blieb ein Stück hinter Angus zurück. Als er oben ankam, war dieser dabei, die ersten Menschen am Arm in Richtung Ausgang zu ziehen.

»Runter hier«, brüllte er. »Die Brücke wird einstürzen!«

Zunächst glaubten die Leute, er wäre durchgedreht. Ein junger Mann machte sich von ihm los, eine ältere Dame wich angstvoll zurück.

»Die Polizei ist da unten!«, rief Lorcan. »Er sagt die Wahrheit.«

Die Brücke war voll an diesem Freitagmorgen, und als die Menschen endlich die Polizisten wahrnahmen, die darauf zu rannten, brach ein regelrechter Tumult aus. Eine Durchsage mit dem Megafon erreichte endlich das Ziel. Die Menge stürmte auf die Ausgänge zu, die zu eng waren, um alle aufzunehmen. Lorcan sah, wie neben ihm ein Mann auf das Geländer kletterte, und hielt ihn am Arm fest.

»Nicht springen!« Es war schwer, sich Gehör zu verschaffen. »Die Strömungen sind zu stark und das Wasser ist zu kalt.«

Es gelang ihm, den Mann zurückzureißen, und dieser warf sich in das Gewühl und trug mit dazu bei, dass niemand mehr durch den Ausgang kam. Lorcan wurde gegen einen der Brückenpfeiler gedrückt, bekam einen Augenblick lang keine Luft. Dann war da plötzlich Angus neben ihm, der ein Kind auf dem Arm trug und ihn mit sich zog. Irgendwie stolperten sie mit der Menge nach unten. Angus hielt ihn fest, sonst wäre er mit Sicherheit gefallen. Zum Glück waren nur etwa fünfzig Menschen auf der Brücke gewesen und nicht Hunderte, wie es am Wochenende oft der Fall war. Lorcan hoffte, dass es keine Verletzten gegeben hatte, als er endlich mit der Menge durch den unteren Ausgang nach draußen quoll. Jetzt wusste er wieder, warum er Menschen so sehr hasste.

Draußen ging der Aufruhr weiter, Familien und Gruppen versuchten, wieder zusammenzufinden. Angus überreichte das Kind, das er getragen hatte, seiner Mutter.

Die Brücke war noch immer intakt. Lorcan fragte sich, ob es vielleicht falscher Alarm gewesen war. Dann sah er, dass da oben noch jemand war. Ein Junge, vielleicht zehn Jahre alt, der Kieselsteine ins Wasser warf und von dem Tumult scheinbar nichts mitbekommen hatte.

Im selben Augenblick begann das Geländer zu vibrieren.

»Angus!«

Zu spät, Angus war schon wieder auf dem Weg zum Aufgang und einen Augenblick lang war Lorcan sicher, dass er ihn verlieren würde. Dieses Wissen ging ihm durch und durch. Er folgte ihm, ohne zu zögern.

Im Turm, der nach oben führte, war das Vibrieren deutlich zu spüren und die Explosion ließ den Boden unter Lorcans Füßen beben. Endlich erreichte er die obere Tür. Der Brückenbogen existierte nur noch zur Hälfte. Ihre Seite endete in der Luft und der Teil, der sie mit dem anderen Ufer verband, fehlte. Noch immer lösten sich krachend Gesteinsbrocken daraus und fielen in den Fluss. Lorcan hatte bisher nur im Fernsehen gesehen, wie Gebäude einstürzten, und ihn überraschte die unheimliche Wucht, mit der es geschah. Angus war auf ihrem Teil der Brücke, bewegte sich auf den kleinen Jungen zu, der sich an einen Pfeiler klammerte und vor Schreck erstarrt war. Angus streckte die Hand nach ihm aus.

Dann ertönte eine weitere Explosion. Lorcan beobachtete hilflos, wie auch dieser Teil des Bogens in sich zusammenstürzte. Hilflos musste er mit ansehen, wie Angus und der Junge in die Tiefe stürzten.

»Nein«, flüsterte er. Das war doch nicht möglich! Angus war so dicht vor ihm gewesen, nur ein paar Schritte entfernt. Und jetzt?

Er kroch auf den Knien vorwärts, bis er in die Tiefe sehen konnte. Der Junge schwebte über dem Wasser. Er ruderte mit den Armen und fürchtete offenbar, weiter zu fallen, aber etwas hielt ihn auf. Dieser Anblick brachte Lorcan für einen Moment aus dem Konzept, aber sofort suchten seine Augen den Fluss nach Angus ab. Wo war er, verdammt?

Und dann, endlich, sah er ihn. Er war ein Stück flussabwärts getrieben, klammerte sich aber an der Kaimauer fest. Immer wieder ging er unter. Lorcan stemmte sich hoch und in diesem Augenblick erblickte er auf einem gegenüberliegenden Gebäude ein menschliches Wesen, das ganz in Grau gekleidet war und eine Sturmhaube trug. Der Schatten. Aber Lorcan hatte jetzt keine Zeit, sich darum zu kümmern.

Er stürmte nach unten und lief am Fluss entlang zu der Stelle, an der Angus sein musste. Er ließ sich auf den Bauch sinken und blickte über die Kaimauer. Ja, da war er. Er blutete aus einer Wunde am Kopf, klammerte sich aber tapfer fest.

»Wo ist der Junge?«, fragte er, als er Lorcan erblickte.

»In Sicherheit. Halt durch, Angus.«

Und dann brüllte er den beiden herbeieilenden Polizisten zu: »Wir brauchen ein Seil!«

Als sie Angus endlich nach oben zogen, waren seine Lippen blau und er zitterte am ganzen Körper. Seine nassen Sachen klebten an ihm. Seine Haare hatten sich aus dem Pferdeschwanz gelöst und hingen ihm ins Gesicht. Er sah aus wie ein halbertrunkener Wikinger. Lorcan wich nicht von seiner Seite. Erleichterung stieg in ihm auf wie winzige Luftblasen im Wasser.

Sanitäter legten Angus eine Rettungsdecke um und jemand desinfizierte seine Kopfwunde. Lorcan wollte gar nicht darüber nachdenken, wie knapp Angus davongekommen war. Zum Glück war er zäh.

Er hatte in Erfahrung gebracht, dass der Junge so lange über dem Wasser geschwebt war, bis ein Boot ihn erreicht hatte. Nun war er wieder bei seinem Vater, der ihn im Getümmel aus den Augen verloren hatte.

»Ist Ihnen schwindelig?«, fragte eine Sanitäterin Angus.

Der schüttelte den Kopf.

Sie leuchtete ihm mit einer kleinen Lampe in die Augen. »Vermutlich haben Sie keine Gehirnerschütterung. Falls Ihnen schlecht werden sollte, fahren Sie bitte ins Krankenhaus. Und wärmen Sie sich auf, damit Sie sich nicht erkälten. Sie hatten Glück.«

»Verdammtes Glück«, sagte Lorcan. »Kommst du? Wir fahren in mein Hotel, das ist am nächsten. Da kannst du heiß duschen.«

Angus grinste. »Gut. Ich dachte schon, ich müsste das im Revier erledigen.«

Lorcan ging in seinem Apartment auf und ab. Nebenan lief das Wasser. Sie hatten nicht viel gesprochen auf der Fahrt hierher. Angus hatte so gefroren, dass er ausnahmsweise kein Wort herausgebracht hatte. Lorcan war nervös und das kam nicht nur daher, dass Angus fast gestorben war. Der Schock saß tief, aber das war nicht alles. Ihm war schmerzlich bewusst geworden, wie viel ihm Angus bedeutete.

Endlich wurde das Wasser nebenan abgestellt und kurz darauf trat Angus aus der Badezimmertür, ein Handtuch um die Hüften. Lorcan sah zu seinem Waschbrettbauch, wandte die Augen ab, sah wieder hin. Angus hinterließ nasse Fußspuren auf dem Teppich. Mit einem zweiten Handtuch rubbelte er seine Haare trocken. »Das tat verdammt gut«, seufzte er. »Danke.«

Lorcan reichte ihm eine Wolldecke und Angus wickelte sich darin ein. Sollte Lorcan darüber erleichtert oder enttäuscht sein? Angus ließ sich in den Lehnstuhl in der Fensternische sinken.

»Das hätte schiefgehen können«, bemerkte Lorcan.

Angus winkte ab. »Dumme Kühe sterben später, sagt Nisha immer.«

»Im Ernst Angus, warum musstest du unbedingt den Helden spielen?«

»Ich hatte doch gar keine Wahl. Hätte ich den Kleinen seinem Schicksal überlassen sollen?«

»Nein, aber du musst besser auf dich aufpassen. Das ist so typisch für dich. Ohne nachzudenken das zu tun, was dir in den Sinn kommt. Egal, ob es um einen Fall geht, um eine Prüfung oder um Sex.«

»Um Sex? Wie kommst du jetzt darauf? Und wann mache ich denn beim Sex das, was mir gerade in den Sinn kommt?« Angus sah Lorcan verblüfft an. »Und was für einen Grund hast du überhaupt, wütend auf mich zu sein?«

»Weil du nie über die Konsequenzen deines Handelns nachdenkst. Hast du auch nur einen Gedanken daran verschwendet, wie es mir damals ging? Wie sich die vielen anderen gefühlt haben, mit denen du es auch so gemacht hast?«

»Moment.« Angus hob die Hand. Er sah ernsthaft verwirrt aus. »Ich komme nicht mehr mit. Wo sind wir jetzt? Wovon redest du?«

Lorcan stemmte die Hände in die Hüften. Er war wütend und er war sich nicht sicher, ob es die Angst um Angus war, die sich Luft machte, oder die angestaute Frustration von vor drei Jahren, die sich jetzt ihren Weg nach außen bahnte.

»Wage es nicht, so zu tun, als könntest du dich nicht erinnern. Ich rede von unserem One-Night-Stand.«

»Oh.« Angus hatte zumindest so viel Anstand, ein wenig rot zu werden. »Davon redest du.« Er runzelte die Stirn. »Moment, ich verstehe trotzdem nicht. Was habe ich damals falsch gemacht?«

Lorcan lachte. »Das fragst du mich ernsthaft? Ist es für dich so normal, mit jemandem zu vögeln und dich anschließend nie mehr zu melden? Dafür hast du herumerzählt, wie ich mich im Bett genau verhalten habe. Meiner Ansicht nach machen so etwas nur Widerlinge.«

Angus stand auf und stemmte ebenfalls die Hände in die Hüften.

»Jetzt mach aber mal einen Punkt, Lorcan Flynn«, donnerte er. »Du warst derjenige, der sich nicht gemeldet hat und nach Dublin verschwunden ist, ohne je ein Wort zu sagen. Ich wusste nicht mal, wo du bist, wie hätte ich mich da melden sollen? Und wie kommst du darauf, ich hätte irgendetwas herumerzählt? Spinnst du?«

»Weil ich deinen überheblichen Lover am Telefon hatte und er mir haarklein geschildert hat, was ich im Bett mit dir gesagt und getan habe. Darum.«

Angus ließ die Arme sinken und die Wolldecke rutschte von seinen Schultern. »Cillian? Du hast mit Cillian gesprochen? Nachdem wir Sex hatten?«

»Ja. War nicht besonders schlau von dir, es jemandem wie ihm zu erzählen. Aber vermutlich war es dir egal, ob er dich verpetzt. Kurz darauf seid ihr ja zusammengekommen.«

Angus schüttelte den Kopf und hob eine Hand. »Du hast angerufen?«

»Ja, am nächsten Tag, wie ich es gesagt hatte.«

Angus ließ sich wieder in den Lehnstuhl sinken. »Davon wusste ich nichts.«

»Kein Wunder. Cillian lag ja auch nicht unbedingt daran, dass wir miteinander kommunizieren, weil er an dir interessiert war. Und ich sehe ein, dass du dich für ihn entschieden hast, aber du hättest mir gegenüber fairer sein können.«

Angus antwortete nicht. Er saß wie vom Donner gerührt im Sessel.

»Angus?«

»Ich hab ihm nichts von uns erzählt.«

»Dafür wusste er aber sehr genau Bescheid. Ist ja jetzt auch egal. Eine Entschuldigung halte ich aber für angemessen.« Lorcan ließ sich auf das Bett sinken.

Angus sah ihn ernst an. »Entschuldige, Lorcan. Ich begreife nicht, wie Cillian davon wissen konnte.«

»Ist okay. Es ist drei Jahre her.«

»Und was ist mit dir? Warum bist du am nächsten Tag mit Sack und Pack nach Dublin abgehauen, als hättest du den größten Fehler deines Lebens begangen?«

Lorcan nahm einen tiefen Atemzug. Mit der Frage hätte er rechnen müssen. Aber konnte er Angus erklären, dass er vor seinem Umzug alles auf eine Karte gesetzt hatte, weil er wenigstens einen Versuch wagen wollte, dessen Herz zu gewinnen? Oder, dass er nach ihrer Nacht überlegt hatte, seinen Studienplatz in Dublin abzusagen und in Belfast zu bleiben? Bis zu dem Telefongespräch mit Cillian war er drauf und dran gewesen, das zu tun.

»Es ging mir alles ein bisschen zu schnell«, sagte er. »Ich war überfordert mit der Situation.«

»Ach, und was glaubst du, wie es mir ging?«, fragte Angus. »Ich habe mich gefühlt wie der letzte Tropf.«

»Es tut mir leid. Wirklich, Angus.«

Angus nickte. »Schon gut. Ich hoffe, wir haben beide dazugelernt, was den Umgang mit Menschen angeht.«

»Das hoffe ich auch.«

»Zumindest scheint es, als könnten wir jetzt zusammenarbeiten, ohne uns die Köpfe einzuschlagen.«

»Ja.«

Angus schwieg einen Moment und richtete sich dann auf. »Was ist mit dem kleinen Jungen vorhin passiert? Ist er ins Wasser gefallen?«

»Nein. Jemand hat ihn mit Hilfe von Telekinese davon abgehalten. Ich habe am anderen Ufer den Schatten gesehen. Möglich, dass er es war.«

Angus richtete sich ebenfalls auf. »Der Schatten? Vielleicht hat er die Brücke einstürzen lassen.«

»Aber sie wurde mit Explosionen gesprengt.«

»Das stimmt. Das würde eher gegen ihn sprechen. Obwohl es trotzdem eine Möglichkeit geben könnte, wie er seine Kraft dazu nutzen konnte. Du bist der Experte.«

Lorcan überlegte. »Es könnte sein, dass er Sprengkörper an die entsprechenden Stellen teleportiert hat.«

Angus nickte. »Das sähe ihm ähnlich. Auch weil dann der Verdacht nicht sofort auf ihn fällt.«

»Vielleicht. Wir sollten es in der Besprechung heute auf jeden Fall erwähnen.«

»Lass uns vorher etwas essen«, schlug Angus vor. »Ich bin am Verhungern. Außerdem werde ich trockene Kleidung brauchen, wenn ich bei der Versammlung dabei sein muss.«

»Du könntest Sharp sicher davon überzeugen, dass du Ruhe brauchst«, sagte Lorcan. »Immerhin wurdest du am Kopf verletzt.«

»Da müsste mein Kopf schon abgefallen sein, damit Sharp mir das durchgehen lässt. Aber etwas zu essen brauche ich vorher.«

Lorcan deutete es als gutes Zeichen, dass Angus schon wieder ans Essen denken konnte.

»Du bestellst dir beim Zimmerservice, was du möchtest und ich fahre zu deiner Wohnung und hole trockene Sachen«, schlug er vor und drückte Angus das Menü des Hotels in die Hand.

»Ich habe Wechselsachen auf der Wache.«

Lorcan grinste. »Wirst du im Einsatz öfter mal nass?«

Angus lächelte ebenfalls. »Es kommt vor. Danke, dass du sie mir holst.«

Lorcan nahm den Schlüssel des Volvos und machte sich auf den Weg ins Revier. Er sollte über den Fall nachdenken, aber in seinen Gedanken kreisten stattdessen Angus' Worte. Wenn er Cillian nichts von ihrem Zusammensein erzählt hatte, woher hatte der dann so genau Bescheid gewusst?

Kapitel 12

»Angus, alles in Ordnung mit dir?«, fragte Nisha. Ihre Augen waren weit aufgerissen und es tat gut, die Sorge in ihrer Stimme zu hören. Sie zog ihn in eine Umarmung. »Ich habe gehört, was passiert ist. Hoffentlich holst du dir nicht den Tod nach dem Bad im Fluss.«

»Keine Sorge, Lorcan hat dafür gesorgt, dass ich mich aufwärmen konnte.«

Nisha wich etwas zurück und sah ihn mit hochgezogenen Augenbrauen an. Dann warf sie einen schnellen Blick zu Lorcan, der halb hinter Angus stand.

»So meinte ich das nicht.« Angus' Gesicht wurde heiß. Warum passierte ihm das ständig im Zusammenhang mit Lorcan? Das letzte Mal war er als Teenager errötet. »Ich war in seinem Hotelzimmer unter der Dusche.«

»Too much information«, sagte Nisha. »Scheint ja, als würdet ihr besser als gedacht miteinander auskommen.« Sie zwinkerte ihm zu. »Hauptsache deinem Kopf geht es wieder gut. Sicher, dass du dich nicht hinlegen möchtest?«

»Mein Kopf ist vollkommen in Ordnung.« Angus war selbst ein wenig überrascht. Ein Gesteinsbrocken hatte ihn ziemlich hart getroffen und er hatte damit gerechnet, dass er mindestens zwei Tage lang Kopfschmerzen haben würde, aber er fühlte nichts mehr.

Bei der Sitzung hörte Angus nur mit halbem Ohr zu, auch wenn er wusste, dass sich das rächen würde. Wenigstens schilderte Lorcan die Geschehnisse auf der Brücke, sodass ihm das erspart blieb, und dieses Mal war Angus froh über dessen Eloquenz.

Er war in Gedanken bei dem Gespräch, das er mit Lorcan geführt hatte. Wenn es stimmte, dass Cillian mit ihm gesprochen hatte, dann hatte dieser ihn damals hintergangen. Er wusste, dass Angus auf diesen Anruf gewartet hatte. Und außerdem hatte er sich Lorcan gegenüber verletzend verhalten. Angus konnte beinahe verstehen, dass dieser sich danach zurückgezogen hatte. Auch wenn er den kompletten Kontaktabbruch noch immer übertrieben fand. Aber Lorcan war nun mal stolz und stur. Hatte er ihm die Wahrheit gesagt? Er musste an Cillians Worte darüber denken, dass Lorcan möglicherweise versuchen würde, sie auseinanderzubringen. Konnte das sein?

Einer von beiden hatte ihn angelogen, aber wie sollte er herausfinden, wer es war? Und verdächtigte er wirklich seinen eigenen Partner, ihn hintergangen zu haben? Traute er Cillian das zu?

»Sind Sie auch dieser Meinung, Mr. Macbain?«, fragte Rose und blickte ihn scharf an.

Konnte die Frau Gedanken lesen oder wie hatte sie bemerkt, dass er nicht bei der Sache war?

»Angus hat mir bereits gesagt, dass er die Wölfe für verdächtig hält«, warf Lorcan ein und Angus begriff, dass er ihm zur Seite sprang. Er lächelte ihm dankbar zu und sah dann zu Rose. »Ja, sie haben die Gesetze bisher regelmäßig ignoriert. Ob ich ihnen einen Mord zutraue, weiß ich allerdings nicht.«

»Lex, was meinst du?«, fragte Rose.

»Ich bin der Meinung, dass es möglich ist«, erwiderte Sharp. »Diese Taten könnten eine natürliche Steigerung des Verhaltens sein, das wir von ihnen kennen.«

Rose nickte. »Dann müssen wir sie unbedingt weiter im Blick behalten. Ebenso wie den Schatten. Flynn, Macbain, das übernehmen Sie.«

Angus nickte.

»Und ich möchte Ihnen ein Lob aussprechen, Macbain«, sagte Sharp. Angus war sich sicher, dass er sich verhört hatte, aber Sharp sah ihn direkt an. »Mr. Flynn hat uns berichtet, was auf der Brücke geschehen ist. Ohne Ihren mutigen Einsatz hätten vermutlich nicht alle Menschen gerettet werden können.«

Angus blickte zu Lorcan und senkte dann den Kopf. »Danke, Sir.« Er konnte sich nicht erinnern, jemals von Sharp gelobt worden zu sein.

Nach der Sitzung kam Nisha noch einmal zu ihm.

»Morgen ist wieder Livemusik im *Old Duck*.« Sie grinste ihn an. »Dieses Mal gibt es keine Ausrede. Es ist Samstag und Cillian hat nicht über dein ganzes Leben zu bestimmen.«

Angus' Gesicht hellte sich auf. »Cillian ist nicht da. Ich komme gerne.«

»Bring deine Bodhrán mit.« Sie wandte sich an Lorcan. »Und du spielst Fiedel, habe ich gehört, da könnten wir dich gut gebrauchen.«

»Das stimmt. Ich weiß allerdings nicht—«

»Morgen um acht Uhr im *Old Duck*. Das ist hier gleich um die Ecke. Die erste Runde geht auf mich.«

»Das ist doch mal ein Wort.« Angus grinste.

Auf dem Weg nach Hause fiel ihm ein, wie Cillian an die Informationen über seine und Lorcans gemeinsame Nacht gekommen sein könnte. Er stoppte den Wagen mitten auf der Straße. Die Wände in seiner damaligen WG waren dünn wie Papier gewesen. Sein Mitbewohner Jack hatte sich öfter beschwert, dass es sich anfühlte, als würde er mit Angus und seinen Sexpartnern im Bett liegen, nur ohne Orgasmus. Und Jack war mit Cillian befreundet gewesen. Über ihn hatte Angus seinen jetzigen Lebensgefährten damals kennengelernt, auch wenn der ihn ein Jahr lang ignoriert hatte. Er biss sich auf die Lippen. Hinter ihm steigerte sich ein Hupkonzert ins Unerträgliche und er fuhr wieder los.

Zu Hause nahm er zwei Stufen auf einmal. Die Wohnung war leer. Natürlich. Cillian war auf Geschäftsreise. Er schnappte sich das Telefon und suchte in seinem Handy nach Jacks Nummer. Es war lange her, dass er ihn angerufen hatte, obwohl sie früher gut befreundet gewesen waren. Hoffentlich war er nicht umgezogen.

»Jack? Hi, hier ist Angus«, sagte er, als abgehoben wurde.

»Angus! Bist du es wirklich? Verdammt, ich dachte schon, du bist ausgewandert. Du hast dich ja ewig nicht gemeldet.«

»Ist es wirklich so lange her?«

»Ja, du hast nie zurückgerufen oder auf meine Nachrichten geantwortet.«

Angus konnte sich nicht erinnern, viele Nachrichten von Jack bekommen zu haben, aber vielleicht behauptete der das auch nur aus Verlegenheit.

»Tut mir leid.«

»Schön, dass du dich meldest. Wir sollten unbedingt mal wieder um die Häuser ziehen.«

»Machen wir. Aber jetzt habe ich eine Frage an dich. Hat Cillian in der Nacht vom 16. auf den 17. Oktober vor drei Jahren bei dir übernachtet?«

»Lass mich mal kurz mein Logbuch checken«, sagte Jack. »Scherz beiseite. Keine Ahnung. Ich weiß nicht mal mehr, wo ich vor drei Jahren im Urlaub war.«

»Das war die Nacht, in der Lorcan Flynn bei mir geschlafen hat.«

Jack lachte. »Geschlafen ist gut. Warum erwähnst du das nicht gleich? Ja, da hat er bei mir übernachtet. Kann mich noch erinnern, dass wir ein paar Sprüche über euch gekloppt haben. War aber nicht böse gemeint. Aber verdammt, wart ihr laut.«

Angus ließ den Hörer sinken und sah an die Wand. Er fühlte sich wie betäubt.

Aus dem Handy drang Jacks Stimme. »Angus? Hey, Angus! War nicht böse gemeint, okay? Du weißt doch, wie wir damals waren.«

Angus schluckte und hob den Hörer wieder ans Ohr. »Schon gut, Jack.«

»Hör mal, warum fragst du das? Bist du immer noch mit Cillian zusammen?«

»Ja. Ja, wir sind noch zusammen.«

»Irgendwie überrascht mich das. Ich meine, es freut mich für euch, aber ich hätte nie gedacht, dass ihr zusammenpasst.«

»Wieso?« Angus schwirrte der Kopf.

»Ich war zwar mit ihm befreundet, aber ich fand nie, dass er ein netter Kerl war. Er hat andere immer gern runtergemacht und du Angus, hattest immer ein gutes Herz.«

»Er hat andere runtergemacht?«

»Ja. Er mochte es, wenn andere sich neben ihm klein gefühlt haben. Deswegen habe ich die Freundschaft beendet. Aber vielleicht hat er sich ja geändert.«

Angus schwieg.

»Angus? Ich wollte dir nicht zu nahe treten.«

»Nein, ist schon gut. Lass uns bald etwas unternehmen, Jack.«

»Gerne. Auf die guten alten Zeiten trinken. Gleich nächste Woche, wenn du möchtest.«

»Genau. Mach's gut, Jack.«

Angus legte auf und starrte auf das Telefon. Dann wählte er die Nummer von Cillians Handy.

Es dauerte lange, bis dieser abnahm und er klang genervt. »Ja?«

»Ich bin es, Angus.«

»Hi Angus, was gibt es?«

Angus bereute es, angerufen zu haben. Er hätte warten sollen, bis Cillian wieder zu Hause war, aber er musste wissen, was geschehen war.

»Wo bist du?«

»In meinem Hotelzimmer in London. Und ziemlich müde ehrlich gesagt. Können wir morgen reden?«

»Ich muss dich eine Sache fragen.«

Cillian seufzte. »Was gibt es denn?«

»Hast du damals Lorcan Flynn erzählt, ich hätte mich über unsere gemeinsame Nacht lustig gemacht?«

Cillian seufzte wieder, tiefer diesmal. »Es geht also los.«

»Was meinst du?«

»Ich habe es dir doch gesagt. Flynn wird versuchen, unsere Beziehung zu vergiften.«

»Hat er damals angerufen? Hast du mit ihm geredet?«

»Ist das wichtig? Ich erinnere mich nicht, okay?« Cillian klang kalt und Angus' Magen zog sich zusammen. Er hasste diesen Tonfall.

»Du hättest mir sagen müssen, dass er angerufen hat.«

»Das hat er aber nicht. Können wir dieses Gespräch bitte beenden, Angus? Das ist doch absurd.«

Angus hörte im Hintergrund jemanden lachen.

»Bist du allein?«, fragte er.

»Ich bin an der Hotelbar. Natürlich sind hier auch andere Menschen. Ich wollte ein Glas Wein mit ein paar Kollegen trinken, aber anscheinend streite ich stattdessen mit dir über Lorcan Flynn.«

»Du hast gesagt, du bist auf deinem Zimmer.«

»Nein, ich sagte, ich bin an der Bar. Angus, du klingst müde. Geh schlafen, hm? Wir sprechen uns morgen. Ich rufe dich an.« Cillian legte auf.

Nach solchen Gesprächen mit Cillian war Angus normalerweise neben der Spur und fragte sich, was schiefgelaufen war. Auch heute war er verwirrt, als er sich auf sein Bett fallen ließ und an die Decke sah. Aber unterschwellig war da noch ein anderes, freudiges Gefühl, das er zunächst nicht zu deuten wusste. Und dann fiel ihm wieder ein, dass Lorcan gesagt hatte, er habe ihn angerufen, nach ihrer gemeinsamen Nacht. Hieß das nicht, dass es nicht nur ein Spiel gewesen war? Nicht nur eine Wette, die er gewonnen hatte? Ja, er hatte zugegeben, dass ihm alles zu viel geworden war und dass er deswegen nach Dublin gegangen war. Aber wenn er versucht hatte, ihn zu erreichen, war es ihm nicht vollkommen gleichgültig gewesen, oder? Immer wieder kreisten seine Gedanken um diese Frage und er beschloss, dass er allein nicht weiterkam. Er musste mit jemandem sprechen.

Draußen vor Angus' Tür kniete Matt und war dabei, das Treppengeländer zu polieren. Auch die Stufen waren geputzt, wie Angus feststellte.

»Matt? Wow, danke. Aber ich hätte wirklich morgen …«

»Ist schon gut.« Der Hausmeister winkte ab. »Dein Bruder meinte, du hast viel um die Ohren und ich hatte Zeit. Ich wusste ja nicht, dass du mitten in wichtigen Ermittlungen steckst.«

»Danke, das ist verdammt nett von dir.«

Matt ließ den Lappen sinken. »Könntest du das Sian gegenüber erwähnen? Dass wir gut miteinander auskommen, meine ich.« Er sah bittend zu Angus hoch. »Das tun wir doch, oder?«

»Ja klar, das mache ich.« Angus ging mit einem Grinsen die Treppe hoch bis zum Dachgeschoss.

Sian hatte ihn offenbar kommen hören und hielt die Tür auf. »Ich soll erwähnen, dass Matt und ich inzwischen so etwas wie beste Freunde sind«, sagte Angus. »Er steht auf dich. Das soll ich dir nicht ausrichten, aber das ist offensichtlich.«

Sian zog ihn am Ärmel zur Tür rein. Er war rot bis über die Ohren. »Musst du so laut reden? Was, wenn er das gehört hat?«

»Dann soll er nicht so auffällig sein.« Angus zuckte mit den Schultern. »Redet doch einfach miteinander.«

»Das ist nicht so leicht.«

»Wem sagst du das.« Angus seufzte. »Ich bin auch verwirrt.«

»Wirklich? Worum geht es denn? Erzähl mir alles.« Sian schob ihn in sein Wohn- und Schlafzimmer. »Und warum hast du ein Pflaster am Kopf? Dir geht es doch hoffentlich gut?«

Kurz darauf saß Angus mit einer Flasche Guinness, die Sian extra für ihn dahatte, auf dessen Kissenberg und erzählte sowohl von dem Vorfall auf der Brücke als auch von dem Gespräch mit Lorcan danach.

Als er geendet hatte, schwieg Sian und nahm einen Schluck von seinem Kakao mit Sahne.

»Wenn ich das richtig verstanden habe, dann ist es möglich, dass Cillian diese Informationen über eure Nacht hatte, weil er bei Jack geschlafen hat. Und er hat Lorcan gegenüber so getan, als hättest du dich über ihn lustig gemacht.«

»Zumindest sagt Lorcan das.«

»Glaubst du, dass er lügt?«

»Ich weiß es nicht. Cillian hat mich davor gewarnt, dass Lorcan sich zwischen uns drängen könnte.«

Sian runzelte die Stirn. »Warum? Weil Lorcan auf dich steht?«

»Oder weil er gerne Unruhe stiftet.«

»Hm.« Sian suchte in einer Schublade, bis er eine Packung Räucherstäbchen gefunden hatte, und zündete eines davon an. »Schwierig. Einer von beiden lügt. Was sagt dein Gefühl?«

»Ich weiß es nicht. Aber Lorcan hatte ja offenbar eine Wette darüber laufen, mich ins Bett zu bekommen. So lächerlich das auch ist, denn ich war damals nicht unbedingt schwer zu haben, ehrlich gesagt. Trotzdem war das verletzend und von dieser Wette habe ich von verschiedenen Leuten gehört, nicht nur von Cillian.«

»Weißt du noch von wem? Könnte es möglich sein, dass Cillian dieses Gerücht verbreitet hat?«

»Wieso sollte er so etwas tun?«

»Aus dem gleichen Grund, aus dem er dir nicht gesagt hat, dass Lorcan angerufen hat. Er wollte dich für sich haben.«

»Aber das ergibt keinen Sinn. Cillian war damals gar nicht an mir interessiert. Ich war derjenige, der in ihn verknallt war.«

»Aber ihr seid gleich danach zusammengekommen, oder?«

»Ja, das ist wahr.«

Sian schwieg eine Weile und sah auf das brennende Räucherstäbchen. »Ich weiß, du willst das nicht hören und wir haben uns schon deswegen gestritten«, sagte er und räusperte sich. »Aber manchmal habe ich den Eindruck, dass Cillian gern mit dir spielt. Dass er dich manipuliert.«

Angus war still. Er sah ebenfalls konzentriert auf das Räucherstäbchen. Es war beruhigend zu beobachten, wie es langsam abbrannte. Er erinnerte sich daran, dass Sian schon öfter solche Andeutungen gemacht hatte und dass er dann wütend geworden war. Zwei Mal war er sogar aus dessen Wohnung gestürmt und erst nach ein paar Tagen wiedergekommen. Er fand diese Anschuldigungen unmöglich. Jetzt aber kam es ihm nicht mehr vollkommen undenkbar vor, auch wenn ihm bei dem Gedanken ein kalter Schauer über den Rücken lief.

»Ich hoffe, er hat Lorcan nicht wirklich gesagt, dass ich über ihn gelästert habe. Wenn ja muss ihn das sehr verletzt haben. Er war so ... anders an dem Abend. So offen und frei.« Angus merkte, dass seine Augen brannten. »Wenn er dachte, dass es für mich alles nur ein Witz war, kann ich verstehen, dass er nach Dublin gegangen ist.«

Sian umarmte ihn. »Jetzt ist er ja wieder da«, sagte er und legte seinen Kopf an Angus' Schulter. »Ihr müsst unbedingt noch mal miteinander reden.«

Es klingelte an der Tür und Sian stand auf. Dabei rutschte er mit seinen bunten Stricksocken fast auf dem Boden aus.

Angus ließ sich in die Kissen zurücksinken und lauschte dem kurzen Austausch. Es war schon wieder der Hausmeister, wenn ihn nicht alles täuschte. Ganz schön hartnäckig der Typ.

Sian kam kurz darauf mit einer Stofftüte zurück. »Matt hat Schokolade vorbeigebracht. Möchtest du ein Cadbury?«

Später in seinem eigenen Bett dachte Angus zum ersten Mal seit langer Zeit bewusst an die Nacht mit Lorcan zurück. Was war daran so wundervoll gewesen? Er hatte sich wie im Rausch gefühlt, Lorcans Finger hatten wie Feuer auf seiner Haut gebrannt. Vielleicht täuschte ihn seine Erinnerung und es erschien ihm nur so schön, weil er es danach nicht mehr hatte haben können. Trotzdem. In seinem Kopf war es perfekt.

Lorcan, der sein Hemd mit fliegenden Fingern aufknöpfte und zu ihm aufsah. Die Lust, die sich in seinen Augen gespiegelt hatte, die sonst so blassen Wangen, die jetzt gerötet waren, genau wie seine schmalen Lippen. Dann hatte Lorcan sich über ihn gebeugt und seine schwarzen Haare waren ihm ins Gesicht gefallen. Er hatte

Angus' Hals geküsst, sein Schlüsselbein entlang, seine Brust als gäbe es nichts auf der Welt, das er lieber tun wollte. Ja, das war es. Lorcan hatte so gewirkt, als sei es das Ziel all seiner Wünsche mit Angus zu schlafen, als wolle er an keinem Ort lieber sein. Und das hatte ihn elektrisiert. So gewollt zu werden, den anderen selbst so zu begehren.

Er stöhnte auf, öffnete seinen Gürtel und schob seine Jeans nach unten. Verdammt, er war steinhart. War es richtig, das jetzt zu tun? Nach seinen Erinnerungen an die Nacht mit Lorcan? Durfte er überhaupt auf diese Art an ihn denken? War das fair?

Egal, er hatte es sich so lange verboten und Gedanken taten niemandem weh. Er stöhnte tief auf, umfasste seine Erektion und stellte sich vor, es sei Lorcans Hand, die sich in genau dem richtigen Rhythmus bewegte, Lorcan, der sich jetzt vorbeugte und an seinem Hals entlang leckte, in sein Ohrläppchen biss.

»Ich will das hier so sehr, Angus«, flüsterte er an seinem Ohr, genau, wie er es in jener Nacht getan hatte. »Du glaubst nicht, wie lange ich mir das schon gewünscht habe. Ich will dich in mir spüren. Ich will, dass du in mir kommst …«

Angus erinnerte sich daran, wie Lorcan auf ihm gesessen hatte, schön wie eine Marmorstatue, Angus' Schwanz tief in ihm. Wie sich seine Hüften bewegt hatten, wie er den Kopf zurückgeworfen und seinen Namen gestöhnt hatte, als es ihm kam.

Angus' Muskeln verkrampften sich und er kam ebenfalls stöhnend. Sein Körper bäumte sich auf, seine Lippen formten Lorcans Namen.

Er blieb benommen liegen, als es vorbei war. Was hatte er getan? Er war mit Cillian zusammen und Lorcan wollte ganz sicher nicht, dass er ihn als Wichsvorlage missbrauchte. Was für ein Mensch war er?

Dennoch wünschte er sich nichts mehr, als dass Lorcan sich wie damals neben ihn kuscheln und ihn bitten würde, ihn nicht alleinzulassen. Letztendlich war es dennoch Lorcan gewesen, der gegangen war. Aber dieses Mal würde er ihn festhalten.

Kapitel 13

Angus war ungewohnt schweigsam, als er Lorcan am nächsten Morgen mit dem Volvo vor seinem Hotel abholte, und wich dessen Blick aus. War es wegen ihres Gesprächs gestern?

Lorcan wünschte sich im Nachhinein, er hätte Angus nicht gesagt, dass ihm alles zu viel gewesen war und er deswegen nach Dublin gegangen war. Hätte er nicht bei der Wahrheit bleiben können? Was hätte es ihn gekostet, zuzugeben, dass er von Cillians Aussage verletzt gewesen war und sie überhaupt nicht in Zweifel gezogen hatte? Dieser verdammte Stolz hatte ihm sein Leben schon öfter schwerer gemacht, als es sein müsste.

Er sah zu Angus, aber dessen Blick war starr auf die Straße gerichtet und er wirkte verschlossener als sonst. Jetzt war nicht der Moment, um das Gespräch wieder auf ihre gemeinsame Nacht zu bringen.

Warum war er damals nur so verdammt sicher gewesen, dass Cillian die Wahrheit sagte? Er hatte ihn nicht gut gekannt, da er ein anderes Fach studierte, aber er hatte gehört, dass er von sich überzeugt war. Und er hatte hin und wieder mitbekommen, wie Angus' Freunde diesen damit aufzogen, dass er es nicht schaffte, bei Cillian zu landen.

Hätte er doch trotzdem wenigstens versucht, noch mal mit Angus Kontakt aufzunehmen. Aber jetzt war es zu spät für Reue. Er musste das Beste aus dem machen, was sie hatten. Und zumindest schien Angus ihn nicht mehr zu verabscheuen.

»Soll ich uns unterwegs einen Kaffee holen oder hattest du wieder Frühstück im Bett?«, fragte Lorcan. Kaum zu glauben, er stichelte schon wieder.

Angus sprang zum Glück nicht darauf an. »Cillian ist auf Geschäftsreise. Kaffee ist eine gute Idee.«

Er hielt eine Straße weiter vor einem Coffeeshop.

»Ich mach das schon.« Lorcan stieg aus.

Er kaufte zwei große Becher Kaffee, zwei Muffins und für Angus noch ein Brötchen mit Bacon und Ei. Wie erwartet, ließ das Angus' Augen aufleuchten.

»Mit Frühstück am Bett kann ich nicht dienen, aber zumindest im Auto.«

»Ist mir im Moment sogar lieber.« Angus biss in das Brötchen.

Lorcan hätte gerne nachgefragt, was das bedeuten sollte. Hatte Angus mit Cillian gesprochen? Hatten sie sich gestritten? Vielleicht sogar wegen der Sache mit ihm? In seinem Nacken kribbelte es, aber wieder einmal entschied er sich dagegen, zu fragen. Er war nun mal ein Feigling, was solche Dinge betraf.

Dafür sah Angus jetzt zu ihm.

»Ich habe mir überlegt, dass wir noch mal in aller Ruhe miteinander reden sollten«, sagte er. »Aber erst wenn dieser Fall vorbei ist. Ich kann mich jetzt schon kaum noch auf die Ermittlungen konzentrieren, weil alles so durcheinander ist. Ich bin nicht multitaskingfähig.«

»Das ist eine gute Idee.« Lorcan und fühlte kleine Blasen der Erleichterung in sich aufsteigen. Nur zu gern schob er alles noch eine Weile von sich weg.

»Gut, dass wir da einer Meinung sind. Eine Sache liegt mir aber heute schon auf dem Herzen.« Angus ließ das Brötchen sinken und wandte sich ihm zu. Seine Augen waren sturmgrau und der Blick ließ Lorcans Herz schneller schlagen. »Es tut mir leid, dass Cillian dir das Gefühl gegeben hat, ich hätte mich über dich lustig gemacht. Das ist sehr verletzend. Ich habe das nicht getan. Aber in der WG damals – na ja die Wände waren verdammt dünn und er hat bei meinem Mitbewohner übernachtet. Offenbar hat er einiges mitgehört.«

»Schon gut.«

Dabei war es überhaupt nicht gut. In seinen Ohren rauschte es und seine Fingerspitzen kribbelten. Hieß das, dass Angus damals mit ihm zusammengekommen wäre, wenn er nicht nach Dublin abgehauen wäre? Dass sie eine Chance gehabt hätten?

»Es ist nicht gut. Es ist schlimm, was er getan hat. Aber lass uns erst diesen Fall abschließen und dann reden wir. In Ordnung?«

Lorcan nickte. »Danke Angus. So machen wir es.« Am liebsten hätte er Angus in diesem Augenblick umarmt, aber er wollte dessen Grenzen nicht überschreiten.

»Evan McAodhan, der Vater von Aiden möchte mit uns sprechen«, Angus biss in seinen Muffin. »Er hat mir heute Morgen geschrieben. Vielleicht hat er etwas, das uns weiterhilft.«

»Gut. Und danach habe ich jemanden, den ich gerne besuchen möchte«, sagte Lorcan. »Eine alte Freundin, die sich gut in der Welt der Silbernen auskennt. Ich habe sie gestern kontaktiert und sie ist bereit, uns zu helfen.«

Evan McAodhan, der Uhrmacher, erwartete sie und brachte sie in sein Arbeitszimmer direkt hinter dem Laden. Auch hier hingen überall Uhren und McAodhan war so nervös, dass er Lorcan an eine kleine Taschenuhr erinnerte, die ohne Unterlass tickte.

»Ich mache mir große Sorgen um meinen Sohn.« Er stellte eine Kanne Tee auf den Tisch, Tassen fehlten allerdings. »Ich fürchte, dass er da in etwas hineingeraten ist und keine Ahnung hat, worum es wirklich geht.«

»Setzen Sie sich doch, Mr. MacAodhan, und erzählen Sie in Ruhe«, bot Lorcan an.

Angus zog einen Stuhl nach hinten und der Uhrmacher ließ sich darauf sinken.

»Ich weiß nicht, ob es richtig ist, mit Ihnen darüber zu sprechen, aber irgendetwas muss ich tun.«

»Sie brauchen sich keine Sorgen machen«, sagte Angus. »Die Informationen sind bei uns in guten Händen. Geht es um die Morde in Belfast und um den Einsturz der Brücke?«

McAodhan schwieg einen Moment, schien mit sich zu kämpfen. »Ja.« Er angelte ein Stofftuch aus seiner Weste, mit dem er sich über die Stirn wischte. »Oh Himmel, ich habe ja die Tassen vergessen. Entschuldigen Sie bitte!«

»Schon gut.« Angus legte sanft eine Hand auf den Arm des Mannes. »Wir hatten gerade Kaffee. Mehr hält meine Blase nicht aus. Erzählen Sie uns, was mit Aiden ist.«

»Der Junge hatte es nicht leicht«, sagte McAodhan. »Er hat seine Mutter früh verloren und ich war vermutlich nicht immer ein guter Vater. Bei ihm ist ADHS diagnostiziert worden und er hatte in der Schule zu kämpfen. Verständnis hat er leider immer vergeblich gesucht. Und dann kam die Magie. Zuerst dachte ich, dass es ihm guttut, sich so in etwas zu stürzen, aber leider habe ich recht schnell gemerkt, dass er sich nicht für alle seine Zauber eine Lizenz holt.«

Angus seufzte. »Leider kommt das bei Jugendlichen immer häufiger vor.«

»Wir hatten Streit deswegen. Er wollte nicht einsehen, dass er sich an die Regeln halten muss. Er fand es unsinnig, für jeden noch so kleinen Zauber Formulare auszufüllen, die schwer zu verstehen sind und Wochen brauchen, bis sie bearbeitet werden.« McAodhan sah Angus entschuldigend an. »Meine Arbeit erschwert das auch sehr. Selbst für die kleinsten Eingriffe muss ich manchmal wochenlang auf eine Lizenz warten. Die Kunden beschweren sich darüber, dass es ewig dauert, bis ihre Uhren repariert sind. Manchmal gehen sogar Anträge verloren oder werden ohne Grund abgelehnt.«

»Das System ist nicht ideal«, sagte Angus. »Das stimmt. Aber es geht nicht anders. Sonst könnten ja alle tun, was sie wollen.«

»Ich kann aber verstehen, dass das für junge Menschen anstrengend ist«, warf Lorcan ein und erntete einen düsteren Blick von Angus.

»Danke.« McAodhan richtete sich etwas auf. »Aiden hat sich deswegen den Wölfen angeschlossen. Seiner Meinung nach geht es ihnen darum, zu zeigen, dass es auch funktioniert, wenn Magie weniger reglementiert ist.«

»Darum kommt es auch immer wieder zu Zwischenfällen, inklusive Raubzügen.«

»Raubzüge würde ich es nicht nennen.« McAodhan wischte sich wieder mit dem Tuch über die Stirn. »Sie nehmen ja nur Geld oder Gegenstände, die den Menschen nicht wirklich gehören.«

»Es bleibt trotzdem illegal!«

»Ja natürlich! Aiden und ich haben uns deswegen so oft gestritten. Darum kommt er gar nicht mehr nach Hause. Ich habe ihn seit einer Woche nicht gesehen und mache mir Sorgen. Ständig fürchte ich, dass ich höre, dass irgendwo ein Brand ausgebrochen ist.«

Angus legte dem Mann eine Hand auf die Schulter. »Wir haben ihn vorgestern erst getroffen. Es geht ihm gut. Ich habe ein ernstes Wort mit ihm geredet.«

»Das beruhigt mich.« McAodhan nahm ein paar tiefe Atemzüge. »Jedenfalls höre ich hier im Silberviertel immer öfter, dass die Wölfe radikaler werden und andere Silberne sich von ihnen distanzieren. Es gibt Gerüchte, dass sie einen Anschlag auf Staatsanwältin Rose planen, weil sie schon viele von ihnen verurteilt hat. Noch sind die meisten Silbernen solidarisch mit den Wölfen. Ich finde, Sie sollten darüber Bescheid wissen. Wenn Aiden in diese Pläne verwickelt ist, dann müssen sie gestoppt werden.«

»Es ist gut, dass Sie offen zu uns sind«, sagte Angus. »Das hilft uns weiter.« Er wechselte einen Blick mit Lorcan.

»Danke. Wenn Sie meinen Sohn sehen, könnten Sie ihn bitten, nach Hause zu kommen? Ich muss mit ihm sprechen. Und sagen Sie ihm, dass er gut auf sich aufpassen soll.«

»Natürlich, das tun wir. Passen Sie auch gut auf sich auf, Mr. McAodhan.« Lorcan legte ihm eine Hand auf den Unterarm. »Ich fürchte, dass es für Silberne in nächster Zeit unangenehm werden könnte.«

»Du hast recht«, meinte Angus, als sie wieder auf der Straße standen. »Darüber habe ich noch gar nicht nachgedacht.«

»Ja. Die Menschen werden keinen Unterschied machen zwischen Silbernen, die ihre Magie illegal einsetzen und denen, die sich an die Vorschriften halten.«

Die Zeit bis zu ihrem Termin bei Lorcans Freundin am Nachmittag brachten sie damit herum, sich im Silberviertel umzuhören und zu Mittag zu essen. Lorcan gefiel es hier. Um diese Jahreszeit hatten alle Geschäfte für Halloween geschmückt, Kürbisse lagen vor den Läden und in den Schaufenstern gab es Cupcakes, Gespenster, Hexen und Skelette. In den Straßen lagen Strohballen, in denen Vogelscheuchen steckten. Es roch sogar nach Pumpkin Spice und Kürbissuppe. Die Blätter der Bäume am Straßenrand waren rot und golden verfärbt, sodass man selbst in der Stadt die Jahreszeit fühlte.

Lorcan genoss es, mit Angus hier zu sein, obwohl sie an der Aufklärung eines Mordfalls arbeiteten und nur sehr schleppend vorankamen. Am liebsten hätte er sich mit Angus auf eine der Bänke gesetzt und dem Treiben im Viertel eine Weile zugeschaut. Stattdessen hörten sie sich in den Geschäften um.

Im Silberviertel war man eher verschlossen, hatte angeblich in letzter Zeit nichts von den Wölfen gehört oder gesehen. Noch schienen die meisten nicht zu glauben, dass die Gruppierung an den Morden und dem Anschlag schuld war.

Um 17 Uhr, als es dämmerte, wurde es Zeit für ihre Verabredung.

»Willst du mir nicht erzählen, wer deine Freundin ist?«, fragte Angus, der einen Kürbisdonut verspeiste. »Vielleicht kenne ich sie ja.«

»Gut möglich. Sie heißt Madam Cristobal und hat ihren Laden um die Ecke.«

Angus runzelte die Stirn. »Der Name kommt mir bekannt vor. Ich weiß aber nicht woher.«

Sie liefen in eine Seitengasse und Lorcan hielt Angus eine kleine Gartenpforte auf. Das windschiefe Holzhaus, auf das sie jetzt zugingen, stand ein Stück von der Straße entfernt. Wacholderbüsche und knorrige alte Bäume säumten den Weg. Dieses Haus hatte hier schon gestanden, bevor es das Silberviertel gab und vielleicht war es einer der Gründe, warum das Viertel hier entstanden war, dachte Lorcan.

Er klopfte an die Tür und sie öffnete sich quietschend. Sie traten ein und es war ein wenig, als seien sie in einer anderen Welt. Man erwartete das Innere eines Hexenhäuschens, mit alten Holzmöbeln, einem Kamin und einer schnurrenden Katze, stattdessen betrat man einen großen Raum, der mit bunten Tüchern verhangen und mit Kissen ausgelegt war. Es fühlte sich eher an, als befänden sie sich in einem überdimensionalen Zelt. Der Duft nach Räucherstäbchen war durchdringend und von irgendwoher kamen ätherische Klänge.

»Jetzt weiß ich, woher ich den Namen kenne«, sagte Angus. »Mein Bruder hat manchmal Videokonferenzen mit Madame Cristobal. Sie berät ihn.«

»Sians Bruder, wie erfreulich.« Die ältere Frau saß auf einem breiten Kissen in der Mitte des Raumes, vor sich ein kleines Tischchen mit einer Wasserpfeife, dessen Mundstück sie in der Hand hielt. Um sie herum lagen verschiedenfarbige Katzen auf den Kissen und schliefen oder putzten sich. »Ich wollte dich schon lange kennenlernen. Kommt bitte näher und setzt euch.«

Lorcan und Angus nahmen auf zwei Kissen gegenüber der Frau Platz. Sie hatte langes graues Haar, das ihr glatt bis auf die Schultern hing, trug ihr Bändchen am rechten Arm und hatte den warmen, wachen Blick, an den Lorcan sich erinnerte.

»Ist das alles nicht ein bisschen too much?«, fragte Angus und machte eine allumfassende Geste.

Madame Cristobal lächelte. »Die Leute wollen es so. Das gibt ihnen Sicherheit, weil es ihre Erwartungen spiegelt. Ich fände ein modernes Büro mit Fußbodenheizung manchmal praktischer.«

»Es hat auf jeden Fall Flair«, sagte Lorcan. »Schön, dich wiederzusehen, Josephine.«

»Das beruht auf Gegenseitigkeit, mein Junge.« Sie strahlte. »Womit kann ich dienen? Ein Liebestarot?«

Lorcans Wangen wurden warm. »Oh nein, so ist es nicht. Angus und ich sind nicht ...«

Aber Madame Cristobal hatte bereits drei Karten aus einem Stapel gezogen und legte sie auf den Tisch. Sie lehnte sich etwas vor und sah aufmerksam zwischen ihnen hin und her. Angus wich ein wenig zurück.

»Ich würde mir darüber keine allzu großen Sorgen machen«, sagte sie.

»Worüber?«, wollte Angus wissen.

Sie wies auf eine der Karten. »Na sieh doch. Die Karte „Sieben der Schwerter" liegt zwischen den Karten „Kraft" und „Sonne", welche für Lorcan und dich stehen.«

»Und was genau bedeutet das?«, fragte Angus, interessierter als Lorcan erwartet hätte.

»Das Versprechen einer äußerst erfüllenden Verbindung, die im Moment behindert wird. Aber diese zwei mächtigen Arkanen werden triumphieren.«

»Das ist gut zu hören.« Lorcan wollte das Gespräch lieber auf etwas anderes lenken. »Aber deswegen sind wir nicht hier.«

»Schade.« Madam Cristobal hob die Karten auf. »Ich wäre gern in die Tiefe gegangen. Ihr kommt wegen der Wölfe, nicht wahr?« Sie mischte das Deck neu und zog drei weitere, runzelte die Stirn. »Ich fürchte, was das angeht, gibt es unangenehme Nachrichten.«

»Entschuldigen Sie, Madam, aber wir sind nicht hier, um uns die Karten legen zu lassen«, erklärte Angus. »Wir brauchen echte Informationen.«

»Aber die bekommst du ja, mein Junge«, sagte Madame Cristobal nachsichtig. Sie betrachtete die Karten. »Ich erkenne eine Verschwörung, die tiefer geht, als ihr glaubt. Und ihr werdet in diese Angelegenheit hineingezogen werden. Es könnte gefährlich für euch werden. Passt gut auf, wem ihr vertraut.« Sie sah zu Angus. »Das gilt besonders für dich.«

»Ich bin immer vorsichtig.«

»Manchmal bist du zu gutgläubig und etwas ungestüm«, gab Lorcan zu bedenken.

»Ja, das zeigt mir deine Aura auch.« Madam Cristobal lächelte.

»Meine Aura beschwert sich, dass ich Kopfschmerzen von den Räucherstäbchen bekomme«, erklärte Angus. »Die sind um einiges stärker als die von Sian.«

»Dein Bruder hat auch jemanden kennengelernt, nicht wahr?«, fragte Madame Cristobal mit einem Schmunzeln. »Ich kann dich beruhigen. Der Hausmeister meint es ernst und er ist ein lieber Kerl. Er wird deinem Bruder guttun.«

»Warten wir es ab.« Angus seufzte. »Ich finde ihn reichlich seltsam.« Er wandte sich an Lorcan. »Hast du noch Fragen? Oder können wir langsam wieder los?«

»Es würde mich sehr interessieren, in deiner Hand zu lesen«, sagte Madame Cristobal. »Ich könnte sicher eine Möglichkeit finden, wie du das Hindernis aus dem Weg schaffst, das zwischen dir und deinem Glück steht.«

»Zu meinem Glück fehlt mir im Moment vor allem etwas zu essen.« Angus richtete sich auf.

Lorcan erhob sich ebenfalls. »Danke, Josephine. Du hast uns sehr geholfen.«

»Endlich frische Luft.« Angus atmete tief ein, als sie wieder draußen waren. »Ich glaube nicht, dass ihre Informationen hilfreich waren. Es überrascht mich, dass du an so was glaubst.«

Lorcan vergrub die Hände tief in seinen Taschen. »Sie ist eine intelligente Frau mit einer guten Intuition. Sie gibt ihr Wissen oft als Wahrsagerei aus, damit die Leute ihr glauben.«

»Also denkst du nicht, dass sie hellseherische Fähigkeiten hat?«

»Kommt darauf an, wie man diese definiert.«

»Bis zum Treffen im Pub ist noch mehr als eine Stunde Zeit«, sagte Angus. »Wollen wir auf die Wache fahren und uns aufwärmen? Du frierst.«

»Wie wäre es, wenn wir etwas essen gehen?«

»Das Irish Stew im *Old Duck* ist hervorragend.«

Lorcan seufzte innerlich. Er hatte in der letzten Woche so oft im Pub gegessen, dass ihm nach etwas anderem war. Und nicht nur das. Er wollte Angus gern noch ein wenig für sich haben, bevor sie sich mit seinen Freunden trafen. Auch wenn es ihm schwerfiel, sich das einzugestehen.

»Mir ist das OX empfohlen worden. Hättest du Lust, da mit mir hinzugehen?«

Angus legte den Kopf schief. »Ist das so etwas wie ein Date?«

»Natürlich nicht. Ich wollte dort schon immer mal essen.«

»Ich war erst einmal im OX.«

»Mit Cillian.«

»Ja. Er liebt es, aber die Portionen sind so klein, dass man niemals davon satt wird.«

»Das ist doch gut. Dann kannst du im Pub noch ein Irish Stew essen. Ich lade dich zu beidem ein.«

Angus' Augen leuchteten auf. »Wirklich?«

»Ja. Ich schulde dir eine Wiedergutmachung, nachdem ich wortlos nach Dublin verschwunden bin, nicht wahr?«

~~~

Das OX hatte Backsteinwände und deckenhohe Glasfenster. Sie saßen sich an einem schlichten Holztisch gegenüber. Lorcan genoss das gedämpfte Licht und die leise Hintergrundmusik.

Er trank einen vollmundigen Rotwein, während Angus ein Guinness vor sich stehen hatte. Er blickte ein wenig bedauernd auf das winzige Stück Fleisch auf seinem Teller, den der Kellner eben abgestellt hatte. Er schnitt einen Bissen ab und schob ihn sich in den Mund.

»Ist dein Wild gut gewürzt?«, fragte Lorcan.

»Ich wünschte, ich könnte es dir sagen, aber ich fürchte, es ist zu klein, um wirklich etwas zu schmecken.« Angus grinste. »Nein, es ist sehr gut. Wie ist dein Butternut Squash?«

»Sehr gut.«

»Kommt aber beides nicht an das Irish Stew im *Old Duck* ran.«

»Davon bin ich überzeugt.« Lorcan grinste.

»Darf ich dich etwas fragen?« Angus lehnte sich vor, sein Gesichtsausdruck ernst. Das flackernde Licht der Kerze spiegelte sich in seinen Augen und Lorcan schluckte. Warum hatte er Angus hierher eingeladen? Weil er hoffte, dass sich zwischen ihnen doch etwas entwickeln würde?

»Natürlich.« Er klang ein wenig heiser.

»Hast du damals mit jemandem gewettet, ob du mich ins Bett bekommen würdest? Sei ruhig ehrlich. Wir waren jung und ich habe auch viel Unüberlegtes getan.«

Lorcan hustete und hielt sich eine Hand vor den Mund. Ja, er hatte mit etwas anderem gerechnet, aber diese Frage war absurd.

»Angus Macbain, du kennst mich schlecht«, sagte er. »Wenn ich damals eine Wette abgeschlossen hätte, dann darüber, ob ich es schaffe, dich zu bitten, etwas mit mir zu trinken, ohne mir dabei in die Hosen zu machen.«

Angus sah ihn verblüfft an. Und dann lachte er. Den Kopf in den Nacken gelegt, ein fröhliches, donnerndes Lachen, das nichts Feindseliges oder Herablassendes hatte.

Lorcans Herz schlug schneller und er nahm einen Schluck Wein. Das hier war der Angus Macbain, den er vermisst hatte, seit er Belfast verlassen hatte, und es tat so gut, ihn wiederzusehen. Angus wischte sich über die Augen.

»Du bist gut. Also keine Wette?«

»Keine Wette. Es hat mich so viel Überwindung gekostet, dich damals anzusprechen.«

»Das wusste ich nicht.« Angus streckte die Hand aus und strich einmal über die von Lorcan, die auf dem Tisch lag.

Lorcan stand auf.

»Ich bin gleich zurück.«

Auf dem Weg zu den Toiletten stieß er sich schmerzhaft am Tresen. Warum lief er jetzt weg? Angus hatte über seine Hand gestreichelt. Vielleicht hätte er sie im nächsten Augenblick genommen? Hatte er Angst davor? Konnte er immer noch nicht mit seinen eigenen Gefühlen umgehen? Das hier war genau das, worauf er gehofft hatte. Und statt Angus' Hand zu nehmen, lief er weg.

Er blieb wie angewurzelt stehen. Auf der Galerie, direkt in seinem Blickfeld, saß Cillian Fletcher, gut sichtbar wie auf einer Bühne. Sein Gegenüber war ein gutaussehender junger Mann, der ihn regelrecht anhimmelte. Und nicht nur das. Cillians Hand lag unter dem Tisch auf dem Knie des Mannes.

Lorcan schnappte nach Luft.

Angus. Er durfte das hier auf keinen Fall sehen. Nicht jetzt, wo es ihm gerade so gut ging. Er durfte nicht die gleiche Enttäuschung erleben wie Lorcan, als er geglaubt hatte, mit Angus sei alles vorbei. Und damals war es nur eine Nacht gewesen. Angus und Cillian waren seit drei Jahren ein Paar. So sollte Angus es auf keinen Fall erfahren.

Lorcan drehte um und ging zurück zu Tisch. Angus lächelte ihm zu, ein Leuchten in seinem Blick. Er durfte nicht nach oben sehen zur Galerie.

»Ich dachte, du läufst schon wieder weg«, sagte er. »Alles in Ordnung?«

»Mir ist eingefallen, dass ich noch meine Fiedel holen muss«, erklärte Lorcan. »Und ich möchte mich umziehen. Das dauert immer ein wenig, darum müssen wir langsam los.«

In dem Moment wurde der Nachtisch auf ihrem Tisch abgestellt. Lorcan war froh, dass auch das gebackene Lemon Curd mit Ingwer nur aus einer winzigen Portion bestand, für die Angus nur einen Bissen brauchte. Er schob ihm sein eigenes ebenfalls hin, weil ihm der Appetit vergangen war und versuchte, nicht zur Galerie zu blicken. Er wollte hier raus. Mit Angus.

»Bist du fertig?« Er winkte dem Kellner.

»Warum plötzlich so eilig?«, fragte Angus gutmütig. »Du musst dich nicht umziehen. Du siehst wunderbar aus.«

Der Kellner kam und legte die Rechnung in einem Lederetui auf den Tisch. Lorcan klappte es auf und schob ein paar Scheine hinein. Er gab reichlich Trinkgeld.

»Kopfschmerzen«, sagte er. »Ich muss an die frische Luft.« Er nahm seinen Mantel und Angus' Lederjacke von der Garderobe und schob ihn in Richtung Ausgang.

»Das kommt von diesen kleinen Portionen«, erklärte Angus. »Mir wird davon auch ganz schummrig. Man hat immer Appetit auf mehr.«

Lorcan atmete auf, als sie im Freien standen, überlegte aber im gleichen Moment, ob er das Richtige getan hatte. Wäre es nicht besser gewesen, wenn Angus wusste, woran er war?

Aber auf diese Art sollte niemand erfahren müssen, dass er hintergangen wurde. Er würde dafür sorgen, dass es nicht so wehtat, wenn Angus es mitbekam.

»Herrlich diese Herbstluft, oder?«, fragte er. »Mir geht es schon besser.«

»Ja, herrlich.« Angus lächelte ihn an und für einen Moment hoffe Lorcan, dass er vielleicht gar nicht so traurig wegen Cillian sein würde, wenn er merkte, dass der ihn betrog.

Kapitel 14

Angus saß in dem Lehnsessel in Lorcans Hotelzimmer und wartete. Lorcan war vor einer halben Stunde im Bad verschwunden.

»Du bist schön genug«, rief er. »Langsam sollten wir los, sonst bekommen wir keinen Tisch mehr.«

»Die Anderen werden uns doch einen Platz freihalten?«, kam es zurück.

»Hoffen wir es.« Angus verschränkte grinsend die Hände hinter dem Kopf. Es machte ihm nichts aus, zu warten. Im Gegenteil. Es ging ihm besser als seit Monaten. Woran lag das? Vielleicht war es doch das gute Essen gewesen? Oder es war dieses Hotelzimmer. Er fühlte sich geborgen, gut aufgehoben. Und ihm war nicht einmal klar gewesen, wie sehr er diese Gefühle vermisst hatte.

Etwas, das ihn ständig begleitet hatte, war nicht mehr da: die andauernde Angst, gleich etwas falsch zu machen, etwas Unpassendes zu sagen. Ja, Lorcan zog ihn hin und wieder auf oder verbesserte ihn, aber er war nicht beleidigt, gab ihm nicht das Gefühl, dass der Abend jeden Augenblick beendet sein würde, wenn er sich falsch verhielt.

Die Badezimmertür öffnete sich und Lorcan kam heraus, ging schnell zu der Garderobe, an der sein Mantel hing.

»Jetzt lass dich erst mal anschauen.« Angus stand aus dem Sessel auf. »Ich will doch wissen, worauf ich so lange gewartet habe.«

»Ich musste nur meine Haare waschen und es dauert immer, bis sie trocken sind. Mein Outfit ist nichts Besonderes.«

»Machst du Witze, du siehst großartig aus«, sagte Angus. Lorcan trug enge schwarze Jeans und ein grünes Hemd aus fließendem Stoff. Die Farbe brachte seine Augen zum Strahlen und ließ ihn weniger blass wirken. Oder waren seine Wangen tatsächlich leicht gerötet? Er trug Kajal, wodurch sein Blick noch intensiver wirkte, und hatte ein grünes Band in sein Haar eingeflochten.

Angus fragte sich, ob Lorcan hoffte, heute im Pub jemanden kennenzulernen, und das versetzte ihm einen kurzen schmerzhaften Stich in der Herzgegend. Wenn das sein Ziel war, dann würde er sicher Erfolg haben.

»Du siehst so gut aus«, wiederholte er und machte einen Schritt zurück. »Die werden Augen machen im *Old Duck*.«

Lorcan zog schnell seinen Mantel über. »Ich war schon lange nicht mehr aus, das ist alles. Ich hatte Lust, mich ein bisschen schick zu machen. Und Angus? Du siehst ebenfalls klasse aus.«

»Ja, diese Holzfällerhemden kommen nie aus der Mode.« Er lachte. »Vergiss deine Fiedel nicht.« Er reichte Lorcan den Kasten. »Ich freue mich darauf, mit dir zu spielen.«

Lorcan sah ihn an. »Ich mich auch.«

Im altmodischen Fahrstuhl, der sie nach unten brachte, nahm Angus Lorcans Duft wahr. Automatisch rückte er näher zu ihm. Was war das? Er hatte keine Ahnung von Duftnoten, genauso wenig wie von Weinsorten oder klassischer Musik, wie Cillian immer wieder tadelnd anmerkte. Aber das hier roch so gut. Vielleicht war es aus einem der magischen Läden und enthielt betörende Duftstoffe oder so?

»Was ist das?«, fragte er. »Das hätte ich auch gern.«

»Was meinst du?«

»Dein Aftershave oder Parfum oder was es ist.«

»Ich trage nichts. Vielleicht meinst du mein Shampoo? Das ist Zitrone.«

Angus näherte sich mit der Nase Lorcans Haar und nahm eine zitronige Note wahr. Er schüttelte den Kopf. »Das ist es nicht.«

»Vermutlich mein Waschmittel.« Lorcan lachte.

Der Aufzug kam unten an. Sie holten Angus' Bodhrán aus dem Volvo und gingen zu Fuß zum *Old Duck*. Angus hatte gar nicht mehr gewusst, wie schön es war, durch das nächtliche Belfast zu laufen, die erhellten Fenster der Pubs zu sehen, die Fröhlichkeit zu hören, die daraus hervordrang.

Diese schlug ihnen auch entgegen, als er Lorcan die Tür zum *Old Duck* aufhielt. Es wurde »Belle of Belfast City« gespielt und das gesamte Pub stimmte im Refrain mit ein. Angus sang ebenfalls mit, legte einen Arm um Lorcan und geleitete ihn zu dem Tisch, von dem aus Nisha ihm zuwinkte. Harlan Greenaway saß etwas verloren neben ihr und die anderen Kollegen und Kolleginnen begrüßten Angus und Lorcan mit Handschlag.

Osvaldo stellte ein überschäumendes Guinness vor Angus ab. »Das Erste geht für Musiker aufs Haus.« Er wandte sich an Lorcan. »Was darf ich dir bringen?«

Lorcan bestellte zu Angus Überraschung Whiskey und machte sich gleich daran, seine Fiedel auszupacken. Kurz darauf standen sie nebeneinander mit den anderen Musikern auf der kleinen, improvisierten Bühne, die aus ein paar zusammengeschobenen Tischen bestand, und spielten »The Banshee« und »Jig and Reel.«

Angus sah immer wieder zu Lorcan und dessen Augen leuchteten.

Nach den nächsten zwei Liedern setzten Lorcan und Angus eine Runde aus und gesellten sich wieder an den Tisch zu Greenaway und Nisha. Es war voll an diesem Abend und nur auf der Bank war noch etwas Platz. Angus spürte deutlich, wie sich Lorcans Oberschenkel gegen seinen eigenen drückte. Er nahm einen tiefen Schluck von dem Guinness, um sich ein wenig abzukühlen. Es war zu lange her, dass er an so einem Abend hier gewesen war. Es war magisch: Die Musik, die vielen Stimmen, der Geruch nach Whiskey, Malz und Kerzenwachs, die Lichter ... ein wenig fühlte er sich jetzt schon wie betrunken, obwohl das nicht sein konnte. Er vertrug sehr viel mehr. Lorcan leerte seinen Whiskey und bestellte ein weiteres Glas. Seine Augen glänzten im Kerzenlicht und seine Wangen hatten Farbe bekommen. Angus lehnte sich näher zu ihm, obwohl sie so eng beieinandersaßen.

»Du spielst gut.«

»Nein, mir fehlt die Übung und ich habe nur selten mit anderen zusammengespielt.«

»Das solltest du öfter tun. Es gibt vieles, was du öfter tun solltest, Lorcan Flynn.«

»Vielleicht. Hast du noch andere Vorschläge?«

»Wie wäre es damit, ein wenig Spaß zu haben?«

Lorcan nippe an seinen Whiskey und blickte ihn unter langen Wimpern hervor an. »Mir kommt es vor, als hättest du davon auch zu wenig gehabt in letzter Zeit.«

»Möglich.«

Die nächste Stunde verging wie im Flug mit Musik und Gesang. Erst als er Lorcan dazu aufforderte, noch ein Lied mit ihm auf der Bühne zu spielen, und dieser so schwankte, dass er sich an ihm festhalten musste, merkte Angus, dass Lorcan zu viel getrunken hatte.

Er hielt ihn an den Schultern, sah ihm ins Gesicht. Lorcans Blick war glasig, aber er lächelte.

»Soll ich dich nach Hause bringen?«

»Ja. Das ist eine gute Idee.«

Angus sammelte seine Bodhrán und Lorcans Fiedel ein und verabschiedete sich von seinen Freunden. Nisha umarmte ihn. »Schön, dass du da warst. Du hast heute richtig glücklich gewirkt, Angus.«

»Das war ich auch.«

Sie zwinkerte ihm zu.

Angus legte einen Arm um Lorcan und führte ihn nach draußen.

»Geht es dir gut?«, fragte er. »Ich glaube, das war ein wenig viel.«

»Ich kann mich nicht erinnern, dass die Sterne in Dublin so schön leuchten.«

Angus lachte leise. »Vielleicht tun sie das auch nicht.«

»Danke, dass du mich nach Hause bringst.« Lorcan lächelte ihn an. »Ich vertrage wohl nicht mehr so viel.«

»Ich hoffe, du bereust es morgen nicht.«

»Niemals.«

Angus hatte schon oft betrunkene Menschen nach Hause gebracht, aber noch nie jemanden, der dabei so bezaubernd gewesen war wie Lorcan. Er lachte, als sie in eine Pfütze traten und als ein Auto sie anhupte, weil sie zu langsam über die Straße gingen. Er begrüßte zwei fremde Fußgänger, denen sie begegneten, und wäre fast an seinem Hotel vorbeigelaufen, was er ebenfalls lustig fand. Angus hielt ihn geduldig fest, genoss es, so nah bei ihm zu sein, und hoffte nur, dass es Lorcan morgen nicht schlecht gehen würde.

Auf diesem Nachhauseweg wurde ihm klar, dass er sich von Cillian trennen würde. Es war kein Entschluss, eher eine Gewissheit.

Im Fahrstuhl lehnte Lorcan sich gegen ihn, und sobald die Tür von seinem Zimmer hinter ihnen zugefallen war, drehte er sich zu Angus um und küsste ihn auf die Lippen. Angus war so überrascht, dass er im ersten Moment gar nicht reagierte. Lorcans Haare kitzelten ihn am Hals und da war wieder dieser wundervolle Duft. Die Berührung seiner Lippen jagte Stromstöße durch seinen Körper. Er ließ die Fiedel und die Bodhrán fallen, die er noch immer in der Hand hielt. Lorcan zuckte von dem Geräusch kurz zusammen, drängte sich dann aber an ihn und küsste ihn wieder, als habe er seit Jahren nichts anderes tun wollen.

Angus hob die Hände, umfasste damit sein Gesicht und küsste ihn zurück. Dann ließ er sie auf Lorcans Schultern sinken und schob ihn mit einer Willenskraft, von der er nicht gewusst hatte, dass er sie besaß, von sich weg.

Lorcan sah zu ihm auf, seine Augen groß und bittend, der Kajal ein wenig verschmiert. Er war wunderschön.

Angus streichelte über seine Wange. »Wir sollten das nicht tun.«

Lorcan versuchte noch einmal, sich ihm zu nähern, dann sanken seine Schultern und er nickte, trat einen Schritt von Angus zurück.

»Du hast einen Partner.« Seine Stimme klang rau. »Ich verstehe. Aber Cillian hat dich nicht verdient. Er ist ... er tut dir nicht gut.«

»Es ist nicht nur wegen Cillian.« Angus nahm Lorcans Hand. »Du hast zu viel getrunken. Ich will nicht, dass du etwas tust, das du morgen bereust.«

Lorcans Augen weiteten sich. »Das ist es? Oh verdammt.« Er lacht leise und es klang ein bisschen bitter. »Warum habe ich das getan?«

»Schon gut. Wir machen hier weiter, wenn du wieder Herr deiner Sinne bist.«

»Angus ... ich will das hier wirklich. Mehr als alles andere.«

Angus nickte. »Und ich bin morgen auch noch da. Du trinkst jetzt ein großes Glas Wasser und gehst ins Bett.«

»Ich kann nicht schlafen.«

»Du wirst überrascht sein.« Angus lächelte, als Lorcan ein wenig schwankte. Er zog ihn zum Bett.

Lorcan setzte sich auf die Kante und ließ sich nach hinten fallen. »Ich wünschte, ich hätte nicht ...«

Angus kniete vor dem Bett nieder und zog geduldig Lorcans Stiefel aus. Ein bisschen fühlte er sich in seine Studentenzeit zurückversetzt. Er hatte schon immer viel vertragen und war öfter derjenige gewesen, der seine Kommilitonen ins Bett gebracht hatte. Dass es diesmal Lorcan war, dem er helfen konnte, machte es zu etwas Besonderen. Und ihm war immer noch heiß von ihrem Kuss.

Er holte ein großes Glas Wasser und reichte es Lorcan, der sich mit Mühe aufsetzte, um es zu trinken.

»Ich hätte früher aufhören sollen«, sagte er. »Tut mir leid, Angus.« Er ließ sich wieder zurück aufs Bett sinken. »Versprich mir, dass wir morgen weitermachen können? Ich werde nicht mutig genug sein, dich zu küssen, wenn ich nüchtern bin ...«

»Ich verspreche es.« Angus grinste in sich hinein. »Keine Angst, ich bin mutig genug.«

»Gut.« Lorcan legte einen Arm über seine Augen. »Und Cillian ist wirklich nicht gut genug für dich. Du verdienst so viel mehr Angus.«

»Ich werde mich von Cillian trennen.«

Lorcan nahm den Arm von seinem Gesicht. »Was?«

»Gleich Morgen. Mein Entschluss steht fest.«

»Das ist gut.« Lorcan rollte sich auf dem Bett zusammen. »Das ist sehr gut. Du musst wissen ...« Im nächsten Moment war er eingeschlafen.

Angus wartete bis Lorcans Atemzüge tief und ruhig waren. Dann stand er auf, füllte das Wasserglas neu und stellte es auf den Nachttisch. Er hob die Bodhrán und den Fiedelkasten auf, die beide zum Glück unversehrt waren, und platzierte sie auf den Schreibtisch. Leise schlich er aus dem Zimmer zur Rezeption und holte zwei Kopfschmerztabletten, die er auf den Nachttisch legte, und füllte das Glas erneut mit Wasser. Er breitete die Decke über Lorcan aus und nahm im Lehnsessel Platz. Dort wartete er, bis er sicher war, dass Lorcan ruhig durchschlafen würde. In ihm war eine angenehme Ruhe und Sicherheit. Schließlich hob er seine Bodhrán auf und ging.

Es war vier Uhr morgens, als er nach Hause kam. Er schrieb eine Nachricht an Lorcan, dass er sich melden sollte, wenn er wach war.

Kapitel 15

Lorcan saß am Schreibtisch seines Hotelzimmers über seinen Laptop gebeugt und massierte seine schmerzenden Nackenmuskeln. Er war morgens zwar mit leichten Kopfschmerzen aufgewacht, aber seiner eigenen Meinung nach war er nicht so betrunken gewesen, dass er keine Entscheidungen mehr hatte treffen können. Angus hatte es bestimmt gut gemeint. Oder war er sich nicht sicher gewesen, ob er diesen Schritt wieder mit Lorcan gehen wollte? Natürlich konnte dieser das verstehen, aber wenn es doch wegen Cillian war, diesem widerlichen Mistkerl ...

Er wünschte sich, er hätte Angus sagen können, dass Cillian ihn betrog, aber dieser war gestern so glücklich gewesen, so sehr in seinem Element. Er hatte das nicht zerstören wollen und später hätte es so gewirkt, als denke er sich etwas aus, um Angus ins Bett zu bekommen. Er lehnte sich im Stuhl zurück und fuhr sich mit den Händen über das Gesicht. Vermutlich hätte er Angus gestern nicht küssen sollen. Und vor allem hätte er sich keinen Mut antrinken sollen, um das zu tun.

Den ganzen Tag über drehten sich seine Gedanken in diesem Kreis und immer wieder erinnerte er sich daran, wie es sich angefühlt hatte, Angus zu küssen, wie sein ganzer Körper darauf reagiert hatte ... als sei er elektrisiert.

Er stöhnte leise auf und legte den Kopf auf die Tischplatte. Sah auf sein Handy, zum fünften Mal in zehn Minuten. Keine Nachricht von Angus. Wenn er eine bekommen hätte, hätte er es ja piepsen gehört. Trotzdem entsperrte er es, um sicherzugehen.

Angus hatte ihm gestern Nacht geschrieben und er hatte heute Morgen darauf geantwortet, sich für das Wasser und die Kopfschmerztabletten bedankt.

Angus hatte ihm gegen elf zurückgeschrieben, dass er ihn gerne sehen wollte, aber erst mit Cillian sprechen würde. Als verdiene es diese Kröte, dass man Rücksicht auf ihn nahm. Diese Nacktschnecke. Mit diesen Vergleichen tat man den armen Tieren unrecht.

Lorcan stand auf und lief im Zimmer auf und ab. Ausgehen wollte er nicht, weil er halb hoffte, dass Angus hier auftauchen könnte, und dann sollte er nicht vor verschlossener Tür stehen.

Draußen war es dunkel. Sicher würde Angus nicht mehr kommen. Er hatte mit Cillian gesprochen und der hatte ihn wieder in sein Netz eingesponnen. So musste es sein. Besser er konzentrierte sich auf etwas anderes und dachte gar nicht mehr darüber nach.

Und er hatte sogar etwas, das seinen Geist beanspruchen konnte. Eine Theorie, die ihm eingefallen war, als er all ihre bisherigen Ermittlungsergebnisse noch einmal durchgegangen war. Es war bisher nichts, was er jemand anderem mitteilen konnte, dazu musste er erst etwas überprüfen und dazu würde er letztlich ein Labor brauchen. Aber nicht einmal das konnte ihn jetzt fesseln. Er musste zuerst wissen, was mit Angus und Cillian war. Vorher konnte er nicht essen, nicht schlafen und nicht ruhig atmen. So war es nun mal. Die Ungewissheit war das Schlimmste. Er lehnte sich gegen die Wand. Wenn er wenigstens wüsste, was los war. Dann könnte er überlegen, was zu tun wäre. Denn wenn Angus wieder mit Cillian zusammenkam, hätte er ein Recht darauf, zu wissen, dass er hintergangen wurde.

Kapitel 16

Die Wohnungstür öffnete sich und Angus erhob sich vom Sofa, auf dem er gewartet hatte. Sein Magen zog sich zusammen vor innerer Anspannung und seine Hände ballten sich zu Fäusten. Ein Blick auf die Uhr sagte ihm, dass es sieben Uhr abends war. Cillian hatte gegen Mittag zurück sein wollen.

»Angus?«, rief er. »Bist du zu Hause?«

»Ja.« Er klang ruhig. Sehr viel ruhiger, als er sich fühlte.

»Warum sitzt du hier im Halbdunklen?« Cillian schaltete das Licht im Wohnzimmer an. »Hast du auf mich gewartet?«

»Ja. Weil ich mit dir sprechen muss.«

»Hat das Zeit bis morgen? Es war eine anstrengende Reise. Ein Meeting nach dem anderen. Ich würde gerne auspacken und dann in die Badewanne. Du könntest uns etwas kochen.«

»Nein. Setz dich bitte.« Es fühlte sich an, als hätte er tausend kleine Würmer in seinem Bauch, die sich umeinanderwanden. Wenn er dieses Gespräch auch nur eine Stunde länger hinauszögerte, würde er platzen.

Cillian sah ihn mit hochgezogenen Augenbrauen an.

»Angus? Muss das heute sein? Kannst du dir deine Diva-Allüren nicht zumindest bis morgen aufsparen? Ich würde mich gerne freuen, dass ich wieder zu Hause bin.«

»Ich mache Schluss«, sagte Angus. Sobald er die Worte ausgesprochen hatte, löste sich etwas in seinem Innern, wie ein Knoten in seinen Eingeweiden. »Es ist vorbei, Cillian.«

Cillian blickte ihn einen Moment lang stumm an. Dann durchquerte er den Raum und setzte sich in den Sessel Angus gegenüber.

»So einfach stellst du dir das vor?« Er klang fast amüsiert. »Angus. Glaubst du nicht, dass du jetzt ein wenig übertreibst?«

»Nein, das ist es, was ich will. Ich möchte unsere Beziehung beenden.«

»Du hast dich verliebt«, sagte Cillian. »Oder zumindest denkst du das.« Er faltete die Hände. »Deine Hormone spielen verrückt. Du willst Sex mit ihm, bildest dir ein, dass mit ihm alles besser werden könnte. Ist es so?«

Angus wand sich. »Nein. Das ist es nicht. Nicht nur das.«

»Es ist Lorcan Flynn, nicht wahr? Auf den du schon immer scharf warst. Den du angehimmelt hast, ohne es dir einzugestehen. Du konntest eure eine gemeinsame Nacht nicht vergessen und jetzt denkst du, du hast eine Chance.«

Angus wurde übel. Der Knoten in seinem Innern war zurück. Er schüttelte den Kopf. »Nein. Ich will nicht mehr mit dir zusammen sein. Nicht nur wegen Lorcan.«

»Nicht nur. Hört, hört.« Cillian lachte. »Du bist so leicht zu durchschauen. Begreifst du denn nicht, dass er genau das will? Dich für sich gewinnen. Das war schon immer sein Plan. Und du fällst sofort darauf rein, man könnte es fast süß finden.«

Angus Fingernägel schnitten in seine Handballen, weil er die Fäuste so fest zusammendrückte. Er versuchte, ruhig zu atmen. »Hör auf, Cillian.«

»Armer Angus, immer auf der Suche nach der großen Liebe. Irgendwann wirst du verstehen, dass das eine Illusion ist. Was wir hier haben, das ist solide. Nicht perfekt, aber du konntest dich immer auf mich verlassen, Angus. Und ich weiß schon, zu wem du zurückkommen wirst, wenn du merkst, dass Lorcan dich hintergeht.«

»Hör auf.«

»Du willst das nicht hören. Du lässt dich von deinem Verlangen nach Sex steuern, wie immer. Lorcan Flynn ist mit Sicherheit ein Silberner. Vermutlich steckt er hinter den Morden und blendet dich, indem er dich verführt.« Cillian lehnte sich zurück und schlug die Beine übereinander. »Aber gut, das musst du vielleicht selbst herausfinden. Wie du magst, Angus. Ich ziehe aus. Mir wird es mit dir langsam auch zu anstrengend.«

Angus nickte. »Gut.«

»Ständig hast du Bedürfnisse und Wünsche und ich gehe dabei komplett unter.«

Angus saß mit gesenktem Kopf da. Cillian durfte nicht merken, wie sehr seine Worte über Lorcan ihn getroffen hatten. »Und andauernd hast du deinen Bruder im Kopf. Sian hier, Sian da. Weißt du, wie sehr ich das mittlerweile hasse?« Cillian lehnte sich wieder nach vorne. »Das ist nicht normal, wie ihr miteinander umgeht. Er ist nicht dein Bruder und er benutzt dich nur. Versteh das endlich.«

Angus konnte nicht mehr. Irgendeine Sicherung brannte durch und er stand auf. »Verschwinde aus dieser Wohnung«, sagte er leise. »Ich schlafe bis übermorgen woanders. Bis dahin kannst du deine Sachen packen, sonst sammelst du sie von der Straße auf.«

Er ging zum Flur, zog seine Stiefel an, wütend darüber, wie sehr ihn das aufhielt, riss seine Jacke vom Haken und knallte die Tür hinter sich zu.

Matt, der ihm auf der Treppe entgegenkam, wich ihm erschrocken aus.

Angus trat auf die Straße, wo ihm leichter Nieselregen entgegenschlug. Er merkte ihn nicht mal, lief weiter, weil er wegmusste von Cillian.

Er hatte es geschafft. Er hatte Schluss gemacht. Er war frei. Warum klangen Cillians Worte dann so laut in ihm nach?

Er hatte nicht wirklich darüber nachgedacht, wohin er ging, aber mit Sicherheit war Lorcan sein Ziel gewesen, denn warum sonst sollte er jetzt genau vor dessen Hotel stehen?

Vielleicht hätte er ihm schreiben sollen, bevor er hier auftauchte. Er wusste ja noch nicht einmal, ob Lorcan zu Hause war. Aber jetzt war es zu spät. Es regnete stärker und er wusste nicht, wo er sonst hinsollte, außer zu Sian. Und das hätte bedeutet, dass er den ganzen Weg wieder zurückgemusst hätte. Und er hätte an der Wohnung vorbeigemusst, in der Cillian war.

Also betrat er das Hotel, fuhr mit dem Aufzug in Lorcans Stockwerk und klopfte. Lorcan öffnete fast sofort.

»Angus!« Lorcan war bleich, seine Haare wirr, als habe er sie nicht gekämmt. Aber seine Augen leuchteten auf, als er Angus sah. »Ich habe mir Sorgen gemacht.«

»Um mich?«

»Ja. Ich war mir nicht sicher, ob du es dir anders überlegst.«

Angus schob die Hände in die Hosentaschen. »Nein. Ich habe mich von Cillian getrennt. Es war unangenehm, aber ich habe es hinter mir.« In dem Moment, als er das sagte, wurde ihm leichter ums Herz. Besonders als er sah, wie Lorcan aufatmete.

»Das ist gut. Möchtest du etwas essen oder trinken? Ich könnte etwas beim Zimmerservice bestellen oder wir könnten essen gehen.

»Ich würde lieber hierbleiben«, sagte Angus. »Wenn es dir recht ist.«

»Natürlich ist es mir recht.«

Einen Moment zögerte Angus, dann trat er zu Lorcan, umfasste sein Gesicht mit beiden Händen und küsste ihn. Ganz sanft zuerst, mit geschlossenen Lippen. Lorcan stand still, als müsse er erst begreifen, was geschah. Dann legte er die Arme um Angus, zog ihn näher und stöhnte leise gegen dessen Lippen. Angus spürte, wie ein Schauer durch Lorcans Körper lief. Er küsste seine Stirn, seine Wangenknochen und dann noch einmal seine Lippen, öffnete sie dieses Mal und fühlte Lorcans Zungenspitze, die gegen seine eigene stieß und ihn elektrisierte.

Er stöhnte in den Kuss, schlang seine Arme um Lorcan und zog ihn näher, drehte sie beide, sodass Lorcan gegen die Wand gelehnt stand. Dann küsste er ihn tief und hungrig, hielt seine Handgelenke über seinem Kopf fest und verlor sich in diesem Moment. Lorcan schob ein Bein zwischen seine und Angus presste sich dagegen, fühlte die Erregung jetzt durch seinen ganzen Körper strömen. Er küsste Lorcans Hals und hörte diesen ebenfalls aufstöhnen.

»Ins Bett?«, fragte er und Lorcan nickte, schlang die Beine um Angus Hüfte und klammerte sich an ihn. Angus trug ihn zum Bett, während Lorcan seinen Hals küsste. Vorsichtig ließ er ihn auf die Matratze sinken. Eng umschlungen lagen sie kurz darauf auf dem Bett und Angus wünschte sich, er müsste Lorcan nie mehr loslassen. Ja, jetzt konnte er es vor sich selbst zugeben. Das hier hatte er seit drei Jahren vermisst. Genau das hier hatte er tun wollen.

Aber Lorcan nur zu küssen reichte bald nicht mehr. Er musste ihn spüren, wollte jeden Zentimeter seiner Haut liebkosen. Er richtete sich etwas auf und begann Lorcans Hemd aufzuknöpfen. Dieser sah mit flehendem Blick zu ihm auf und Angus' Atem ging schneller. Seine Finger waren noch nie so ungeschickt gewesen. Doch endlich schaffte er es, schob Lorcans Hemd auseinander und stutzte. Dort auf dessen Haut lag eine Kette mit einem Anhänger aus geschliffenem Silizium. Lorcan legte seine Hand darüber, als müsse er das Amulett vor Angus' Blicken schützen.

»Ein Geschenk«, sagte er leise. »Nur ein Geschenk, Angus.«

»Du bist kein …?«

»Nein.« Lorcan nahm die Kette ab und ließ sie neben das Bett fallen. »Komm her.«

Er zog ihn zu sich und Angus wäre es in diesem Moment sogar egal gewesen, wenn Lorcan der Schatten gewesen wäre. Dieser drehte sie jetzt so, dass Angus auf dem Rücken lag und er über ihm kniete. Mit katzenhaften Bewegungen streifte er sein Hemd ab, befreite sich von seiner Hose. Bewundernd sah Angus auf seinen schmalen, sehnigen Körper, strich mit den Händen über seine milchige Haut. Er hatte solche Sehnsucht danach gehabt, ihn zu berühren. Lorcan knöpfte mit geschickten Fingern Angus' Hemd auf, ließ sich Zeit dabei und küsste jedes Stück nackte Haut, das er freilegte. Und da war es wieder:

das Gefühl, dass Lorcan nichts lieber tun wollte als das. Dass er es liebte, Angus zu liebkosen. Angus streichelte über Lorcans seidiges Haar, reckte sich ihm entgegen. Hitze stieg in ihm auf. Lange hatte er nicht mehr so fühlen dürfen und es war wunderbar, es wieder zu haben.

Lorcan öffnete seinen Gürtel und seine Hose, streifte sie nach unten, zog seine Stiefel ebenfalls aus und schob alles vom Bett. Dann kniete er zwischen Angus' Beinen, streichelte immer wieder über dessen Oberschenkel und sah auf ihn herab. Angus beobachtete ihn unter halb geschlossenen Lidern. Er war so hart, dass es schmerzte und am liebsten hätte er Lorcan gebeten, ihn endlich anzufassen. Aber das hatte er so oft bei Cillian getan, ohne dass der ihm diesen Wunsch erfüllt hatte, und ein Teil von ihm fürchtete, dass sich das wiederholen würde. Lorcans sanft streichelnde Hände brachten ihn fast um den Verstand und jetzt beugte der sich vor und küsste seine Schenkel, seinen Bauch. Angus stöhnte auf. Er hielt es kaum noch aus.

Und dann zog Lorcan ihm vorsichtig die Shorts aus, beugte sich über ihn und nahm ihn tief in den Mund. Angus warf den Kopf zurück, stöhnte auf. So verdammt lange hatte er das nicht mehr bekommen und er hatte fast vergessen, wie gut es sich anfühlte. Lorcan bewegte sich rhythmisch auf und ab, zog sich etwas zurück, um an seinem Schaft entlang zu lecken, seine Eichel zu küssen und mit der Zunge zu umspielen und nahm ihn dann wieder tief. Wellen der Erregung liefen durch Angus' Körper, er hob sich Lorcan entgegen, ohne es kontrollieren zu können. Dieser streichelte seine Oberschenkel, seine Hoden, wog sie sanft in seiner Hand und behielt diesen Rhythmus bei, der Angus fast um den Verstand brachte. Er umspielte mit einem Finger zärtlich seinen Eingang und das war zu viel.

»Warte«, stöhnte Angus und Lorcan hörte sofort auf, blickte zu ihm hoch, seine Augen glänzten, die Pupillen waren vor Erregung geweitet.

»Was möchtest du?«, flüsterte er, küsste Angus' Oberschenkel.

Und Angus brachte es nicht über die Lippen. Da waren wieder Cillians Worte in seinen Ohren: *Du willst mit ihm schlafen. Das ist es.*

Er schüttelte gequält den Kopf. Er musste Lorcan sagen, was er wollte, sonst würde er implodieren. Aber er konnte es nicht.

»Möchtest du mich in dir spüren?«, fragte Lorcan, seine Lippen gerötet, eine dunkle Haarsträhne hing ihm ins Gesicht. *Schön wie ein Pan*, dachte Angus und wusste nicht, woher dieser Gedanke kam.

Er nickte erleichtert.

Lorcan öffnete die Nachttischschublade, suchte ohne Zweifel Gleitcreme und Kondom und Angus war über die Maßen froh, dass er beides hatte.

»Könntest du …?« Er schwieg. Cillians herausfordernder Blick. *Immer noch Angst, dass es zu schnell geht, starker Mann? Immer noch so empfindlich?*

»Was?«, flüsterte Lorcan und legte sich neben ihn, küsste seinen Hals. »Was willst du Angus, sag es mir.«

»Nichts.«

»Bitte. Ich möchte wissen, was dir guttut. Ich möchte, dass es schön für dich ist.« Lorcans Stimme zitterte und er küsste Angus' Schlüsselbein entlang. »Wir tun nichts, was du nicht möchtest.«

Lorcans Stimme ließ Cillians Bild verschwinden und Angus atmete auf. »Es könnte sein, dass es etwas länger dauert, bis ich vorbereitet bin.«

»Wir lassen uns Zeit, solange du brauchst«, versprach Lorcan und küsste ihn so tief und voller Verlangen, dass Angus begriff, dass er es wirklich meinte.

Und Lorcan nahm sich Zeit, genoss es selbst Angus zu dehnen, es so angenehm wie möglich für ihn zu machen. Er küsste ihn immer wieder, leckte Angus' Hals, knabberte an seinen Nippeln.

Als er über ihn kam und in ihn eindrang, war es genau das, was Angus gebraucht hatte. Mit Lorcan zu schlafen stillte einen Hunger, von dem er nicht einmal gewusst hatte.

Lorcan sah ihn an, hielt seinen Blick fest und verfolgte jede Regung auf seinem Gesicht, um es für ihn so schön wie möglich zu machen. Wieder und wieder berührte er diesen Ort tief in seinem Innern und jagte Schauer der Erregung durch Angus' Körper. Er gab sich Lorcan ganz hin, ertrank in seinen Berührungen, seinen Küssen.

Und dann baute es sich in ihm auf, wurde größer, bis es aufbrandete wie eine Welle. Lorcan griff nach seiner Erektion, streichelte sie im gleichen Rhythmus, in dem er in ihn stieß. Angus kam, bäumte sich unter Lorcan auf, rief dessen Namen und sein Höhepunkt raste durch seinen gesamten Körper. Lorcan bewegte sich langsamer, dehnte es für ihn aus. Aber dann zog Angus ihn an sich, bat ihn darum, es zu Ende zu bringen. Lorcan stieß noch ein paar Mal in ihn, sein Gesichtsausdruck wurde gequält, jeder Muskel in seinem Körper spannte sich an. Und dann kam er ebenfalls und er war so schön dabei, dass Angus vollkommen dahinschmolz. Er legte eine Hand an Lorcans Wange, sah, wie dessen Lippen seinen Namen formten. Lorcan sank neben ihn und Angus umarmte ihn fest. Sie waren eng umschlungen, Angus' Lippen nah an Lorcans Hals und er atmete dessen Duft ein, von dem er jetzt wusste, dass er zu Lorcan gehörte. Kein Shampoo der Welt konnte so gut riechen. In diesem Augenblick fühlte er sich sicher. Sicher vor Cillians Worten, vor seinen eigenen Befürchtungen.

Lorcans Atem wurde langsam ruhiger und irgendwann rückte er ein wenig von ihm ab, sodass er ihm ins Gesicht sehen konnte. »Ich wünschte, wir hätten damals miteinander geredet«, sagte er. »Ich hätte Cillian nicht glauben dürfen. Das war ein Fehler.«

»Ich weiß, wie das ist. Er kann sehr überzeugend sein. Ich wünschte, ich hätte geahnt, was damals wirklich passiert ist, aber du hast auf mich so selbstsicher gewirkt, so überzeugt von allem, was du getan hast. In der Schule schon.«

»Das war ich nicht.« Lorcan streichelte über Angus' Brust. »In Wirklichkeit habe ich dich beneidet.«

»Mich?« Angus lachte auf. »Um meine miserablen Noten oder um die falschen Antworten, die ich ständig gegeben habe?«

»Nein.« Lorcan sah ernst aus. »Um deine Freunde. Dafür, dass die Lehrerinnen und Lehrer dich mochten, während ich ihnen suspekt war. Um deine vielen Einladungen, deine Offenheit, deinen Humor. Und um dein Lachen. Vor allem darum. Bis ich verstanden habe, dass ich dich gar nicht darum beneide, sondern mir wünschte, du würdest mit mir lachen.«

»Wirklich?«

Lorcan nickte. »Ich war damals naiv und dachte, ich könnte dich dadurch beeindrucken, dass ich gute Leistungen erziele. Das war zumindest die einzige Art, wie ich meinen Vater dazu bringen konnte, mir Aufmerksamkeit zu schenken. Ich hatte gehofft, du bittest mich eines Tages um Nachhilfe. Heute weiß ich, dass ich auf dich wie ein Streber gewirkt haben muss.«

Angus gab Lorcan einen Kuss auf die Stirn. »Wie ein begehrenswerter Streber.«

Lorcan lachte leise. »Immerhin. Wollen wir jetzt etwas zu essen bestellen? Ich konnte den ganzen Tag nichts runterkriegen und nach dem Sex habe ich immer Hunger.«

Angus setzte sich auf. »Und ich dachte, du könntest nicht noch perfekter sein.«

Angus nahm den letzten Bissen von seinem Sandwich und stellte den Teller auf dem Nachttisch ab. »Das war gut«, sagte er und wandte sich Lorcan zu, der schon seit einer Weile fertig war mit Essen. Seine Portion war deutlich kleiner gewesen. Er lag auf dem Bett, die Arme hinter dem Kopf verschränkt und sah zu Angus auf. »Allerdings habe ich immer noch Hunger.« Angus strich Lorcan eine Haarsträhne aus dem Gesicht.

»Was können wir da nur tun?«

»Wie wäre es, wenn ich dich jetzt ein wenig verwöhne?« Angus küsste Lorcans Unterarm entlang, verweilte an dessen Ellenbeuge.

»Das klingt gut.« Ein leises Stöhnen drang über Lorcans Lippen, das Angus einen Schauer über die Wirbelsäule jagte. Er leckte über Lorcans Hals und der beugte seinen Kopf zur Seite, räkelte sich unter ihm.

Angus' Messenger, der auf dem Nachttisch lag, summte. Er sah Lorcan an. »Ignorieren wir es?«

»Bitte.« Lorcan hob den Kopf, um ihn zu küssen. »Mir ist gerade alles egal.«

Angus küsste ihn zurück.

Lorcans Messenger summte und fast im selben Moment begann Angus' Handy zu klingeln. Er versuchte, den Ton auszublenden, küsste Lorcan weiter.

Doch dessen Handy vibrierte ebenfalls und Angus stöhnte frustriert auf.

Kurz darauf schepperte das Telefon auf dem Nachttisch laut und durchdringend. Vorwurfsvoll.

»Das ist Sharp«, sagte Angus. »Wenn wir jetzt nicht rangehen, wird xier sich hier im Zimmer manifestieren.« Er setzte sich auf, fuhr sich mit den Händen über das Gesicht. »Verdammt.«

Lorcan legte eine Hand auf seinen Arm und hob den Hörer ab.

»Ja?«

»Entschuldige Lex, ich war unter der Dusche. Ja, ich verstehe.« Sein Gesichtsausdruck wurde ernst. »Ja. Natürlich.« Er sah Angus an, biss sich auf die Unterlippe. »Ich bin sicher, ich kann ihn erreichen. Wir kommen sofort.«

Er legte den Hörer auf. »Es gibt Unruhen im Silberviertel.«

»Die Magier?«

»Nein. Magielose werfen Schaufensterscheiben ein und gehen auf die Silbernen los. Die Rache für die Morde und die Brücke. Sie brauchen uns zur Unterstützung.«

Angus sprang aus dem Bett, schnappte sich seine Shorts und seine Hose. »Verdammt, damit hätten wir rechnen sollen.«

»Jetzt ist es zu spät für Reue. Beeilen wir uns.«

Er zog sich in Windeseile an und sammelte seine Kette vom Boden auf, die er wieder unter seinem Hemd verbarg.

Sie nahmen die Treppen. Der Volvo stand vor dem Hotel.

Sie hörten die Sirenen schon von Weitem, und das Blaulicht zahlreicher Einsatzwagen wurde von den Fensterscheiben reflektiert. Sharp kam auf sie zu, als sie hielten. Sie wirkte gefasst wie immer, und nur daran, dass ihr Mantel farblich nicht perfekt zum Anzug passte, merkte Angus, dass etwas anders war als sonst.

»Was ist los?«, fragte Lorcan und warf die Beifahrertür zu.

»Ausschreitungen, mit denen wir nicht gerechnet haben. Eine große Gruppe hat sich zusammengerauft und ist ins Silberne Viertel gezogen, um zu randalieren, die meisten von ihnen betrunken.« Sharp fuhr sich mit einer Hand übers Haar. »Die Polizei versucht, die Gruppe aufzulösen, und es gab schon einige Festnahmen. Wasserwerfer sind unterwegs. Bisher haben wir es nur mit Sachbeschädigung zu tun und nicht mit Verletzten, aber wir fürchten, dass es auch zu Prügeleien kommen wird. Darum ist es Ihre Aufgabe, die Menschen aus dem Viertel zu bringen.«

Angus nickte. Er sah fassungslos die Straße entlang. Lichterketten waren abgerissen, Blumen zertrampelt und Schaufenster eingeworfen. Mülltonnen waren auf die Straße gekippt und Graffiti an die Wände gesprüht. »Ihr gehört alle eingesperrt«, las er. Trotz der Polizisten, die versuchten, einzelne Menschen aus dem Gedränge zu ziehen, machte der Mob weiter. Wieder ging unter lautem Johlen eine Glasscheibe zu Bruch. Ein Sprechgesang hob an. »Mörder! Verbrecher! Raus aus unserer Stadt.«

»Verdammt«, murmelte Angus. »Wer tut so etwas?«

»Menschen, die Silberne hassen«, sagte Lorcan. »Komm. Und bleib in meiner Nähe.«

Angus fragte sich, ob Lorcan dachte, dass er ihn beschützen konnte. Auch wenn Lorcan sicher nicht schwach war, sein Körperbau war kleiner und schmaler als der von Angus. Dennoch kam diese Aufforderung Angus entgegen. Er wollte Lorcan auch nicht aus den Augen verlieren.

Das erste Haus, das sie erreichten, war das des Uhrmachers. Auch hier war eine Scheibe eingeschlagen und jemand hatte sich offenbar an den Uhren im Schaufenster bedient. Es brannte kein Licht, aber Angus beschloss, trotzdem nachzusehen, ob er zu Hause war.

»Mr. MacAodhan?« Er klopfte gegen die Tür. »Sind Sie hier? Wir wollen ihnen helfen.«

MacAodhan öffnete die Tür. Er war bleich, sein rötliches Haar stand zu Berge und seine Finger, die den Schlüssel hielten, zitterten.

»Haben Sie meinen Sohn gesehen?«, fragte er. »Aiden ist nicht nach Hause gekommen. Ich fürchte, dass ihm da draußen etwas zugestoßen ist.«

»Ich glaube nicht, dass ihm etwas passiert ist«, beruhigte Angus ihn. »Kommen Sie, wir bringen Sie hier raus. Da draußen ist die Hölle los.« Wie zum Beweis flog ein weiterer Stein durch die Schaufensterscheibe.

»Es ist nur eine Frage der Zeit, bevor sie jegliche Hemmungen verlieren und in die Läden eindringen«, sagte Lorcan.

»Ich muss hierbleiben«, sagte MacAodhan. »Was, wenn mein Sohn hierherkommt, um nach mir zu sehen? Was, wenn sie alles zerstören?«

»Ihre Gesundheit ist wichtiger als alles in diesem Laden«, sagte Angus und nahm den verstörten Mann am Arm. »Wir bringen Sie in Sicherheit und kommen hierher zurück. Falls Aiden im Silbernen Viertel ist, finden wir ihn.«

»Dad?«

Angus fuhr herum und sah Aidens roten Schopf, der sich einen Weg zu ihnen bahnte. »Dad, bist du in Ordnung?« Atemlos blieb er stehen, stützte die Hände auf die Knie. »Ich war im Queen's Quarter und hab erst jetzt gehört, was hier los ist. Verdammt, diese Schweine, zum Glück habe ich Brennbälle dabei.«

»Aiden, nein«, sagte Lorcan und trat an den Jungen heran. »Willst du, dass sie hier alles kurz und klein schlagen? Die Polizei wird den Aufstand bald unter Kontrolle bekommen. Bring sie nicht noch mehr gegen euch auf.«

Aiden presste den Kiefer aufeinander. »Sie hätten es aber verdient. Mein Vater hat sein ganzes Leben in diesen Laden gesteckt.« Er trat gegen einen Stein, der auf dem Boden lag.

»Und deinem Vater zuliebe solltest du jetzt bedacht handeln. Wir bringen euch hier raus.«

Aiden ballte die Hände zu Fäusten, aber er ließ zu, dass Lorcan seinen Arm nahm und ihn in Richtung der Polizeiautos führte.

Kapitel 17

Bis zum Morgengrauen waren Angus und Lorcan damit beschäftigt, Menschen aus ihren Läden zu holen, ihnen Decken umzulegen, beruhigend auf sie einzureden und später das größte Chaos zu beseitigen. Bis vor Kurzem war das Silberviertel einer der schönsten Stadtteile von Belfast gewesen. Im fahlen Licht des Morgens sah es nun aus wie ein Schlachtfeld.

Angus saß müde auf einer Ladentreppe und Lorcan reichte ihm einen Becher heißen Kaffee.

»Wie fühlst du dich?«, fragte er.

»Beschissen.« Angus nahm einen kleinen Schluck. »Das hier ist grauenvoll.«

Lorcan setzte sich neben ihn. »Ja, so ist es.«

»Die Menschen, die hier wohnen, halten sich an die Gesetze und selbst wenn nicht ... das hier hat niemand verdient.«

»Ja, das sehe ich auch so.«

Lorcan nahm ebenfalls einen Schluck von seinem Kaffee. Er hätte Angus gern besser aufgemuntert, aber er fühlte sich selbst wie erschlagen. Er war sich nicht sicher, ob er Angus fragen sollte, ob er mit ihm zurück ins Hotel kommen wollte. Nach Hause konnte Angus vermutlich noch nicht. Er hatte Cillian Zeit bis morgen gegeben, um zu verschwinden. Und natürlich konnte er nicht einmal sicher sein, ob der das wirklich vorhatte. Aber er wollte keine Grenzen überschreiten, wollte Angus die Zeit geben, die er vermutlich benötigte, um Abstand von Cillian zu gewinnen und sich auf etwas Neues einlassen zu können. Der Sex gestern war unvermeidbar gewesen. Sie hatten es beide gebraucht, und er war froh, dass es passiert war. Aber Angus sollte wissen, dass er ihn zu nichts drängte.

Angus nahm ihm die Entscheidung ab. Er stand auf und streckte sich. »Sharp will uns erst heute Nachmittag wieder auf der Wache sehen. Kann ich bei dir schlafen? Ich bin völlig k. o. und möchte Cillian nicht über den Weg laufen.«

»Gern.« Lorcan freute sich darauf, neben Angus einzuschlafen, was ihm gestern ja verwehrt worden war. Der sagte nichts dagegen, dass er dieses Mal den Volvo fuhr.

»Wir müssen die Täter bald finden«, murmelte Angus, den Kopf gegen die Kopfstütze gelehnt, die Augen halb geschlossen. »So etwas darf nicht mehr vorkommen.«

»Das werden wir. Ich habe eine Idee, von der ich dir bald erzählen kann. Vorher muss ich noch etwas ausprobieren.«

»Das klingt interessant. Im Moment bin ich aber nicht aufnahmefähig.«

Im Hotelzimmer angekommen, streifte Angus seine Schuhe ab und ließ sich auf das Doppelbett sinken. »Keine Angst«, sagte er. »Heute Abend kann ich bei meinem Bruder schlafen. Ich bin kein Dauergast.«

»Wer sagt denn, dass ich etwas dagegen hätte?« Lorcan zog Stiefel, Hemd und Hose aus und legte sich neben Angus. »Mir gefällt mein Bett mit dir darin.« Er streichelte über Angus' Arm. »Allerdings werde ich, wenn Sharp einverstanden ist, für einen Tag nach Dublin zurückkehren. Ich brauche mein Labor, um meine Theorie zu überprüfen. Wenn es dir hilft, kannst du morgen also gerne hier übernachten.«

Angus, der schon fast schlief, öffnete die Augen und sah zu Lorcan auf. »Aber du kommst zurück?«

»Ja.«

»Übermorgen?«

»Ja.« Lorcan beugte sich vor und küsst Angus auf die Schläfe. »Und du wirst mir fehlen.«

»Gut«, sagte Angus. Kurz darauf war er eingeschlafen. Lorcan zog die Decke über sich und den schlafenden Mann in seinem Bett. Es kam ihm noch immer unwirklich vor, dass Angus hier war. Dass sie eine Chance hatten. Drei Jahre lang hatte er sich verboten, über ihn nachzudenken, und drei Jahre lang war er trotzdem auf die ein oder andere Art in seinen Gedanken gewesen. Er hatte sich auf niemanden anderen einlassen können, sich mit dem Alleinsein abgefunden. Und jetzt war Angus hier und seine Freude darüber wurde überschattet von der Angst, dass es wieder scheitern könnte.

Er presste seine Hand auf das Silizium-Amulett auf seiner Brust. Das war eines seiner Probleme, über das er mit Angus sprechen musste. Rechtzeitig. Gestern hatte er nicht alles verderben wollen, als Angus danach gefragt hatte und heute war keine Gelegenheit dazu gewesen. Er nahm den Anhänger ab und legte ihn auf den Nachttisch. Dann schmiegte er sich eng an Angus, der leise im Schlaf murmelte.

War es richtig, jetzt nach Dublin zu gehen? Auch wenn es nur für einen Tag war? Angus' Trennung von Cillian war erst gestern passiert. Was, wenn er zu ihm zurückging? Aber würde er das verhindern können, wenn er blieb?

Er schloss die Augen und versuchte, das Gedankenkarussell zum Stillstand zu bringen. Vielleicht war es gut, Angus ein wenig Raum zu lassen.

Kapitel 18

Angus war noch immer im Halbschlaf, als sie am Nachmittag auf der Wache ankamen. Sharp hätte ihnen ruhig einen ganzen Tag Pause gönnen können nach dem nächtlichen Einsatz.

Der Beratungsraum auf der Wache war bei Weitem nicht so luxuriös wie der im Gericht, in dem die Besprechungen mit Rose stattfanden, und Sharp ließ auf sich warten, was ungewöhnlich war. Kaffee gab es leider nicht, weswegen Angus dankbar war, als Nisha kurz darauf mit einem Papphalter von Starbucks den Raum betrat, der vier Becher enthielt. Harlan Greenaway kam mit einer Gebäcktüte hinter ihr her.

»Du bist meine Rettung«, sagte Angus nach dem ersten Schluck von seinem Latte Macchiato. »Seid ihr ausgeschlafen?«

Sie blieb ihm eine Antwort schuldig, weil Sharp in diesem Augenblick den Raum betrat. Das Armband war wieder an seinem linken Handgelenk.

»Entschuldigen Sie mein Zuspätkommen.« Er nahm am Kopfende des Tisches Platz. »Ich hatte ein wichtiges Telefonat. Wie Ihnen sicher klar ist, hat sich die Lage verschärft. Wir bekommen mehr Ressourcen und uns wurde finanzielle Unterstützung zugesichert. Natürlich wird erwartet, dass wir den Mörder oder die Mörderin jetzt schnellstens ausfindig machen, bevor es zu weiteren Ausschreitungen kommt. Haben Sie Vorschläge? Spuren, die wir verfolgen können?«

»Ich hätte eine Bitte.« Lorcan lehnte sich etwas vor. »Ich würde gerne für einen Tag nach Dublin zurückkehren, weil ich in meinem Labor ein paar Versuche machen möchte. Worum es genau geht, würde ich gern mit dir unter vier Augen klären, wenn das möglich ist.«

»Natürlich. Wir reden gleich nach der Sitzung.«

Angus sah Lorcan von der Seite an. Ob es einen Grund gab, warum er vor ihm geheim hielt, was er vorhatte? Aber er beschloss, dass er nicht sofort wieder misstrauisch sein durfte. Vermutlich redete Lorcan nur nicht gern über Dinge, die noch nicht spruchreif waren.

»Ich schlage vor, dass wir uns vermehrt auf den Schatten konzentrieren«, sagte Nisha. »Es ist sicher, dass er zumindest beim Einsturz der Brücke anwesend war, und aufgrund seiner Fähigkeiten ist es gut möglich, dass er auch die anderen Morde begangen hat. Wir müssen ihn besser einkreisen.«

»Ich spreche mit Aiden McAodhan«, erklärte Angus. »Ich bin mir sicher, dass er mehr weiß, als er mir bisher anvertraut hat.«

»Gut«, sagte Sharp. »Dann schlage ich vor, dass Bashar und Greenaway sich auf die restlichen Wölfe konzentrieren.«

»Das werde wir tun, Sir.« Greenaway machte sich Notizen, wie um Sharp zu zeigen, wie ernst er diese Aufgabe nahm. Angus ging er damit auf die Nerven.

»Zunächst erwarte ich Ihre Berichte vom Einsatz der letzten Nacht«, Sharp sah zu Angus. »Ich hätte sie gerne in spätestens einer Stunde auf meinem Tisch.«

Angus stöhnte innerlich auf. Er konnte vor Müdigkeit kaum geradeaus gucken, war aufgewühlt und nicht in der Lage, drei Sätze zu tippen.

»Lorcan, ich schlage vor, wir treffen uns in meinem Büro und mit den anderen möchte ich auch gerne noch einmal einzeln reden.«

Angus saß kurz darauf vor seinem geöffneten Laptop und starrte an die Wand. Den Kaffee hatte er ausgetrunken, aber es hatte nicht geholfen. Als Lorcan eine halbe Stunde später zurückkam, hatte er fünf Sätze getippt und drei davon wieder gelöscht. Lorcan ließ sich in seinen Stuhl sinken.

»Lex möchte als Nächstes mit dir sprechen. Ich werde noch hier sein, bis du wiederkommst, dann breche ich nach Dublin auf. Nimm es mir nicht übel, dass ich dir nicht sage, was ich dort genau vorhabe. Ich weihe dich in alles ein, wenn ich wieder da bin.«

»In Ordnung«, sagte Angus erleichtert. Er musste anfangen, Lorcan zu vertrauen.

»Setzen Sie sich bitte, Macbain.« Sharp machte eine auffordernde Geste. Angus fühlte sich in dessen Büro immer ein wenig wie ein Schüler, der zum Direktor gerufen wurde, weil er in der Pause das Klassenzimmer in eine Disco verwandelt hatte oder zu oft zu spät gekommen war.

»Ich möchte Ihnen ein Lob aussprechen für Ihren Einsatz in der letzten Zeit«, sagte Sharp. »Ich weiß, dass vieles, was Ihnen abverlangt wurde, über ihr Aufgabenfeld hinausgeht, und Sie haben sich hervorragend geschlagen.«

»Danke, Sir.« Das war das erste Lob, das Angus jemals von Sharp bekommen hatte, und ihm wurde warm ums Herz.

»Es tut mir leid, dass Sie im Dienst verletzt wurden.«

»Nicht der Rede wert.«

»Heute muss ich mit Ihnen über ein ernstes Thema sprechen.« Sharp faltete seine Hände mit den perfekt manikürten Nägeln und lehnte sich etwas vor. Seine stechenden blauen Augen hielten Angus' Blick fest. »Es geht um Lorcan Flynn.«

Angus nickte.

»Wir haben den Verdacht, dass er nicht der sein könnte, für den er sich ausgibt.«

»Wie bitte?« Das warme Gefühl verschwand.

»Um ehrlich zu sein, ist das einer der Gründe, warum wir ihn hergeholt haben. Staatsanwältin Rose hält es für möglich, dass er etwas mit den Morden und dem Anschlag auf die Brücke zu tun hat.«

Der Boden brach unter Angus weg.

»Wir nehmen an, dass Flynn ein ungemeldeter Silberner sein könnte.«

Angus schwieg. Taubheit breitete sich in seinem Innern aus.

»Ihnen ist nichts aufgefallen, das diesen Verdacht bestätigen könnte?«

Angus dachte an den Anhänger aus Silizium, den Lorcan um den Hals trug. »Nein, Sir. Nichts.«

»Natürlich würde er es nicht offen zur Schau stellen. Wir vermuten, dass es eine größere Organisation ist, welche die Morde in Belfast verübt hat und dass sie bis nach Dublin verzweigt ist. Lorcan Flynn ist dort mehrfach aufgefallen, wie Staatsanwältin Rose mir berichten konnte. Auch im Zusammenhang mit kleineren Straftaten.«

Angus nickte langsam. »Ich verstehe.«

Sharp erhob sich, kam um seinen Schreibtisch herum und blieb vor Angus stehen. Er konnte sein teures Aftershave riechen, sah auf und blickte in Sharps unbewegte Miene.

»Wichtig ist, dass Sie Ihre professionelle Distanz wahren, Macbain.«

»Natürlich.« Angus merkte selbst, wie schwach seine Stimme klang.

»Sie wirken schockiert. Dabei waren Sie doch nicht gut auf Flynn zu sprechen.«

»Nein. Aber ... mit so etwas habe ich nicht gerechnet.« Angus versuchte zu schlucken, aber seine Kehle war wie zugeschnürt.

»Es tut mir leid, dass wir nicht von Anfang an mit offenen Karten gespielt haben, aber es war wichtig, dass Sie Flynn unvoreingenommen begegnen. Inzwischen hat sich unser Verdacht verhärtet.«

»Was wird jetzt geschehen?«

»Wir nehmen an, dass Flynn versuchen wird, den Verdacht von den Silbernen abzulenken. Wenn das passiert, haben wir unsere Bestätigung.«

Nebel war in Angus Kopf und verhinderte, dass er klar denken konnte. »Ich verstehe.«

»Wie Sie sehen, sind wir der Lösung des Falles näher, als Sie vermutlich angenommen haben. Wir schließen sogar die Möglichkeit nicht aus, dass Flynn selbst der Schatten ist.«

»Aber das kann nicht sein. Der Schatten war auf der anderen Seite, als die Brücke einstürzte. Flynn war bei mir.«

Sharp hob den Finger. »Aber niemand außer Flynn hat den Schatten gesehen.«

»Das ist wahr. Glauben Sie, er würde uns derart hintergehen?«

»Wenn es so ist, wie wir denken, arbeitet Flynn für eine Organisation, die dafür sorgen möchte, dass Magie vollkommen legalisiert wird. Sie arbeiten im Verborgenen und ihr ist jedes Mittel recht. Offenbar plant sie ihr Vorgehen seit Jahren. Ich kenne Flynn schon lange und halte ihn für intelligent und auch hinterhältig genug, um so einer Organisation anzugehören. Was meinen Sie?«

Sharp setzte sich wieder auf seinen Stuhl und sah Angus an.

»Ich weiß es nicht.« Seine Stimme klang hohl. Er hatte ein Rauschen in seinen Ohren. »Er wirkte auf mich engagiert, so als sei es ihm wichtig, die Fälle zu lösen.«

»Natürlich. Er kann sich hervorragend verstellen.«

Angus musste hier weg. Er konnte es nicht ertragen, Sharp so über Lorcan reden zu hören. In seinem Kopf wirbelte alles durcheinander: Sharps Anschuldigungen, Dinge, die Lorcan gesagt und getan hatte, Cillians Worte zum Abschied.

Ihm war schwindelig.

»Es scheint Sie härter zu treffen, als ich gedacht hätte«, sagte Sharp. »Das tut mir leid. Sie arbeiten ja erst seit einigen Tagen zusammen.«

»Ich hasse es, hintergangen zu werden«, murmelte Angus.

»Das verstehe ich. Ich muss Sie trotzdem bitten, sich vor Flynn nichts anmerken zu lassen. Sie könnten sonst die gesamte Operation gefährden.«

»Natürlich.« Angus erhob sich. »Kann ich jetzt gehen?«

»Das können Sie. Und wenn Sie den Bericht eingereicht haben, können Sie sich den Rest des Tages freinehmen. Ach, und noch eines, Macbain: vorerst kein Wort zu niemandem. Auch nicht zu Benisha Sarkar. Haben Sie das verstanden?«

»Ja«, sagte Angus dumpf.

»Ich erwarte Ihren Bericht.« Sharp wandte sich wieder seinem Laptop zu und Angus verließ das Büro wie ein Hund, dem jemand auf die Pfote getreten war. Wie sollte er Lorcan so gegenübertreten? Aber natürlich hatte er keine Wahl. Wenn er Lorcan jetzt mied, würde der auf jeden Fall Verdacht schöpfen.

Langsam machte er sich auf den Weg zurück in ihr Büro. Lorcan sah auf, als er die Tür öffnete, auf seinen Lippen das leicht ironische Lächeln, das Angus in den letzten Tagen so lieb gewonnen hatte.

»Unsere Berichte sind fast fertig«, sagte Lorcan. »Ich habe mir erlaubt, deinen auch zu schreiben, denn wir waren ja die ganze Zeit zusammen.«

»Danke.« Angus ließ sich auf seinen Stuhl sinken. »Das ist eine große Erleichterung.«

»Was wollte Lex von dir?«

Halb war Angus versucht, Lorcan von dem wirklichen Inhalt des Gesprächs zu berichten, ihn anzuflehen ihm zu sagen, dass nichts davon der Wahrheit entsprach. Aber er tat es nicht. Sharp hatte ihn um Professionalität gebeten und es ging um Mord. Trotzdem fühlte es sich falsch an, Lorcan anzulügen. Selbst wenn er annehmen musste, dass der ihn ebenfalls hinterging.

»Kaum zu glauben, aber er hat sich für meinen Einsatz bedankt. Dass ich das noch erleben darf …«

»Das ist gut.« Lorcan stand auf. »Ich werde gleich nach Dublin abreisen.« Er zog einen Schlüssel aus seiner Tasche und schob ihn Angus hin. »Ich würde mich freuen, wenn du mein Hotelzimmer nutzt. Wenn ich dir etwas raten darf, dann halt dich von Cillian fern.«

Angus nahm den Schlüssel, drehte ihn zwischen seinen Fingern.

Lorcan strich sich eine Haarsträhne hinters Ohr. Es sah aus, als wolle er noch etwas sagen oder tun. Aber schließlich ging er in Richtung Tür. »Wir können jederzeit telefonieren, wenn du möchtest.«

»In Ordnung. Komm gut nach Dublin.«

Lorcan zögerte noch einen Moment, dann griff er nach dem Türknauf. »Bis bald, Angus.«

»Lorcan?« Angus sprang auf. »Warte!«

Er öffnete die Tür, zog Lorcan zurück ins Büro und küsste ihn. Es fühlte sich trotz allem richtig an, das zu tun, und er stöhnte leise auf, als Lorcan gegen ihn sank, als seine Arme sich um ihn schlangen.

Lorcan lächelte ihn an, als sie den Kuss unterbrachen, legte seine Stirn gegen die von Angus. »Und ich dachte schon, du wirst mich gar nicht vermissen.«

»Oh doch, das werde ich.«

Er lehnte im Türrahmen und sah Lorcan nach, als dieser den Gang bis zur Treppe entlanglief. Nein, er konnte sich nicht vorstellen, dass sein Freund ein Verräter war. Bis er weitere Beweise hatte, würde er an seine Unschuld glauben. Sharp und Rose mussten sich irren. Dennoch war da diese Ungewissheit, die in seinem Innern brannte.

Er ging zum Drucker, nahm seine eigenen Berichte und die von Lorcan heraus und überflog sie kurz. Er musste grinsen, als er feststellte, dass Lorcan in Angus' Berichte ein paar unklare Formulierungen eingebaut hatte, sodass Sharp nicht merken würde, dass nicht Angus ihn geschrieben hatte.

Bevor er sie abgab, ging er in seinem alten Büro vorbei. Sharp würde ihm nicht glauben, dass er einen Bericht in zehn Minuten tippte.

Nisha war zu seiner Erleichterung allein und blickte auf, als er eintrat. »Wo ist Greenaway?«

»Holt uns ein paar Sandwiches. Setz dich Angus.«

»Ich muss dir was erzählen. Ich habe mich von Cillian getrennt. Gestern.«

Nisha klappte ihren Laptop zu.

»Wow. Damit habe ich nicht gerechnet. Gab es einen Grund?« Sie blickte zur Tür und lehnte sich etwas weiter vor. »Ist es wegen Lorcan?«

»Wegen Lorcan?«

»Glaubst du, ich bin blind? Ich habe gemerkt, wie ihr euch anseht und wie ihr ständig versucht, euch zu berühren. Da ist doch was zwischen euch, oder?«

Angus schluckte. »Das kann ich nicht leugnen. Aber das ist nicht der Grund, warum ich mich von Cillian getrennt habe. Zumindest nicht der Einzige.«

»Möchtest du darüber reden?«

Angus fuhr sich mit beiden Händen über das Gesicht. Er fühlte sich ausgelaugt, müde. Weniger wegen der Trennung von Cillian als wegen des Gesprächs mit Sharp. Und Lorcan fehlte ihm jetzt schon. Er wünschte sich nichts so sehr, wie dass sein Misstrauen verschwinden würde, dass er sich auf Lorcans Rückkehr freuen könnte.

»Ich war einfach nicht mehr ich selbst«, sagte er.

»Ja, den Eindruck hatte ich auch.« In Nishas Blick lag Mitgefühl. »Du hast so viel von deiner Fröhlichkeit verloren, Angus. Ich bin froh, dass du diesen Schritt gemacht hast. Und wenn ich dich unterstützen kann, dann sag es mir.«

»Kann ich in deinem Gästezimmer übernachten?«, fragte Angus. »Nur heute und morgen. So lange habe ich Cillian gegeben, um auszuziehen.«

Es fühlte sich im Augenblick nicht richtig an, Lorcans Angebot anzunehmen. Sharp hatte recht. Er musste zumindest versuchen, Distanz zu wahren, bis er wusste, woran er war.

»Natürlich.« Nisha räusperte sich. »Da ist allerdings etwas, das ich dir die ganze Zeit erzählen wollte. Aber es war so viel los und ich bin nicht dazu gekommen.«

»Was ist es?«

»Itoro ist bei mir eingezogen. Wir hatten schon eine Weile darüber nachgedacht und vor Kurzem hat sie eine Nachfolgerin für ihr WG-Zimmer gefunden und ... naja, jetzt wohnt sie bei mir.«

»Ihr wohnt zusammen und du sagst mir nichts davon?« Angus richtete sich auf. »Nisha! Ich dachte, wir wären befreundet.«

»Das sind wir auch. Ich wollte es dir erzählen, aber in deinem Leben ist so viel passiert ...«

»Und ich habe nicht nachgefragt, wie es dir geht. Verdammt Nisha, tut mir leid. Wie läuft es mit euch beiden? Wie ist es, mit einer Silbernen zusammenzuwohnen?«

»Ziemlich gut.« Nisha grinste. »Ich muss mir keine Gedanken mehr machen, wenn ich einen Schlüssel verliere.«

»Das Öffnen von Schlössern ist immerhin eine sinnvolle Nutzung für Magie.« Angus lehnte sich im Stuhl zurück. »Du achtest hoffentlich darauf, dass sie alle Anträge korrekt stellt.«

Nisha verdrehte die Augen. »Das macht sie schon selbst. Sie möchte ihr Geschäft nicht schließen müssen.«

»Ich freue mich für euch.«

»Wirklich? Das ist alles, was du sagst?«

»Ja. Wieso?«

»Du warst doch den Silbernen gegenüber immer voreingenommen.«

Angus dachte an Lorcans Anhänger, an Sharps Worte. »Vielleicht haben manche von ihnen keine andere Möglichkeit, als verdeckt zu leben«, sagte er.

Nisha hob erstaunt eine Augenbraue. »Und das von dir?«

»Nach dem, was ich im Silbernen Viertel erlebt habe, kommt es mir so vor.« Er sah auf die Uhr. »Ich muss los. Ich möchte ein paar Wechselsachen aus der Wohnung holen und kurz bei meinem Bruder vorbeischauen.«

»Kommst du zum Abendbrot?«

»Gerne, wenn ich darf.«

»Itoro und ich kochen meist zusammen. Dich erwartet Großartiges.«

»Wunderbar. Bis später.«

Angus tippte eine Nachricht an Cillian mit der Bitte, innerhalb der nächsten halben Stunde nicht nach Hause zu kommen. Dieser arbeitete sowieso immer länger, aber Angus wollte sichergehen, dass er ihm nicht begegnen würde. Dann reichte er bei Sharps Sekretärin die Berichte ein und fuhr mit dem Volvo nach Hause.

Kapitel 19

Obwohl er erst gestern hier gewesen war, fühlte es sich seltsam an, die Wohnung zu betreten, in der er zwei Jahre lang mit Cillian gelebt hatte. Auf dem Sideboard im Flur stand ein Schnappschuss von ihnen von einem Ausflug zum Giant's Causeway. Es war ein seltsames Gefühl, diesen jetzt zu betrachten. Er erinnerte sich daran, dass sie gestritten hatten, weil Cillian unzufrieden gewesen war mit dem Picknick, das Angus eingepackt hatte. Im Rückblick hatte er ihm nie irgendetwas recht machen können. Erst jetzt fiel ihm auf, wie wenig diese Wohnung ihn selbst widerspiegelte. Cillian hatten seine Comicdrucke nicht gefallen, also standen sie auf dem Dachboden und die Wände zierten stattdessen teure Kunstdrucke, die Angus wenig sagten. Die Möbel im Wohnzimmer hatte Cillian ausgesucht und Angus hatte sich auf dem weißen Ledersofa nie wohlgefühlt. Er hoffte, dass Cillian es mitnehmen würde. Er ging ins Schlafzimmer und holte ein paar Jeans, Unterhosen und Shirts aus dem Schrank, um sie in seinen Rucksack zu packen. Als er im Bad sein Waschzeug zusammensuchte, wurde die Wohnungstür aufgeschlossen. Sein Herz machte einen Sprung und er sah auf die Uhr. Fünf vor fünf. Zu früh für Cillian. Außerdem hatte er ihn doch gebeten, nicht jetzt in die Wohnung zu kommen. Dennoch war es eindeutig dessen Lachen, das er jetzt hörte.

Angus trat auf den Flur. Cillian drückte gerade einen jungen Mann von innen gegen die geschlossene Wohnungstür und küsste ihn stürmisch.

Der schmerzhafte Stich, den Angus spürte, war keine Eifersucht. Eher die Erkenntnis, wie mies ihn Cillian die ganze Zeit über behandelt hatte und auch jetzt noch behandelte. Wie hatte er das so lange ignorieren können? Trotz der Warnungen von Nisha und Sian? Obwohl er schon lange ahnte, dass Cillian ihm nicht treu war? Er erinnerte sich an das Lachen im Hintergrund, als er Cillian angerufen hatte. An die vielen Abende, an denen er unter fadenscheinigen Vorwänden erst nachts nach Hause gekommen war. Plötzlich erschien alles so klar.

»Hallo, Cillian«, sagte er.

Cillian drehte sich zu ihm um, ein wölfisches Grinsen im Gesicht. »Angus. So eine Überraschung.«

»Von wegen Überraschung.« Jetzt erkannte Angus, wen Cillian dabeihatte. »Greenaway?« Kein Zweifel. Es war Nishas junger neuer Kollege, der atemlos und mit gerötetem Gesicht an seiner Wohnungstür lehnte.

»Angus?«, stotterte er und das Rot seiner Wangen wurde noch eine Spur dunkler. »Was …?« Er sah zu Cillian auf, der ruhig dastand, den Blick auf Angus gerichtet.

»Ihr kennt euch? So eine Überraschung.«

»Tu nicht so, als ob du das nicht wusstest.«

Angus fühlte keine Wut, eher so etwas wie Leere und Erschöpfung. Eine Stimme in seinem Innern fragte ihn, womit er das verdient hatte.

»Komm, Harlan.« Cillian nahm die Hand des jungen Mannes. »Lassen wir uns nicht stören. Mein Ex hat mir noch nie den geringsten Spaß gegönnt.«

»Ex?« Greenaway sah zwischen Angus und Cillian hin und her, wie eine Taube zwischen zwei Habichten, die sich nicht sicher war, aus welcher Richtung die größere Gefahr für sie kam. »Angus, das wusste ich nicht. Es tut mir leid. Wir haben uns erst letzte Woche kennengelernt.« Er strich sich nervös übers Haar. »Ich gehe besser.«

»Das tust du nicht.« Cillian umfasste seine Hand fester, zog ihn mit einem Ruck zu sich. »Es gibt keinen Grund, jetzt aufzuhören.«

Er legte einen Arm um den deutlich kleineren Mann, zog ihn zu sich. Es wirkte nicht zärtlich, eher besitzergreifend.

»Wenn du gehen möchtest, tu es«, sagte Angus. »Er hat kein Recht, dich aufzuhalten.«

Cillian tätschelte Greenaways Wange. »Willst du auf meinen eifersüchtigen Ex hören und weglaufen? Dann brauchst du nicht wiederkommen.«

Greenaway schüttelte kaum merklich den Kopf. Und Angus, der ihn nie hatte leiden können, tat er plötzlich leid. In dieser Position war er selbst drei Jahre lang gewesen. Er konnte es kaum mit ansehen. »Wenn du dir selbst einen Gefallen tun willst, geh.« Er schob sich an den beiden vorbei in den Flur und sah noch einmal zurück. »So bald wie möglich.«

»Du warst schon immer ein schlechter Verlierer«, rief Cillian ihm nach.

Ein Taubheitsgefühl breitete sich in Angus aus. Im ersten Moment wollte er die Treppe nach unten laufen, aber dann fiel ihm ein, dass er unbedingt mit Sian sprechen musste. Sie hatten ein paar kurze Nachrichten ausgetauscht, aber Sian wusste noch nicht, dass Cillian ausziehen würde.

Er lief die Treppe hoch, klingelte und drückte Sian an sich, sobald dieser geöffnet hatte. »Hast du Zeit? Ich muss dir was erzählen. Es geht um Cillian.«

Kurz darauf saßen sie auf Sians weichen Kissen und Angus erzählte ihm alles. Sian hörte ihm ruhig zu und beschloss dann, dass sie eine Stärkung brauchten. Er verschwand in der Küche, und Angus schloss die Augen. Endlich fühlte er sich wieder ruhiger.

»Ich bin froh, dass du den Schritt gemacht hast«, sagte Sian, ein Tablett mit heißem Kakao balancierend. »Cillian ist ein manipulativer Mistkerl.« Bemüht nichts zu verkippen, stellte er das Tablett auf einem seiner kleinen Hocker ab. »Bitte sehr, das ist genau das, was du brauchst.« Er reichte Angus die Tasse.

»Ja, jetzt, nachdem ich es einmal erkannt habe, weiß ich nicht, wie ich es je übersehen konnte.«

»Das ist immer so, wenn man drinsteckt. Es ist gut, dass du dich befreien konntest, Angus. Das schafft nicht jeder. Weißt du schon, wie es weitergeht? Du kannst hier übernachten. Meine Kissenburg ist jederzeit für dich geöffnet.« Er machte eine einladende Geste.

»Danke, aber das wäre mir im Moment zu nah an Cillian. Ich kann in Nishas Gästezimmer schlafen.«

Sian nickte. »Und wie sieht es mit Lorcan aus?«

Angus nahm einen Schluck von seinem Kakao. »Das weiß ich selbst nicht genau.«

Ihm war nach Heulen zumute, wenn er an Lorcan dachte. Er wollte so sehr, dass alles zwischen ihnen wieder in Ordnung war, dass er ihm vertrauen konnte. Wenn er zumindest mit ihm hätte sprechen können …

»Er ist in Dublin.«

»Oh.«

»Und ich weiß nicht, wie es mit uns weitergehen wird. Ich denke, wir brauchen Zeit. Außerdem lässt mich der Verdacht nicht los, dass er mich hintergehen könnte. Dass er ein illegaler Silberner ist.«

»Gibt es einen Grund für diesen Verdacht?«

»Leider mehrere. Aber ich darf nicht darüber sprechen.«

Sian blickte Angus an. »Wäre es so schlimm für dich, wenn er ein Silberner wäre? Würde das das Ende eurer Beziehung bedeuten, was auch immer sie ist?«

Angus schwieg einen Moment lang. »Ich weiß es nicht. Ich bin nicht sicher, ob ich ihm dann noch vertrauen könnte.«

Sian sah so zerknirscht aus, dass Angus sich unwillkürlich fragte, wieso ihm überhaupt etwas an Lorcan lag. Er kannte ihn so gut wie gar nicht.

»Aber darüber musst du dir keine Sorgen machen. Wie sieht es mit dir und Matt aus?«

Sian umklammerte seine Tasse. »Er besucht mich morgen.«

»Was?« Angus richtete sich auf. »Du hast ihn in deine Wohnung eingeladen?«

»Ja.«

»Sian! Hier war seit zwei Jahren niemand anderes außer mir.«

»Ich weiß und ich bin so nervös, dass mir beinahe schlecht wird, aber ich möchte über meinen Schatten springen. Ich habe das Gefühl, dass es gut werden könnte. Und er ist sich darüber bewusst, dass ich es vielleicht nicht lange schaffe.«

»Und du bist dir sicher, dass du das willst?«

Sian nickte. »Ich habe auch mit meiner Therapeutin darüber gesprochen. Sie denkt auch, dass es ein guter Schritt ist.«

»Das freut mich, Sian. Wirklich.«

»Ich hoffe nur, ich schaffe das auch.«

»Wenn nicht, sei ehrlich zu ihm. Wenn ihm etwas an dir liegt, versteht er das auch.«

Sian nickte unsicher und Angus wusste, dass so etwas leichter gesagt als getan war, wenn man jemanden sehr mochte. Er kannte das selbst nur zu gut. Jahrelang hatten Nisha und Sian immer wieder subtil darauf hingewiesen, dass viele Verhaltensweisen von Cillian nicht in Ordnung waren. Er hatte es nicht hören wollen.

»Angus?«, fragte Sian und berührte seinen Arm. »Du weißt, wie fies und manipulativ es von Cillian ist, dass er ausgerechnet mit deinem Kollegen anbandelt, oder? Er macht das, um dir wehzutun.«

Angus nickte. »Ich bin mir fast sicher, dass er öfter fremdgegangen ist, ohne mit mir darüber zu sprechen. Es ist nicht so, dass ich offene Beziehungen verurteile, aber er hat mich hintergangen.«

»Ja, das hat er.« Sian streichelte Angus' Rücken. »Und das hast du nicht verdient. Ich kann verstehen, wenn du jetzt erst mal Zeit für dich brauchst.«

»Hm«, machte Angus. Die Wahrheit war, dass er Lorcan jetzt schon vermisste. Was immer Cillian gerade tat, störte ihn nicht, weil sein Herz brannte, wenn er an Lorcan dachte. Und auch Sharps Worte hatten daran nichts geändert.

»Jemand sollte Greenaway warnen.«

»Ich habe es versucht. Aber ich kann verstehen, dass er mir nicht glaubt. Ich werde mit Nisha heute Abend noch mal darüber sprechen.«

~~~

Es war Itoro, die Angus die Tür öffnete, nachdem er bei Nisha geklingelt hatte. Sie war fast so groß wie Angus, hatte ebenholzfarbene Haut, schwarze Augen und Rastazöpfe. Ihre Stimme war tief und angenehm. »Macbain. Sieht so aus, als müssten wir doch miteinander auskommen.«

»Wir könnten damit anfangen, uns beim Vornamen zu nennen.«

Einer ihrer Mundwinkel hob sich. »In Ordnung, Angus. Wirst du es denn ertragen, mit einer Silbernen zu Abend zu essen?« Sie trat zurück und ließ ihn in die Wohnung.

»Das werde ich wohl müssen, wenn ich heute ein Dach über dem Kopf will. Nisha wird sicher eher mich als dich vor die Tür setzen.«

Itoro lachte. »Das will ich hoffen. Komm rein. Tut mir leid, das mit deinem Ex. Aber nach allem, was ich gehört habe, kannst du froh sein, dass du ihn los bist.«

»Vermutlich.«

Angus begrüßte Nisha in der Küche und versuchte beim Kochen und Tischdecken zu helfen, fühlte sich aber nur im Weg. Nisha und Itoro waren ein eingespieltes Team. Er sah, wie Itoro sich vorbeugte und Nisha, die das wunderbar duftende Curry umrührte, auf den Nacken küsste. Nisha drehte sich um und ließ Itoro von der Sauce probieren.

Wieso wirkte bei ihnen alles so leicht? Immer wenn er mit Cillian etwas unternommen hatte, selbst wenn es nur ein

Gesellschaftsspiel gewesen war, hatte es in einer Auseinandersetzung geendet. Warum hatten sie niemals einen entspannten Abend zusammen gehabt? Mit Sicherheit war das nicht allein Cillians Schuld gewesen, so leicht wollte er es sich nicht machen.

»Ich muss mit dir über Harlan Greenaway reden«, sagte Angus. »Und über Lorcan.«

»Gerne.« Nisha nahm mit zwei Topflappen den Wok vom Herd. »Aber lass uns erst essen. Mahlzeiten und anstrengende Gespräche passen nicht gut zusammen, wie meine Mutter immer sagt.«

Angus gab ihr Recht. Es tat gut, seine Gedanken für eine Weile abzuschalten und sich ganz auf den Geschmack des perfekt gewürzten Currys zu konzentrieren.

»Ich wünschte, ich könnte besser kochen.« Er nahm sich eine zweite Portion.

»Es ist eine Sache der Übung. Ich kann dir gerne ein paar Zubereitungsarten zeigen.«

Zum Nachtisch gab es Mango-Lassis und dann ließ Itoro sie allein. Angeblich um die Küche aufzuräumen, aber Angus vermutete, dass sie ihnen Raum geben wollte, um in Ruhe reden zu können. Er schätzte das sehr.

»Ich bin mir nicht sicher, ob ich Lorcan vertrauen kann«, begann Angus. »Das macht die Zusammenarbeit schwierig. Und alles andere noch mehr.«

»Gibt es einen Grund dafür, dass du so fühlst?«

»Er trägt einen Anhänger aus Silizium. Ich denke, dass er ein illegaler Silberner sein könnte.«

»Und das wäre schlimm für dich?«

»Nicht mehr so sehr wie vor einer Weile. Aber das hieße, dass er unehrlich zu mir ist.«

»Ja, das kann ich nachfühlen.« Nisha stützte das Kinn in die Hände. »Itoro kann die Illegalen mittlerweile verstehen. Die Kontrollen werden immer schärfer. Sie sagt, inzwischen kommt man sich wie ein Verbrecher vor, wenn man Magie beherrscht. Selbst wenn man jeden einzelnen Zauber beantragt. Sie ist schon mehrmals unangemeldet von Suchern kontrolliert worden.«

»Aber anders geht es doch nicht.« Angus richtete sich auf. »Wir sehen doch, was geschieht, wenn Menschen Magie unkontrolliert verwenden. Es gab Tote, Nisha. Und Verletzte beim Brückeneinsturz.«

»Ich weiß, Angus. Aber ist es der richtige Weg, diejenigen, die sich an die Vorschriften halten, immer weiter einzuschränken? Itoro möchte Menschen helfen, die nicht mehr in ihre Wohnungen kommen. Sie hat lange hart dafür trainiert. Sollte sie dafür wirklich bestraft werden?«

»Aber sie könnte ihre Fähigkeit auch anders einsetzen. Die Wölfe wären über jemanden, der Schlösser knacken kann, sicher begeistert.«

»Das mag sein, aber es ist falsch, sie deswegen unter Generalverdacht zu stellen. Möchtest du ein Guinness? Ich habe extra ein paar kaltgestellt.«

»Gern«.

Nisha stand auf, ging in die Küche, wo Angus sie kurz mit Itoro lachen hörte, und kam dann mit zwei Flaschen zurück, von denen sie eine Angus reichte. Er nahm einen tiefen Schluck. »Du hast recht. Wir müssen bedenken, dass der überwiegende Teil der Silbernen sich an die Vorschriften hält.« Er lehnte sich in seinem Stuhl zurück. »Es freut mich, dass es zwischen dir und Itoro so gut läuft.«

Nisha lächelte und ihre dunklen Augen strahlten. »Das freut mich auch. Ich hatte lange keine Beziehung mehr, die sich so gut angefühlt hat. Was wolltest du mir über Harlan erzählen?«

Angus seufzte. »Er ist mit Cillian zusammen.«

»Wie bitte?« Nisha richtete sich auf.

»Das heißt, ich weiß nicht, ob sie ein Paar sind, aber sie kamen in unsere Wohnung, als ich dort war, und es war eindeutig, dass sie Sex haben würden.«

»Ach verdammt«, sagte Nisha. »Tut mir leid, dass du das gesehen hast. Cillian ist widerlich.«

»Um ehrlich zu sein, tut Harlan mir leid. Ich wünsche es keinem, dass er mein Nachfolger wird.«

»Ja, da hast du vollkommen recht.« Nisha pulte das Etikett ihrer Bierflasche ab. »Harlan hat mir erzählt, dass er jemanden kennengelernt hat, der ihn auf Händen trägt. Geschenke, romantische Dinner, Versprechungen ... das ganze Programm.«

»Wie bei mir am Anfang«, sagte Angus tonlos. »Und ich habe immer gehofft, diese Situation zurückzubekommen. Ich wollte, dass Cillian mich wieder so behandelt wie am Anfang. Dabei gab es längst keine Chance mehr dafür.«

»Cillian ist mit hoher Wahrscheinlichkeit ein Narzisst«, vermutete Nisha. »Ich weiß, man soll keine Ferndiagnosen stellen, aber es deutet alles darauf hin. Im Grunde ging es ihm nie um dich, sondern um sein Ego. Und so ist es jetzt auch.«

»Vielleicht«, murmelte Angus. »Vermutlich habe ich auch Fehler gemacht.«

»Jeder macht Fehler in einer Beziehung. Das ist normal. Aber einem Narzissten kannst du es nicht recht machen, weil er dich nie wirklich sieht.«

»Ja, so hat es sich angefühlt.«

Nisha streckte eine Hand aus und legte sie auf die von Angus. »Sei froh, dass du ihn los bist. So etwas macht dich innerlich kaputt. Du wirst vermutlich eine ganze Weile damit zu tun haben.«

Angus nickte langsam. Dann sah er auf. »Du solltest Greenaway warnen. Ich fürchte, dass er auf mich nicht hören wird. Cillian kann sehr überzeugend sein, wenn er möchte. Und charmant. Am Anfang war sogar der Sex in Ordnung.«

»In Ordnung?« Nisha grinste. »Das klingt ja nicht gerade überschwänglich.«

Angus biss sich auf die Lippen, um nicht zu lächeln. »Das kommt vielleicht nur, weil ich damals die Nacht mit Lorcan als Vergleich hatte.«

»Aha!« Nishas Grinsen wurde breiter. »Dann ist Lorcan also eine echte Granate im Bett. Das merkt man ihm gar nicht so an.«

»Das ist vielleicht der falsche Ausdruck«, überlegte Angus. »Wir passen einfach zusammen. Bei ihm habe ich das Gefühl, dass er es liebt, mich anzufassen, mich zu küssen, dass er mir gerne Zeit lässt. Vielleicht bin ich anders im Bett, als die meisten es sich vorstellen.« Er sah auf die Tischplatte.

»Oh Angus«, sagte Nisha sanft. »Wenn jemand nicht in der Lage ist, nach deinen Vorlieben beim Sex zu fragen, ist das nicht deine Schuld.«

»Ich weiß. Aber es ist für mich nicht immer so leicht zu sagen, was ich will. Und bei ihm konnte ich es. Oder vielmehr hat er es gespürt.«

»Heißt das nicht, dass du ihm tief in deinem Innern bereits vertraust?«

»Vielleicht. Und vermutlich macht mir genau das Angst.«

Nisha sagte nichts dazu. Sie wusste oft, wann es besser war, zu schweigen. Aber sie nahm Angus' Hand und drückte sie. »Ich bin für dich da, Angus.«

Kapitel 20

Es regnete in Strömen, als Angus am nächsten Morgen allein im Volvo saß und in Richtung des Silberquartiers fuhr. Das Wetter spiegelte seine Stimmung perfekt wider. Das Bett in Nishas Gästezimmer war gemütlich, aber trotzdem hatte er kaum ein Auge zugetan. Entsprechend mies war seine Stimmung.

Er sah auf den leeren Beifahrersitz. Lorcan fehlte ihm. Ständig kreisten seine Gedanken um seinen Partner und fast fühlte es sich an wie damals, als Lorcan nach ihrer gemeinsamen Nacht nach Dublin verschwunden war. Vielleicht war die Situation zu ähnlich. Das Gute daran war, dass er an Cillian kaum einen Gedanken verschwendete. Das Schlechte, dass Lorcan ihm dafür keine Ruhe ließ. Er vermisste ihn psychisch, er vermisste ihn körperlich und er war von sich selbst genervt, weil er sich davon so runterziehen ließ. Er hatte einen Fall zu lösen. Den Wichtigsten in seiner Karriere. Menschenleben standen auf dem Spiel und hier saß er in seiner Karre im Regen und wünschte sich, Lorcan neben sich zu haben, wünschte, dass der ihn mit seinem ironischen Lächeln ansehen und eine Hand auf sein Bein legen würde. Wütend fuhr er über eine fast rote Ampel. Jetzt war Schluss damit. Heute würde er sich auf diesen Fall konzentrieren, und wenn Lorcan morgen wiederkam, würde er mit ihm reden und ihm sagen, dass das zwischen ihnen warten musste. Er konnte es sich nicht leisten, sich schon wieder in etwas zu verrennen. Gerade hatte Sharp ihn gelobt und das wollte er nicht aufs Spiel setzen, nur weil seine Hormone verrücktspielten, wie Cillian sagte.

Aber es war nicht nur das. Ja, er sehnte sich nach Sex mit Lorcan, so sehr, dass es fast wehtat. Aber er vermisste auch dessen Nähe hier im Auto, sein Lachen. Er vermisste es, mit ihm gemeinsam zu musizieren und mit ihm zu sprechen. Und ja, er vermisste sogar Lorcans Sprüche.

Jemand lief vor sein Auto und er trat scharf auf die Bremse. Die Reifen schlingerten und er kam gerade noch so vor einer Gestalt mit schwarzer Kapuzenjacke, unter der rotes Haar hervorschaute, zum Stehen.

»Verdammt Junge, bist du lebensmüde?«, brüllte er, während er aus dem Auto stieg und die Tür hinter sich zuknallte. »Das hätte schiefgehen können!«

Der Junge rührte sich nicht, stand mit hochgezogenen Schultern da, den Blick auf seine durchweichten Chucks gerichtet.

»Hey!« Angus trat näher an ihn heran, runzelte die Stirn. »Aiden? Was machst du hier im Regen?«

Aiden sah auf. Seine Augen waren rot unterlaufen. Scheinbar hatte er geweint. »Es ist alles so scheiße im Moment«, sagte er.

Angus nahm ihn an der Schulter. »Das ist kein Grund, sich vor ein Auto zu werfen. Komm, steig ein. Ich bringe dich zu eurem Hauptquartier. Und dann erzählst du mir, was los ist.«

Angus hielt unterwegs, holte heißen Kaffee, belegte Brötchen und Cupcakes und war erleichtert, als Aiden zumindest einen Schluck aus seinem Becher nahm. So hatte er den Jungen noch nie gesehen. Er hatte sonst immer eine große Klappe. Das hatte ihm schon mehrmals Ärger eingebracht, aber auch darüber ging er immer hinweg.

Sie hielten vor dem verlassenen Fabrikgelände, auf dem sich eine Gruppe der Wölfe eingerichtet hatte. Angus gefiel, was sie aus dem verfallenen Backsteingebäude gemacht hatten. Irgendjemand hatte sich offenbar auf Pflanzenwuchs spezialisiert und so gab es im Innenhof Beete mit Tomaten, Kürbissen, Zucchini und anderem Gemüse. Ein Baumhaus befand sich auf einer großen Kastanie. Die Wände der Gebäude waren mit Murals verschönert. Überall verteilt standen Skulpturen aus Blech. Auch einige nichtmagische Kunstschaffende fanden hier Unterschlupf. Die Kommune war den Behörden jedoch ein Dorn im Auge. Vermutlich würde sie bald geräumt werden. Dabei störten die Menschen, die hier wohnten, niemanden. Warum sie also nicht hier leben lassen? Es nervte ihn, dass er selbst vermutlich einer derjenigen sein würde, die die Räumung durchführten.

Aiden ging mit gesenktem Kopf durch die Gänge des Gebäudes bis zu einem Zimmer, dessen Tür offenstand. Das Innere war gemütlicher, als Angus angenommen hatte. Auf dem Boden war ein Schlaflager, an den Wänden hingen riesige Leinwandbilder und ein paar Rucksäcke und Feuerschalen standen herum. Auf den Matratzen lagen Schlafsäcke und in einer Ecke befand sich ein Webstuhl.

»Schlaft ihr hier alle zusammen?«, fragte er.

»Nur wer möchte.« Aiden ließ sich im Schneidersitz auf einem großen Kissen nieder. »Es gibt auch Einzelzimmer. Aber hier ist es immer schön warm.« Ein Lächeln huschte über sein Gesicht. Immerhin etwas.

Angus hielt ihm einen der Cupcakes hin. »Willst du dir was anderes anziehen?«

»Nicht nötig, das trocknet gleich.« Aiden zog eine Feuerschale zu sich heran und warf einen Feuerball hinein. Kurz darauf züngelten kleine Flammen in die Höhe.

»Setz dich.« Er klopfte auf eines der Kissen und Angus ließ sich darauf nieder. »Warst du auf dem Weg hierher?«

»Ja. Eigentlich wollte ich zuerst deinen Vater besuchen und schauen, wie es ihm geht. Und dann hatte ich vor, mit dir zu reden und wenn möglich auch mit ein paar anderen Wölfen.«

»Dad geht es schlecht«, sagte Aiden. »Er hat sich sein Leben lang an alle Vorschriften gehalten. Jetzt braucht er dafür so viel Zeit, dass er kaum zum Arbeiten kommt. Die Kunden werden immer unzufriedener und gehen lieber zu Uhrmachern, die illegal Magie nutzen. Es sah schon bevor diese Scheiße passiert ist schlecht für sein Geschäft aus. Ob er seinen Laden jetzt wieder aufmachen kann, ist völlig unklar.«

»Das tut mir wirklich leid, Aiden.«

»Ach, Typen wie du sind doch schuld daran, dass es so ist.«

Angus schluckte. Er musste zugeben, dass Aiden nicht unrecht hatte. »Es gibt Gründe für die Vorschriften, Aiden.«

»Ja. Bescheuerte Gründe.«

»Magie kann leicht missbraucht werden. Das sehen wir doch im Moment.«

»Und was ist mit den verdammten Wichsern, die das Silberviertel kurz und klein geschlagen haben? Die musste wohl niemand kontrollieren?«

»Doch. Sie haben gegen die Gesetze gehandelt und gehören bestraft.«

»Solche Menschen solltet ihr unter Generalverdacht stellen. Nicht uns.«

»Das ist wahr.«

Aiden sah auf. »Was?«

»Ich glaube, dass du damit recht hast. Wir sind im Moment zu hart zu Silbernen und übersehen dabei, welche anderen Probleme es gibt.«

»Genauso ist es.« Aiden nahm einen Bissen von seinem Cupcake. »Ehrlich gesagt wundert es mich nicht, dass ein paar von uns scheinbar durchgedreht sind.« Er hob die Hand. »Ich heiße es nicht gut, aber ich verstehe es.«

»Aiden?« Angus lehnte sich vor. »Weißt du etwas darüber? Hast du irgendetwas herausgefunden? Sprich mit mir. Mir liegt daran, diese Morde schnell aufzuklären, bevor noch mehr passiert.«

Aiden sah Angus an. »Ein paar von uns glauben, dass der Schatten dafür verantwortlich sein könnte. Oder der Graue, wie wir ihn nennen.«

»Was kannst du mir über ihn erzählen?«

»Sehr wenig. Er taucht manchmal auf und hilft uns. Er ist vermutlich der fähigste Silberne, dem ich bisher begegnet bin.«

»Ja, das glaube ich auch.«

»Keiner von uns weiß, wer er ist. Er spricht nie, zeigt sich nie ohne Maske. Mich schockiert es ehrlich gesagt, dass er dazu fähig sein soll, jemanden zu ermorden. Ich hatte immer das Gefühl, dass er ein guter Mensch ist. Er war so etwas wie ein Vorbild für mich. Vielleicht sind bei ihm die

Sicherungen durchgebrannt, weil er sieht, dass wir immer mehr in die Illegalität gedrängt werden.«

»Das ist möglich. Dann ist es sogar in seinem eigenen Interesse, dass wir ihn finden.«

»Dabei kann ich dir aber nicht helfen.« Aiden stellte seinen Kaffee zur Seite und streckte die Hände aus, um sie am Feuer zu wärmen. »In letzter Zeit habe ich ihn gar nicht mehr gesehen. Und davor nur hin und wieder.«

»Kann es sein, dass er nicht in Belfast lebt, sondern in einer anderen Stadt?«

»Möglich wäre das. Auch wenn ich darüber nie nachgedacht habe.«

»Könntest du mir eine Liste mit allen Tagen machen, an denen du dir sicher bist, dass du ihn gesehen hast?«

»Ich kann es versuchen.«

»Frag gerne auch die anderen Wölfe. Vielleicht haben wir da eine Spur.«

Aiden nickte. »Ich will aber nicht, dass ihm etwas passiert.«

»Das will ich auch nicht. Aber wenn wir ihn nicht finden, fürchte ich, dass die Polizei es tut und nicht gerade sanft mit ihm umgehen wird.«

Aiden wurde eine Spur blasser, nickte.

Angus fragte sich, ob er Aiden alleinlassen konnte, als die Tür aufging und Zahira hereinkam.

»Hier bist du!«, sagte sie. »Ich habe dich draußen schon gesucht. Ich habe mir Sorgen um dich gemacht!«

»Echt?« Aiden richtete sich etwas auf. »Mehr so auf freundschaftliche Art?«

»Auf jede Art, du Idiot.« Zahira setzte sich neben ihn und legte einen Arm um ihn. Dann sah sie zu Angus. »Alles in Ordnung?«

»Außer, dass Aiden ein bisschen neben der Spur ist, ja.« Er stand auf. »Meldet euch bei mir, wenn euch irgendetwas einfällt, dass uns weiterhelfen könnte. Ich besuche jetzt mal deinen Vater.«

~~~

Es war dunkel und Angus sah aus Lorcans Hotelzimmer auf die Lichter der Straßenlaternen vor dem Fenster. Er wusste selbst nicht genau, warum er hier war. Glaubte er, dass er an diesem Ort etwas finden würde, das bewies, dass Lorcan in die Verbrechen involviert war? Oder war es die Hoffnung, dass es hier Beweise für Lorcans Unschuld gab? Andererseits würde dieser nichts in seinem Hotelzimmer zurücklassen, das ihn diffamieren könnte, wenn Angus den Schlüssel hatte, oder?

Er seufzte und drehte sich wieder zum Zimmer um. Er nahm das ordentlich gemachte Bett in Augenschein, den Nachttisch daneben, den Schreibtisch, auf dem Lorcans Laptop fehlte und den Koffer auf der Ablage, der ihm sagte, dass Lorcan bald wiederkommen würde. Warum war das so ein verdammt gutes Gefühl? Es war falsch, Lorcans Sachen zu durchwühlen, und er würde es nicht tun.

Warum war er also hier? In der Hoffnung, sich Lorcan nahe zu fühlen, nachdem er ihn den ganzen Tag vermisst hatte und sich sogar körperlich schlecht deswegen fühlte?

Er ging zum Bett und zog entschlossen die Schublade des Nachttisches auf. Nasenspray, Handcreme, Kondome,

Gleitgel. Das hatte Lorcan also ebenfalls hiergelassen. Er schloss die Schublade und nahm das Buch, das auf dem Tischchen lag in die Hand. »Wuthering Heights« von Emily Brontë. Er überflog den Klappentext und kam zu dem Schluss, dass es weniger uninteressant klang, als er gedacht hatte. Gelesen hatte er seit Jahren nicht mehr. Er sollte wieder damit anfangen. Vielleicht konnte Lorcan ihm ein paar Tipps geben.

Er streckte sich und rieb sich seinen schmerzenden Nacken. In den letzten Tagen hatte er wenig auf seinen Körper geachtet und kaum geschlafen. Das rächte sich langsam. Er sah noch einmal zu dem Koffer.

Sollte er?

Ein Schlüssel drehte sich in der Tür und er richtete sich erschrocken auf.

Kapitel 21

Lorcan betrat sein Zimmer und sein Herz machte einen Sprung, als er Angus auf dem Bett sitzen sah. Er hatte nicht gedacht, dass sein Freund auf ihn warten würde. Trotz des Kusses war ihr Abschied seltsam gewesen und sie hatten weder telefoniert noch sich Nachrichten geschrieben. Angus hatte sich nicht gemeldet und er hatte ihm Zeit lassen wollen. In Dublin hatte er trotzdem immer wieder auf sein Handy geschaut und überlegt, ihm zu schreiben. Diese Gedanken hatten fast so viel von seiner mentalen Kapazität gefordert wie seine Nachforschungen, wenn er ehrlich war. Umso erleichterter war er, Angus zu sehen. Angus hingegen wirkte leider nicht erfreut, sondern eher ertappt. Dabei hatte Lorcan ihn doch selbst dazu eingeladen, hier zu übernachten.

»Du hast noch einen Schlüssel?«, fragte Angus statt einer Begrüßung.

»Ich habe ihn von der Rezeption geholt«, sagte Lorcan. »Dort gibt es immer zwei.«

»Ach so.«

»Ich bin froh, dass du da bist.« Lorcan stellte seinen Laptop auf dem Schreibtisch ab. »Ich habe dir viel zu erzählen.« Er hängte seinen Mantel ordentlich auf den Bügel in der Garderobe und zog seine Schuhe aus. Dann sah er wieder zu Angus, der sich nicht bewegt hatte. »Willst du nicht wissen, was es ist?«

»Doch.«

Lorcan drehte den Schreibtischstuhl zu Angus. »Ist alles in Ordnung?«, fragte er. »Du wirkst angespannt. Hattest du einen anstrengenden Tag?«

Waren sie wirklich nur einen Tag getrennt gewesen? Es kam ihm länger vor. Am liebsten hätte er Angus umarmt, sein Gesicht an dessen Halsbeuge vergraben und ihm gezeigt, wie sehr er ihn vermisst hatte. Aber Angus wirkte abweisend, kühl.

»Ja und ich mache keine Fortschritte.«

»Vielleicht habe ich etwas gefunden, das uns voranbringt«, sagte Lorcan. »Ich habe gemeinsam mit einem befreundeten Mediziner einige Versuche gemacht. Es ist möglich, eine Droge herzustellen, die ein Ersticken bewirkt, wenn sie eingenommen wird. Die Symptome, die zum Tod führen, treten nicht sofort auf. Es ist denkbar, dass jemand vorgetäuscht hat, dass Magie eingesetzt wurde.«

Angus sah auf und Lorcan las Abwehr in seinem Blick. »Zu dem Schluss bist du gekommen? Dass die Silbernen unschuldig sind?«

»Nein, das nicht«, wandte Lorcan ein. »Aber zumindest gibt es eine andere mögliche Erklärung.«

Angus schüttelte den Kopf. »Damit beschäftigst du dich? Obwohl alles darauf hindeutet, dass die Silbernen zwei Menschen getötet haben?«

»Wenn es so ist, dann wären es nicht alle Silbernen, die daran Schuld tragen«, sagte Lorcan. »Du kannst nicht alle über einen Kamm scheren.«

Angus stand auf. »Kann ich das nicht? Aber du kannst dich damit beschäftigen, die Schuld von ihnen abzuwenden, ja? Und unsere Ermittlungen dafür schleifen lassen.«

»Bist du wütend auf mich?« Lorcan erhob sich ebenfalls. »Warum? Findest du nicht, wir sollten in alle Richtungen ermitteln?«

»Nein, das finde ich nicht. Ich finde, wir sollten der Spur folgen, die wir haben. Vieles deutet darauf hin, dass der Schatten in die Anschläge involviert ist. Du selbst hast ihn an einem der Tatorte gesehen.«

»Das stimmt. Dennoch denke ich, dass meine Erkenntnisse wichtig sein könnten. Ich werde morgen auf der Besprechung genauer darlegen, was meine Theorie ist.«

Angus kam auf Lorcan zu, nahm ihn bei den Schultern und blickte ihn ernst an. »Tu das nicht.«

»Angus!« Lorcan machte sich von ihm los. »Sag mir, was dein Problem ist.«

Angus' Augen funkelten. »Dass du Partei für die Silbernen ergreifst. Ausgerechnet jetzt. Denkst du nicht, dass die Autopsie gezeigt hätte, wenn die Toten Drogen im Blut gehabt hätten?«

Lorcan ließ die Arme hängen. »Ja, das stimmt. Darüber habe ich schon nachgedacht. Ich muss aber zumindest wissen, ob darauf getestet wurde.«

»Natürlich wurde das getestet.« Angus Stimme war jetzt laut. »Was denkst du? Dass wir hier alle Pfuscher sind?«

»Natürlich nicht. Was macht dich so wütend?«

»Dass ich nicht weiß, ob ich dir vertrauen kann. Ich will es, aber kann ich das auch?« Angus stand mit gesenktem Kopf da, atmete schwer.

Lorcan ging einen Schritt auf ihn zu. »Du kannst mir vertrauen. In dieser Sache kannst du mir vertrauen.«

Angus schnaubt. »In dieser Sache?«

Lorcan schwieg.

»Es ist besser, ich gehe jetzt.« Angus griff nach dem Türknauf.

Lorcans Schultern sanken. Er wollte Angus zurückhalten. Aber durfte er das? Angus hatte recht, er sagte ihm nicht die ganze Wahrheit. Er verschwieg ihm wichtige Details und auch jetzt konnte er nicht mit ihm darüber sprechen, weil er dann alles aufs Spiel setzen würde. Aber Angus verdiente die Wahrheit, nachdem er drei Jahre lang unter dem Gaslighting von Cillian gelitten hatte. Es war nicht fair, was er hier tat.

»Ich will nicht weg von dir.« Angus ließ den Türknauf los, fuhr sich mit den Händen über das Gesicht. »Auch wenn ich dir nicht vertraue, will ich bei dir sein, und das macht mich wahnsinnig. Ich will in deiner Nähe sein, obwohl ich denke, dass das falsch ist.«

Lorcan ging langsam zu ihm, legte ihm von hinten die Arme um den Körper, küsste seinen Nacken. Angus blieb einen Moment lang vollkommen steif, dann aber entspannte er sich, lehnte sich zurück gegen Lorcan.

»Wie wäre es mit einer Massage?«, fragte dieser. »Ich habe sogar ein Öl aus Dublin mitgebracht.«

»Dafür hattest du also Zeit?«

»Ja, dafür hatte ich Zeit, weil ich die ganze Zeit darüber nachdenken musste, was ich gerne mit dir tun möchte, wenn ich zurück bin.«

Er strich Angus Haare zur Seite, legte seine Hände auf dessen Schultern und knetete die verspannten Muskeln sanft. »Es würde dir guttun.«

Angus stöhnte leise auf. »In Ordnung. Nur eine Massage.«

»Nur eine Massage.«

Angus zog sein Shirt und seine Schuhe aus, sah dabei immer wieder zu Lorcan auf. Lorcan musste sich zwingen, den Blick von Angus' muskulösem Oberkörper abzuwenden.

»Leg dich aufs Bett. Da kannst du dich am besten entspannen.«

»Ist das hier nur ein gut ausgeklügelter Plan, um mich in dein Bett zu kriegen?«

»Natürlich nicht.« Das Massageöl in der Hand kniete Lorcan sich neben Angus, der jetzt auf dem Bauch lag. Lorcan strich seine Haare zur Seite. Dann verteilte er das Öl, das zart nach Orange duftete auf seinen Händen, wärmte sie auf. »Eines musst du wissen, Angus. Ich würde niemals etwas tun, das dir schadet. Es gibt Dinge, die du noch nicht über mich weißt, aber das hat andere Gründe. Und ich verspreche dir, du wirst alles irgendwann erfahren.«

Er legte seine Hände auf Angus Rücken, ließ ihm Zeit, um sich an die Berührung und die Wärme zu gewöhnen. Er fühlte, wie Angus Körper sich ihm fast unmerklich entgegen hob. Ja, er brauchte diese Berührung, brauchte sie wirklich.

»Ist das so?«, murmelte Angus und seine Lider schlossen sich langsam.

Lorcan strich über Angus' Rücken, verteilte das Öl und begann seine Nackenmuskeln zu massieren, sanft zunächst, dann etwas kräftiger. »Du bist sehr verspannt.«

»Das wundert mich nicht. Es ist sehr lange her, dass das jemand bei mir gemacht hat.«

»Was für eine sträfliche Vernachlässigung. Ich würde das hier gern jeden Abend tun.«

»Das klingt himmlisch.«

Danach sprachen sie nicht mehr. Lorcan ließ seine Hände über Angus' Rücken wandern, knetete verhärtete Muskeln, löste Verspannungen. Er konnte fühlen, wie angespannt Angus war, wie viel er seinem Körper zugemutet hatte. Seine Muskeln erzählten von durchwachten Nächten, von schwierigen Einsätzen, von Auseinandersetzungen, die nicht gelöst worden waren. Es war ein Wunder, dass er nicht unter starken Rückenschmerzen litt.

Angus stöhnte immer wieder auf, streckte sich ihm entgegen. Lorcan versuchte, ihm nicht wehzutun, konnte es jedoch nicht immer vermeiden. Aber er fühlte auch, wie Angus Muskeln sich lösten, wie sie ihn freigaben.

Und dann änderte sich etwas. Angus wirkte nicht mehr entspannt. Sein Atem ging schneller, er drückte sich gegen die Matratze. Lorcan begriff.

Im selben Moment drehte Angus sich zu ihm um. Ein paar verschwitzte Strähnen hingen ihm ins Gesicht, seine Lippen waren geschwollen, als hätte er darauf gebissen.

»Es fühlt sich zu gut an«, flüsterte er. »Wir sollten aufhören. Oder ...«

Lorcan nahm seine Hände weg. Hoffnung flammte in ihm auf. »Oder?«

Angus zögerte. Sein Atem ging schnell. »Kannst du mir versprechen, dass dein Geheimnis niemandem schadet?«

»Ja.«

Angus richtete sich etwas auf. »Ich halte es nicht mehr aus. Ich will dich.«

Lorcans Blick wanderte in Angus Schritt, fiel auf die Erektion, die dessen Jeans ausbeulte. »Bist du sicher?«

»Ja verdammt, ich bin sicher.« Angus zog ihn zu sich, küsste ihn wild und hungrig und jetzt war es Lorcan, der aufstöhnte. Er hatte sich so sehr nach Angus' gesehnt, so sehr gehofft, dass sie es wieder tun würden. Angus drückte ihn zurück auf das Bett und begann mit fliegenden Fingern, sein Hemd aufzuknöpfen. Lorcan hätte es nicht egaler sein können, dass zwei Knöpfe dabei abrissen. Er lächelte über Angus' Ungestüm. Dieser küsste gierig seinen Hals, leckte über seine Brustwarzen und dann hinab bis zu seinem Bauchnabel. Jetzt war es Lorcan, der sich unter ihm wand.

Er hob den Kopf. »Wie möchtest du es?«, fragte er atemlos.

Lorcan sah mit glühendem Blick zu ihm auf. »Ich will in dir sein.«

Lorcan nickte, angelte Kondom und Gleitcreme aus der Schublade. Dann nahm er Angus an den Schultern, drückte ihn sanft aufs Bett zurück. Lorcans Hände strichen über seinen Oberkörper, sein Blick dunkel und hungrig. Davon hatte er geträumt. So über ihm zu sitzen, auf sein schönes, raues Gesicht hinabblicken zu können, während er sich selbst für ihn vorbereitete. Es würde nicht lange dauern, das spürte er. Er war zu bereit für Angus. Er verteilte das Gleitgel auf seinen Händen, drang mit zwei Fingern in sich ein, fühlte Angus' brennenden Blick auf sich gerichtet, fühlte, wie dessen Hüften sich ihm entgegen hoben. Und dann waren da Angus Hände, streichelten seine Oberschenkel entlang, umfassten seinen Schwanz, umkreisten sanft seine Öffnung. Er zog seine eigenen Finger zurück, überließ es Angus, ihn weiter vorzubereiten, stützte sich mit den Händen auf die Matratze und küsste ihn tief.

Als er es nicht mehr aushielt, kroch er ein Stück zurück, öffnete atemlos Angus' Jeans und befreite dessen pochenden Schwanz. Mit fliegenden Fingern riss er die Kondompackung auf und streifte es ihm über. Endlich ließ er sich mit einem befreiten Aufstöhnen auf Angus sinken, genoss es zu spüren, wie dieser sich langsam in ihn schob, bog seinen Rücken durch, weil es so unendlich guttat. Mit keinem anderen war es je so gewesen wie mit Angus. Drei Jahre lang hatte er sich gewünscht, sich wieder so zu fühlen, hatte Erfüllung in One-Night-Stands und kurzen Affären gesucht und jetzt endlich ...

Angus' Hände lagen auf seinen Hüften, hielten ihn, als er anfing, sich zu bewegen. Er sah auf Angus hinab, sah das Verlangen in dessen Augen, seinen Hunger.

Ja, sie brauchten das hier beide. Er bewegte sich auf Angus, ritt ihn in dem Rhythmus, den sie beide wollten, denn egal, was sonst zwischen ihnen stand, das hier fühlte sich richtig an. Seine Hände lagen auf Angus Schultern und er warf den Kopf in den Nacken, ließ vollkommen los, was ihm bei keinem anderen Mann je möglich gewesen war.

Er hätte sich gewünscht, dass es ewig dauern würde, aber dazu waren sie beide viel zu aufgeladen. Sein ganzer Körper war heiß, Stromschläge pulsierten durch ihn hindurch, wie er sie noch nie gespürt hatte.

»Ich komme«, keuchte er. »Angus, ich komme.«

Angus umfasste Lorcans Erektion, strich daran auf und ab und brachte ihn damit über die Schwelle. Er schrie auf, fühlte Elektrizität durch seinen Körper jagen und dann kam er heftig, Angus Namen auf seinen Lippen. Angus stieß noch zweimal in ihn, griff nach Lorcans Hand und dann folgte er ihm, bäumte sich auf, stöhnte tief und kam.

Lorcan fühlte sich vollkommen gelöst, als habe er keine Knochen. Er war leicht und frei, wie seit Jahren nicht. Er zog Angus das Kondom ab, verknotete es, warf es auf den Boden und ließ sich dann neben ihn sinken, gab ihm einen Kuss auf die Schulter und legte seinen Kopf darauf ab.

»Verdammt«, flüsterte Angus atemlos. Aber auf seinen Lippen sah Lorcan ein winziges Lächeln.

»Ich schätze, das war nötig.«

»Ja.« Angus gab ihm einen Kuss auf die Stirn.

In der letzten Nacht in Dublin hatte Lorcan keinen Schlaf gefunden. Aber jetzt, da er Angus' tiefe Atemzüge neben sich hörte und sich vom Sex vollkommen entspannt fühlte, breitete sich eine innere Ruhe in ihm aus, die er ewig nicht gekannt hatte. Zum ersten Mal seit Langem schlief er ein, ohne sich vorher grübelnd von einer Seite auf die andere zu wälzen.

Er erwachte davon, dass Angus aufstand. Unter halb geschlossenen Lidern hervor sah er, wie der seine Sachen zusammensuchte und sich anzog.

Er wollte gehen.

Lorcan wünschte sich, ihm würde irgendetwas einfallen, womit er Angus zurückhalten könnte, aber er begriff, dass er ihm diese Freiheit lassen musste. Auch wenn es schmerzte. Angus hielt seine Stiefel in der Hand und warf noch einen Blick zu Lorcan, bevor er das Zimmer verließ. Er zog die Tür leise ins Schloss.

Lorcan drückte sein Gesicht in das Kissen. Das Bett war leer ohne Angus und wirkte zu groß. Es tat weh, dass er gegangen war, aber er konnte es verstehen. Er schuldete Angus die Wahrheit. Zwar riskierte er damit, dass der ihn von sich stoßen würde, aber so, wie es jetzt war, hatten sie erst recht keine Chance. Morgen Abend, wenn sie Ruhe hatten, würde er Angus alles erzählen. Und dann mit den Konsequenzen leben.

Er schlief nicht mehr ein, sondern stand irgendwann auf und kochte sich einen Tee. Den trank er am Fenster sitzend, den Blick auf die dunkle Straße gerichtet, bis die Laternen angingen. Dann erhob er sich, um zu duschen.

Angus stand gegenüber vom Hotel an den Volvo gelehnt, die Arme vor der Brust verschränkt. Er wirkte abweisend, aber Lorcans Herz machte trotzdem einen Sprung, denn offenbar hatte er auf ihn gewartet.

Schnell überquerte er die Straße. »Wir hätten gemeinsam frühstücken können«, sagte er und schob seine Hände in die Taschen seines Mantels. Angus reagierte nicht, sah ihn nur weiter an.

»Komm schon, Angus. Ich meine, was ich dir gesagt habe. Ich will dir nicht schaden. Und auch niemand anderem sonst.«

»Und dennoch redest du nicht mit mir.«

Lorcan fasste einen Entschluss. Ja, er riskierte es, Angus zu verlieren, wenn er mit ihm sprach. Aber Angus verdiente seine Ehrlichkeit. Und dann musste er selbst entscheiden, wie er sich verhalten wollte. Lorcan würde mit den Konsequenzen leben müssen. »Jetzt ist zu wenig Zeit. Wir müssen zur Besprechung und anschließend sollen wir bei der Ansprache von Elizabeth Rose an die Bevölkerung dabei sein. Aber danach erzähle ich dir alles, in Ordnung?«

»Ich weiß nicht, ob ich dir das glauben kann.« Immerhin löste Angus seine verschränkten Arme und stieß sich vom

Auto ab. Sie liefen gemeinsam in Richtung Wache. Schweigend.

Kurz bevor sie das Gebäude erreichten, blieb Angus stehen und wandte sich Lorcan zu. »Du solltest heute nicht darüber sprechen, was du in Dublin herausgefunden hast. Darüber, dass es auch nichtmagische Täter geben könnte.«

»Warum nicht?«

»Verstehst du das immer noch nicht? Weil dich das verdächtig macht.«

»Mich?« Lorcan fiel aus allen Wolken. »Du denkst, sie würden mich verdächtigen?«

»Ja, verdammt. Sei doch nicht so naiv. Was glaubst du, weshalb sie dich hergeholt haben?«

»Weil ich mich mit Magie auskenne und ...« Er brach ab und sah Angus an. »Weißt du etwas, das ich nicht weiß? Hast du auch Geheimnisse vor mir?«

Angus blickte auf den Boden. »Ich weiß nur, dass du unter Verdacht geraten könntest, wenn du nicht aufpasst, Lorcan. Und falls du etwas zu verbergen hast, solltest du besonders vorsichtig sein.«

Lorcan begriff. Angus versuchte, ihn zu warnen. Er handelte gerade mit Sicherheit nicht im Sinne seiner Vorgesetzten, sondern bewies ihm gegenüber Loyalität. Er streckte eine Hand aus und legte sie auf Angus' Oberarm. »Danke.«

Erleichterung flackerte in Angus' Blick auf.

»Trotzdem muss ich berichten, was ich herausgefunden habe. Das ist meine Pflicht.«

»Ich verstehe.« Angus sah nicht aus, als ob er das wirklich tat.

Kapitel 22

Angus hatte Mühe, der Besprechung zu folgen. Das ging ihm zwar oft so, aber heute war es besonders schwer, sich zu konzentrieren. Außer ihm und Lorcan nahmen nur Sharp, Nisha und Greenaway teil. Letzterer wich seinen Blicken aus, als fürchte er, dass Angus jeden Moment auf ihn losgehen könnte. Davon war dieser jedoch weit entfernt. Cillian und seine Affären hatten im Augenblick keinen Platz in seinen Gedanken.

Dafür war Lorcan mehr als präsent. Immer wieder spielten sich die Bilder der letzten Nacht vor seinem inneren Auge ab, so sehr er auch versuchte, sie zu verdrängen, weil dieser Sitzungsraum wirklich nicht der Ort dafür war. Er fühlte noch immer das angenehme, warme Prickeln auf seinem Rücken, das die Massage zurückgelassen hatte. Und die tiefe innere Befriedigung nach dem Sex mit Lorcan war ebenfalls noch da. Er wollte es wieder tun. Seine Augen hingen an Lorcans schönen Händen, die auf dem Tisch einen Kaffeebecher umfassten und als sein Knie unterm Tisch gegen Lorcans stieß, elektrisierte das seinen ganzen Körper. Jetzt erst wurde ihm wirklich klar, wie frustriert er seit Jahren gewesen war, wie wenig ihn der Sex mit Cillian ausgefüllt hatte. Natürlich war es nicht nur ihr Liebesleben. Es hatte so vieles nicht gestimmt. Aber jetzt sehnte sich sein Körper nach Lorcans Händen, nach seinen Küssen, nach diesem Gefühl, dass Lorcan es liebte, ihn zu berühren, es genoss, mit ihm zu schlafen.

Das Bild von Lorcan, der auf ihm saß, den Kopf zurückgeworfen, sich ihm ganz hingab, tauchte vor ihm auf und er überlegte, ob er sich kurz von der Besprechung entschuldigen sollte.

Aber da stand Lorcan auf und alle Blicke richteten sich auf ihn. Angus' Magen krampfte sich zusammen, weil er wusste, was Lorcan gleich erzählen würde. Und er wusste auch, was Sharp davon halten würde. Für sie war es ein weiterer Beweis, dass Lorcan in die Verbrechen involviert war.

Er bereute jetzt, dass er Sharp die Liste mit den Tagen zugespielt hatte, an denen Aiden und Zahira den Schatten in Dublin gesehen hatten. Was, wenn er ihnen damit weitere Indizien gegeben hatte, die gegen Lorcan sprachen? Aber jetzt konnte er es nicht mehr rückgängig machen.

Mit gesenktem Kopf saß er da und hörte zu, wie Lorcan von Gesprächen mit seinem Kollegen aus der Medizin berichtete.

»Interessant, Lorcan«, sagte Sharp, die ihr Armband heute rechts trug. »Aber denkst du nicht, dass die Obduktion diese Stoffe im Blut der Ermordeten nachgewiesen hätte?«

»Einige der Stoffe sind schwer nachweisbar und bedürfen besonderer Tests. Vielleicht sollten wir uns die Obduktionsberichte noch einmal ganz genau ansehen.«

»Das habe ich, Lorcan. Oder unterstellst du den Rechtsmedizinern, dass sie nicht gründlich gearbeitet haben?«

»Natürlich nicht, Lex.«

»Und was ist mit dem Einsturz der Brücke? Auch dabei war Magie im Spiel.«

»Die Sprengkörper müssen nicht durch Telekinese platziert worden sein. Auch das wäre anders möglich gewesen.«

Sharps Augen verengten sich. »Ich bin nicht sicher, worauf du hinauswillst. Ist dir bewusst, dass du unsere gesamten bisherigen Ermittlungen infrage stellst? Und die Kompetenz aller, die daran beteiligt sind?«

Angus richtete sich auf. »Wir sollten zumindest überprüfen, ob an Lorcans Theorie etwas dran sein könnte«, sagte er.

Sharps Kopf fuhr zu ihm herum und ihre Augenbrauen zogen sich zusammen. Aber dann nickte sie. »Ich werde mir die Obduktionsberichte ein weiteres Mal ansehen. Jetzt möchte ich, dass wir uns auf die Ansprache von Staatsanwältin Rose heute Nachmittag konzentrieren. Webb fürchtet, dass die Silbernen diese Gelegenheit nutzen könnten, um einen weiteren Anschlag zu verüben. Wir halten es aber gleichzeitig für wichtig, uns an die verunsicherte Bevölkerung zu wenden. In jedem Fall müssen wir dafür sorgen, dass für Rose die größtmögliche Sicherheit gewährleistet ist. Gerade jetzt, da sie sich entschlossen hat, für einen Sitz im Parlament zu kandidieren, ist das von größter Wichtigkeit.«

Angus begriff, dass wohl einige Informationen an ihm vorbeigegangen waren. Er hatte nicht gewusst, dass Rose kandidieren wollte.

»Wäre es in der jetzigen Situation nicht besser, diese Veranstaltung abzusagen?«, fragte Nisha. »Können wir denn überhaupt gewährleisten, dass sie in Sicherheit ist, nachdem, was sich in letzter Zeit zugetragen hat?«

»Wir haben Unterstützung«, erklärte Sharp. »Und Rose nimmt diese Rede sehr ernst. Sie ist der Meinung, dass sie sich nicht einschüchtern lassen darf.«

»Ich verstehe«, sagte Nisha.

»Siehst du jetzt, was ich meinte?«, fragte Angus, als Lorcan und er kurze Zeit später in ihrem gemeinsamen Büro waren.

»Ja.« Lorcan lächelte ihn an. »Du hast versucht, mich zu beschützen und eben für mich Partei ergriffen. Das rechne ich dir hoch an.«

»Das wird dir aber nicht viel nützen, wenn Sharp und Rose der Meinung sind, dass du dich verdächtig verhältst.« Angus lehnte sich gegen seinen Schreibtisch. »Ich kann mir nicht erklären, wieso, aber es wäre mir lieb, wenn du dich nicht in einen Mordfall verwickeln lassen würdest.«

Lorcan trat nah zu ihm, sah ihn an und Angus versuchte, dem Blick aus seinen grünen Augen zu widerstehen. Die frühen Morgenstunden hatte er damit verbracht, durch die Straßen von Belfast zu laufen und sich dazu zu bringen, vorsichtig zu sein, was seine Gefühle für Lorcan anging. Sogar Lorcan selbst gab zu, dass er Geheimnisse vor ihm hatte. Und Angus war gerade erst einer Beziehung entkommen, von der er nun begriff, wie toxisch sie gewesen war. Aber etwas zog ihn unwiderstehlich zu Lorcan hin und er schaffte es nicht, dagegen anzukämpfen. Auch wenn er sich schon wieder in etwas verrannte.

Er seufzte leise, streckte die Arme aus und zog Lorcan an sich. »Wenn ich nur nicht so leichtgläubig wäre.«

Ein lautes Klopfen an der Tür ließ sie auseinanderfahren. Sharp trat ein, ohne auf ein »Herein« zu warten, und Angus hoffte nur, dass sie nichts gesehen hatte. Ihrem Blick war nichts anzumerken. »Macbain, ich muss mit Ihnen sprechen«, sagte sie. »In meinem Büro.«

Angus konnte sich schon denken, um was es ging, und sein Magen zog sich schmerzhaft zusammen. Sharp schob eine schmale Akte über den Tisch zu ihm. »Wir haben die Liste der Tage überprüft, an denen die Wölfe den Schatten in Belfast gesehen haben. An zwei Tagen hielt Lorcan Flynn sich erwiesenermaßen ebenfalls hier auf. Einmal war er auf einer Konferenz, das andere Mal gab es keine Gründe für seinen Aufenthalt. Er ist Zug gefahren und hat in einem Hotel übernachtet. Es besteht also kein Zweifel über seine Anwesenheit. Für die anderen Tage konnten wir keine Beweise finden, dass er hier war, es gibt allerdings auch keine eindeutigen Hinweise darauf, dass er zu der Zeit in Dublin war. Offenbar führt er ein eher zurückgezogenes Leben und hat nicht sehr viele Kontakte.«

Angus' Hände fühlten sich taub an, als er durch die Akte blätterte. Er hörte ein Pfeifen in seinen Ohren. »Das muss doch noch nichts heißen, oder Madam?«

»Es ist bisher die beste Spur, die wir haben. Jetzt gilt es, herauszufinden, ob er über magische Kräfte verfügt. Dabei zähle ich auf sie, Macbain.«

»Wenn das wirklich der Fall sein sollte, wird er das sicher vor mir verbergen.«

»Sie können doch zumindest überprüfen, ob er Silizium bei sich hat.«

Angus dachte an den Anhänger, den Lorcan um den Hals trug. Er versuchte, Sharps Blick standzuhalten. »Bestimmt, Madam.«

»Ich verlasse mich auf Sie, Macbain. Es hängt viel davon ab, dass Lorcan sich weiter in Sicherheit wiegt. Sagen Sie ihm bitte, ich hatte etwas an Ihrem Bericht zu beanstanden.«

Angus wusste, dass er sich auf die Veranstaltung und auf Rose konzentrieren sollte. Die Menge, die sich auf dem Queen's Square versammelt hatte, war groß und unübersichtlich. Selbst der leichte Nieselregen hatte die Menschen nicht davon abgehalten zu kommen. Angus wunderte es nicht, dass die Bevölkerung Antworten haben wollte. Ihm selbst ging es ja nicht anders. Er fürchtete nur, dass niemand sie ihnen würde geben können.

Dass die Leute aufgebracht und unruhig waren, spürte er selbst am Rand, wo er gemeinsam mit Lorcan stand und seinen Blick über die Versammlung gleiten ließ.

Rose war eine gute Rhetorikerin, das musste er zugeben. Sie sprach davon, dass gerade jetzt Zusammenhalt wichtig war, dass man sich nicht von Vorurteilen blenden lassen dürfe. Sie sagte, dass einige Zwischenfälle, so grauenvoll sie waren, nicht zu einer dauerhaften Spaltung zwischen Silbernen und Magielosen führen durfte. Aber sie erwähnte auch, dass es strengere Regelungen geben musste, dass Magie stärker kontrolliert werden würde.

Ein Raunen ging durch die Menge und nicht weit von sich entfernt sah Angus rotes Haar aufflammen. Nein, er hatte sich nicht verguckt. Es war Aiden MacAodhan. Und Zahira Bashar war an seiner Seite.

»Die Wölfe sind hier«, raunte er Lorcan zu und der nickte.

»Behalten wir sie im Auge.«

Angus sah wieder zur Bühne. Am Rande stand Webb und blickte ebenfalls auf die Menge. Er wirkte angespannt. Sharp hatte erzählt, dass er dagegen gewesen war, die Veranstaltung abzuhalten. Es wunderte Angus nicht. Webb trug vermutlich die Verantwortung für Rose.

Angus suchte die Menge nach weiteren Wölfen ab.

Ein ohrenbetäubender Knall zerriss sein Trommelfell. Schreie ertönten aus der Menschenmenge und Angus sah sich hektisch um. Im selben Augenblick explodierte etwas auf der Bühne, nahe bei Rose, die zurücktaumelte vor den Flammen, die ihr entgegenschlugen. Sharp zog sie zur Seite. Ein Schuss ertönte.

Was war geschehen? Die Menge vor ihm stob auseinander, gab den Blick frei auf Aiden McAodhan, der sich mit angstgeweiteten Augen umblickte, als suche er eine Fluchtmöglichkeit. Angus begriff, dass Webb auf ihn geschossen hatte und dass er es wieder tun würde. Der junge Feuermagier musste einen Brennball auf die Bühne geworfen haben.

»Aiden!«, schrie Angus.

Aidens Blick fand ihn und er rannte auf ihn zu. »Angus! Hilfe! Ich ...«

Ein weiterer Schuss und Aiden taumelte, lief aber weiter, die rechte Hand auf seinen linken Oberarm gepresst. Angus sah ihn wie in Zeitlupe auf sich zukommen. Den Jungen, mit dem er gestern gesprochen hatte, der so verzweifelt gewesen war, wegen des Geschäfts seines Vaters, dass er vielleicht eine riesige Dummheit begangen hatte. Webb würde noch einmal schießen und dieses Mal würde Aiden nicht überleben. Wie sollte Angus das Evan McAodhan jemals erklären?

»Hierher!«, brüllte er und rannte Aiden entgegen, stieß einen Mann zur Seite, der ihm in den Weg lief.

»Angus?«, hörte er Lorcan hinter sich rufen, blieb aber nicht stehen.

Jetzt war Aiden bei ihm und ohne zu überlegen, warf Angus sich zwischen Webb und ihn. Sie konnten Aiden festnehmen. Er hatte Strafe verdient, aber nicht den Tod. Und dann zerriss ein rasender Schmerz seinen Körper. Sterne flackerten vor seinen Augen auf und er schmeckte Blut, hatte keine Kontrolle mehr über seine Gliedmaßen. Aiden schrie seinen Namen, hielt seinen Arm fest, aber Angus sank zu Boden, schlug hart auf und schnappte nach Luft. Atmen brannte. Und da war dieser reißende Schmerz in seiner Seite, als hätte jemand ein Stück von ihm abgetrennt.

Lorcans Gesicht war über ihm und er wiederholte immer wieder seinen Namen. Angus war froh, dass er da war, konnte aber nicht sprechen.

Und dann ließ der Schmerz nach. Es war eine unglaubliche Erleichterung, mit nichts anderem zu vergleichen. Im ersten Moment rechnete er noch damit, dass er wiederkommen würde, aber er ebbte immer weiter ab und er konnte wieder tief einatmen.

Er sah zu Lorcan auf, der noch immer über ihn gebeugt war. Sein Gesicht war eine Maske aus Schmerz. Im ersten Moment glaubte Angus, dass Lorcan ebenfalls angeschossen worden war und Angst jagte kalt durch seinen Körper.

Aber dann begriff er.

»Lorcan, nein«, flüsterte er. »Sie werden sehen, was du tust. Sie werden wissen, dass du ... ein Silberner bist.«

Lorcan reagierte nicht. Wärme ging von seinen Händen aus, die auf Angus' Oberkörper lagen, dort wo ihn der

Schuss getroffen hatte. Langsam entspannte sein Gesicht sich wieder. »Alles ist gut, Angus«, sagte er leise. »Ich bin froh, dass ich dir helfen kann.«

»Nehmt ihn fest. Er ist ein Silberner.« Das war Webbs Stimme. Ein Polizist war dabei, Aiden Handschellen anzulegen. Der Junge wehrte sich nicht, sah nur voller Entsetzen auf Angus. Lorcan wurde von zwei Männern von hinten gepackt und hochgezogen.

Angus richtete sich benommen auf. Er rechnete mit Schmerzen, aber da waren keine. Nur ein unangenehm taubes Gefühl an der Stelle, an der ihn die Kugel getroffen hatte. Lorcan musste ihn in der kurzen Zeit vollständig geheilt haben.

Nisha kniete neben ihm nieder, legte einen Arm um seine Schultern. »Angus? Was ist passiert? Brauchst du einen Krankenwagen?«

»Nein ... ich ... ich denke nicht«, stammelte Angus. Er sah, wie Lorcan abgeführt wurde, wollte aufspringen und ihm hinterherlaufen, aber sein Körper gehorchte ihm nicht. Lorcan blickte sich zu ihm um, Sorge in seinem Blick. Angus flüsterte seinen Namen. Dann war Lorcan aus seinem Blickfeld verschwunden und Angus hörte Sirenen.

Kapitel 23

»Sir, das ist nicht fair.« Angus stand vor Sharps Schreibtisch, der sein Armband jetzt am linken Arm trug. »Er beherrscht Heilung, nicht Telekinese. Das heißt, Lorcan Flynn kann nicht der Schatten sein.«

»Das nicht«, gab Sharp zu. »Aber er ist ein illegaler Magier. Er hat seine Kräfte nie registrieren lassen. Du weißt so gut wie ich, dass das strafbar ist und zum Arrest bis zur Verhandlung führen kann.«

»In den meisten Fällen sprechen wir aber nur eine Verwarnung aus«, sagte Angus. »Ich verstehe nicht, warum Lorcan hinter Gitter muss. Er hat mir das Leben gerettet.«

»Setzen Sie sich, Macbain«, forderte Sharp ihn auf und kam um seinen Tisch herum. »Sie wurden angeschossen und ich fände es noch immer am besten, wenn Sie sich im Krankenhaus untersuchen lassen würden.«

»Mir geht es gut«, sagte Angus. »Außer, dass es mich wütend macht, wie Lorcan Flynn behandelt wird, nachdem er mit uns zusammengearbeitet hat.«

»Und nicht ehrlich zu uns war.«

»Aber dafür hatte er seine Gründe! Wir sehen doch jeden Tag, was mit Silbernen passiert, die sich bei den Behörden anmelden. Sie werden behandelt wie Verbrecher. Wir sind es doch selbst, die ihnen das Leben zur Hölle machen.«

»Macbain!«, Sharp sah ihn erschrocken an. »Wie reden Sie denn? Unsere Aufgabe ist wichtig, damit alle Menschen sicher zusammenleben können.«

Angus schnaubte.

»Sie sind aufgebracht und das verstehe ich«, sagte Sharp. »Es war eine anstrengende Zeit für Sie, Macbain. Was halten Sie davon, wenn Sie ein paar Tage freinehmen? Staatsanwältin Rose hat das ebenfalls vorgeschlagen.«

»Ich möchte nicht freinehmen. Ich will, dass sich dieser Fall aufklärt. Und vor allem möchte ich, dass Lorcan Flynn freigelassen wird.«

»Ich kann Sie verstehen, aber es ist nicht klar, inwieweit er doch in die Geschehnisse involviert ist. Er ist ein illegaler Silberner und er war immer in Belfast, wenn wichtige Versammlungen der Wölfe abgehalten wurden. Wir haben das überprüft. Die Wölfe stehen im Moment im Zentrum unserer Ermittlungen.«

»Lorcan kann heilen. Seine Magie ist völlig harmlos.«

»Das steht eben noch zur Debatte. Er kann Veränderungen in Körpern vornehmen. Gut möglich, dass er damit Menschen schaden kann.«

Angus schwieg und setzte sich. Er wollte sich nicht anmerken lassen, dass seine Seite noch immer etwas brannte. Es war mehr wie die Erinnerung an Schmerz, aber dennoch unangenehm.

»Schlafen Sie zumindest eine Nacht über alles. Ich habe Benisha Sarkar gebeten, Sie nach Hause zu fahren.«

»Ich möchte vorher mit Lorcan sprechen.«

»Denken Sie, dass das eine gute Idee ist?«

»Ja, das denke ich.«

Sharp nickte. »In Ordnung. Wenn Sie mir versprechen, dass Sie sich danach ausruhen.« Die echte Sorge in seinem Blick wirkte entwaffnend auf Angus.

»Das verspreche ich, Sir.«

Die Zelle, in der Lorcan untergebracht war, hatte ein großes Glasfenster, sodass sie fast vollständig vom Gang aus einsehbar war. Angus sah Lorcan schon von Weitem. Er saß auf dem Fußboden, ein Bein von sich gestreckt, eines angezogen und stützte den Kopf in eine Hand. Angus' Herz schmerzte bei dem Anblick.

»Hallo«, sagte er und trat an die Scheibe, die kleine Löcher hatte, sodass Lorcan ihn hören konnte.

Lorcan blickte auf und erhob sich rasch, als er ihn erkannte. »Angus. Ich bin so froh, dass du hier bist. Geht es dir gut? Was macht deine Wunde?«

»Alles in Ordnung.« Angus lächelte. »Dank dir.«

»Es tut mir leid. Ich hätte es dir sofort erzählen müssen, aber ich hatte Angst, dass du mir dann keine Chance mehr geben würdest. Dass du mich ablehnen würdest.«

»Vermutlich hätte ich das am Anfang sogar«, gab Angus zu.

»Aber jetzt nicht mehr?«

»Nein.« Er trat näher an die Scheibe.

Die Anspannung in Lorcans Schultern löste sich ein wenig etwas. »Es gibt da noch etwas, das du wissen solltest, Angus. Ich war bei den Versammlungen der Wölfe, in denen es um die Rechte der Silbernen geht.«

»Das habe ich mir schon gedacht.«

»Das heißt aber nicht, dass ich in die Anschläge verwickelt bin. Von so etwas war dabei nie die Rede. Es ging ausschließlich darum, dass die Silbernen sich mehr Autonomie wünschen.«

Angus nickte. »Ich verstehe.« Er legte eine Hand an die Glasscheibe und Lorcan hielt seine von der anderen Seite dagegen.

»Du hättest mich nicht heilen dürfen«, sagte Angus. »Sie hatten dich schon in Verdacht.«

»Ich bin froh darüber, wie es ist. Ich bin gerne im Gefängnis, wenn du dafür lebst, Angus.«

»Ich hole dich hier raus. Aiden wird aussagen, dass du nichts mit den Anschlägen zu tun hast, und ich finde den Schatten.«

Lorcan nickte. »Aber nicht heute. Du gehörst ins Bett. Ich habe deine Wunde geheilt, aber dein Körper braucht dringend Erholung.«

»Jetzt klingst du genau wie Sharp.«

»Xier hat recht. Und da ist noch etwas.« Lorcan lehnte sich vor und Angus kam auch näher an die Scheibe heran. »Du musst jetzt besonders gut auf dich aufpassen, Angus. Wir wissen immer noch nicht, wer hinter den Anschlägen steckt, aber offenbar ist derjenige oder diejenige skrupellos. Es kann gut sein, dass du ihnen mit deinen Ermittlungen zu nahekommst.«

»Verstehe.«

»Nimm die Warnung bitte ernst.« Der Blick aus Lorcans grünen Augen war durchdringend. »Ich mache mir Sorgen um dich, Angus.«

»Ich bin ja nicht allein. Ich werde ab morgen mit Nisha und Greenaway zusammenarbeiten. Außerdem glaube ich nicht, dass der Täter so weit gehen würde, mich aus dem Weg zu räumen.«

»Ich glaube inzwischen, dass es nicht nur ein Täter ist, sondern eine Gruppe. Und wenn sie magiebegabt sind, dann könnten sie sehr gefährlich werden.«

»Ich passe auf mich auf, Lorcan.« Ihm kam ein sehr beunruhigender Gedanke. »Glaubst du denn, dass du hier drin sicher bist?«

Lorcan zögerte und dieses Zögern ließ Angus' Herz einen Schlag aussetzen. Natürlich war Lorcan hier nicht sicher. Er wurde den Tätern förmlich auf dem Silbertablett präsentiert.

»Ich werde Sharp darum bitten, dich bewachen zu lassen«, sagte er. »Und ich verspreche dir, dass du nicht lange hier bist.«

~~~

Am nächsten Morgen saß Angus wieder in dem Büro, das er zuvor mit Nisha geteilt hatte. Er hatte besser geschlafen, als er für möglich gehalten hatte. Vermutlich hatte Lorcan recht und sein Körper brauchte die Erholung. Allerdings hatte er einen Albtraum gehabt, an den er sich nur dunkel erinnerte. Er hatte jemanden verfolgt, aber es war unmöglich gewesen, ihn einzuholen. Und dann hatte er den Schuss gehört.

Unwillkürlich legte er seine Hand auf die Seite, wo er getroffen worden war.

»Hast du noch Schmerzen?«, fragte Nisha besorgt. Sie hatte gestern darauf bestanden, ihn mit einer Heilsalbe einzuschmieren und er hatte den ganzen Abend lang nicht vom Sofa aufstehen dürfen. Aber er musste zugeben, dass es nicht schlecht gewesen war, ein wenig verwöhnt zu werden.

»Nein«, sagte Angus. »Es ist mehr die Erinnerung an den Schmerz.«

»Man sagt ja, Kinder und Betrunkene hätten Schutzengel. Zum Glück gilt das auch für Angus Macbain.«

Harlan Greenaway betrat das Zimmer mit einem Papptablett voller Kaffeebecher. Angus hatte ein schlechtes Gewissen, weil er schon wieder derjenige war, der Kaffee für alle geholt hatte.

Greenaway reichte ihm seinen Becher und wich dabei noch immer Angus' Blick aus.

Angus seufzte. »Wir sollten vielleicht kurz miteinander reden, wenn wir ab jetzt zusammenarbeiten«, sagte er. »Hör mal, ich nehme es dir keinesfalls übel, dass du mit Cillian zusammen bist. Ich hoffe nur, dass du auf dich aufpasst. Und wenn du Hilfe brauchst, dann wende dich gerne an mich.«

Greenaways Haltung entspannte sich etwas. »Danke, dass du das sagst. Es ist so ein unangenehmer Zufall ...«

»Wenn es denn ein Zufall ist«, sagte Nisha und nippte an ihrem Kaffee. »Da bin ich mir noch nicht sicher.«

Greenaway sah kurz zu ihr, Verwirrung in seinem Blick. Er fragte jedoch nicht nach, sondern wandte sich wieder an Angus. »Es tut mir leid, dass es zwischen euch nicht mehr funktioniert hat. Cillian ist deswegen am Boden zerstört.«

Angus lachte auf. »So? Ist er das?«

»Ja!« Greenaway setzte sich ihm gegenüber. »Nach außen wirkt er unnahbar, aber mir hat er eine andere Seite von sich gezeigt. Du fehlst ihm sehr.«

»Dafür hat er sich aber schnell mit dir getröstet.«

Greenaway nahm einen tiefen Atemzug. »Ich weiß, dass ich kein Ersatz für dich bin und dass es deswegen vermutlich nicht lange halten wird.«

»Nein!«, Angus richtete sich erschrocken auf. »So meinte ich das nicht.«

Greenaway hob die Hand. »Ich bin nicht so naiv, wie du vielleicht denkst, aber mir liegt viel an Cillian. Ich habe sehr lange nach jemandem wie ihm gesucht und ich werde mich bemühen, damit es funktioniert.«

Angus nickte langsam. »In Ordnung. Ich kann dir nur sagen, dass bei ihm nicht alles so ist, wie es zu sein scheint.«

Nisha räusperte sich. »Wir sollten uns jetzt trotzdem um den Fall kümmern und die Beziehungsprobleme auf später verschieben. Gleich ist das Verhör mit Aiden McAodhan.«

Kurz darauf saßen Angus und Nisha dem jungen Silbernen im Verhörzimmer gegenüber. Aiden war in sich zusammengesunken. Selbst seine roten Haare leuchteten nicht wie sonst. Sein linker Arm steckte in einer Schlinge.

»Du hast eine riesige Dummheit begangen, Aiden«, begann Angus. »Mehr als das. Du hast Menschenleben gefährdet. Wie kamst du auf so eine Idee?«

Aiden sank noch mehr in sich zusammen, aber dann sah er auf und blickte Angus an. »Ich war es nicht«, sagte er fest. »Mir ist klar, dass du mir auch nicht glauben wirst und dass alle Zeugenaussagen gegen mich sprechen, aber ich habe den Brandball nicht geworfen.«

Nisha seufzte. »Ich verstehe, dass du das von dir wegschieben willst, aber es gab viele Zeugen, die dich gesehen haben.«

»Ich weiß. Und das kann ich mir nicht erklären.« Aiden wischte sich über die Stirn. »Ich hatte Brandbälle dabei, das stimmt. Das habe ich immer.« Er warf einen Blick zu Angus. »Auch wenn ich weiß, dass es verboten ist. Aber ich habe keinen davon geworfen und das hatte ich auch nicht vor. Angus, du kennst mich schon lange. Du hast mir das Leben gerettet und das werde ich dir nie vergessen. Ich habe einigen Blödsinn gemacht, ja, aber ich würde kein Menschenleben gefährden.«

Angus betrachtete Aiden, sah dessen bittenden Blick. Zumindest in dem Punkt hatte Aiden recht. Er traute ihm wirklich nicht zu, Menschenleben zu gefährden. Aber er wusste auch, dass Menschen sich manchmal zu großen Dummheiten hinreißen ließen, wenn sie Teil einer größeren Gruppe waren. Und die Wölfe waren in der letzten Zeit immer öfter kriminell gewesen.

»Aiden, wir glauben dir, dass du mit dem Brandball niemanden verletzten wolltest.« Nisha beugte sich zu ihm vor. »Es ist besser, du gestehst deine Schuld ein. Deine Strafe wird dann vermutlich sehr viel geringer ausfallen.«

»Ich weiß«, sagte Aiden. »Das haben Sharp und Rose mir auch erklärt. Aber ich kann doch nichts zugeben, was ich nicht getan habe, oder?«

»Was glaubst du denn, was vorgefallen ist?«, fragte Angus.

»Ich denke, dass jemand anderes den Brandball geworfen hat und versucht, mir die Schuld in die Schuhe zu schieben. Ich weiß nicht wer, aber so muss es sein.«

Angus und Nisha wechselten einen Blick.

»Sprecht mit Zahira. Bitte. Sie war die ganze Zeit neben mir. Sie hat gesehen, dass ich nichts getan habe.«

»In Ordnung.« Angus nickte. »Wir werden mit ihr reden.«

»Danke. Und Angus? Könntest du meinem Vater mitteilen, dass er mich nicht besuchen muss, wenn er nicht möchte?«

»Das kann ich tun, aber ich bin sicher, dass er kommen wird.«

Angus stand auf und Nisha folgte ihm nach draußen. »Was hältst du von seiner Aussage?«, fragte sie auf dem Weg zurück ins Büro.

»Ich bin mir nicht ganz sicher, ob es nicht doch die Wahrheit ist.« Angus hielt ihr die Tür des Büros auf. Es war leer. Vielleicht holte Greenaway gerade wieder Kaffee. »Ich habe das Gefühl, dass hinter dieser ganzen Sache etwas anderes stecken könnte, als wir zunächst angenommen haben.«

»Ja, das glaube ich inzwischen auch.«

»Ich bin mir sicher, dass Lorcan nichts mit den Anschlägen zu tun hat, dennoch werden sie es ihm anhängen.«

Nisha nickte. »Das heißt, wir müssen hinter die Wahrheit kommen. Die Frage ist nur: wie?«

»Wir sollten mit Zahira sprechen«, sagte Angus. »Wenn sie bestätigt, dass Aiden den Brandball nicht geworfen hat, sind wir schon einen Schritt weiter.«

»Und wo finden wir sie?«

»Sie arbeitet in einem Frachtlager im Titanic Quarter. Möglich, dass ich sie dort finde.«

»Du gehst nicht allein«, beschloss Nisha. »Lorcan will, dass du vorsichtig bist, erinnerst du dich?«

»Gut, wir gehen zusammen. Was ist mit Greenaway? Denkst du, dass wir ihm trauen können?«

»Dazu kenne ich ihn zu wenig. Ich bin dafür, dass er mitkommt, aber wir sollten ihn nicht in alles einweihen.«

»In Ordnung. Wir nehmen den Volvo.«

Angus versuchte, sich zu erinnern, in welcher der Hallen Zahira arbeitete. Er hatte sie vor geraumer Zeit bei einer Überprüfung hier aufgesucht, aber jetzt sah alles gleich aus.

Nisha fuhr langsam zwischen den Hallen hindurch. »Gib's zu, du hast keine Ahnung, wo wir hinmüssen«, sagte sie.

Angus hörte einen Motor aufheulen. Ehe er oder Nisha reagieren konnten, wurde der Volvo von schräg hinten gerammt. Angus wurde mit Wucht nach vorne gedrückt, der Sitzgurt schnitt schmerzhaft in seinen Oberkörper und riss ihn zurück.

»Verdammt, was war das?«, fragte er benommen. »Alles in Ordnung?«

Nisha nickte und sah sich zu Greenaway um. Ihn hatte es am schlimmsten getroffen. Er blutete aus einer Wunde am Kopf.

»Harlan?«, fragte Nisha. »Hörst du mich?«

Der junge Mann reagierte nicht.

Nisha schnallte sich ab. »Ich sehe nach ihm.«

Sie stieg aus dem Auto.

Angus wandte den Blick wieder nach vorne und traute seinen Augen kaum. Ein SUV raste mit atemberaubender Geschwindigkeit auf sie zu. Er musste aus einer der Seitenstraßen gekommen sein und beschleunigte jetzt, sodass der Motor heulte. Angus griff nach seinem Anschnallgurt, aber er wusste, dass er es nicht rechtzeitig aus dem Auto schaffen würde. Wenn der SUV auf den Volvo prallte, hatten er und Greenaway keine Chance zu überleben. Er hörte Nisha schreien und dann war da plötzlich etwas vor ihm auf der Motorhaube, das aus dem Nichts gekommen war. Grau und geschmeidig. Der Schatten richtete sich auf.

Der SUV schlingerte und kam von der Straße ab, kurz bevor er sie erreichte. Mit ohrenbetäubendem Krachen prallte er gegen die Mauer einer Lagerhalle. Blechteile flogen und Angus sah, dass der Schatten von etwas am Arm getroffen wurde. Er strauchelte, sprang von der Motorhaube und rannte in Richtung der Hallen. Der Fahrer des SUVs gab wieder Gas, legte den Rückwärtsgang ein und verschwand dann in der nächsten Querstraße. Das Auto hatte keine Nummernschilder gehabt und Angus hatte nicht erkannt, wer am Steuer saß.

»Angus?« Nisha riss die Tür auf und er stieg aus.

»Kümmere dich um Greenaway. Ich verfolge den Schatten.«

Sie rief ihm noch etwas nach, aber er hörte es nicht mehr. Er war sich sicher, dass er den Schatten auch dieses Mal verlieren würde. Sein Vorsprung war zu groß und vermutlich konnte er inzwischen Wände hochlaufen. Zumindest hätte Angus das nicht gewundert. Aber er wollte endlich Antworten.

Und zu seiner eigenen Verwunderung machte er sich außerdem Sorgen um ihn. Der Schatten war verletzt worden, das hatte er gesehen.

Willkürlich rannte er in die nächste Halle, die bis auf ein paar große Kisten am anderen Ende fast leer war. Dort im Halbdunkel wartete der Schatten. Er machte keine Anstalten wegzulaufen, obwohl Angus noch weit von ihm entfernt war. Stattdessen stand er mit hängenden Schultern da, die linke Hand auf seinen rechten Oberarm gepresst. Angus glaubte zu sehen, dass er schwer atmete. War er ernsthaft verletzt?

Die paradoxe Sorge, die Angus verspürte, wurde stärker und schnürte ihm die Kehle zu. Er näherte sich dem Schatten langsam, als sei er ein scheues Tier, erwartete, dass dieser jeden Moment doch noch die Flucht ergreifen würde. Aber es geschah nicht.

Als er bis auf wenige Schritte herangekommen war, blieb Angus stehen. »Bist du schwer verletzt?«, fragte er. Auch jetzt war da wieder das Gefühl, den Schatten zu kennen. Sein Körperbau, seine Haltung ...

Der Schatten schüttelte den Kopf.

»Danke, dass du uns geholfen hast«, sagte Angus. »Das werde ich dir nicht vergessen. Zum dritten Mal, glaube ich.«

Der Schatten hielt vier Finger hoch.

»Viermal?«

Er nickte. Dann sank er noch etwas mehr in sich zusammen und zog mit einer schnellen Bewegung die Sturmhaube ab.

Angus schnappte nach Luft. »Sian?«

Sian hob eine Hand. »Es tut mir leid. Lass mich erklären.«

Aber Angus ließ ihm keine Möglichkeit dazu. Er war im nächsten Moment bei ihm, griff vorsichtig nach seinem Arm. »Bist du verrückt? Du hättest eben sterben können. Du blutest! Wir müssen dich zu einem Arzt bringen. Vielleicht steckt noch etwas in der Wunde.«

»Darüber machst du dir Sorgen?« Sian klang erleichtert.

»Ja, verdammt. Wie konntest du so leichtsinnig sein?«

»Angus, du wärst eben fast gestorben. Sie haben versucht, dich und Nisha umzubringen, ist dir das klar? Und du bist noch immer nicht in Sicherheit.«

»Sian.« Angus nahm ihn sanft bei beiden Schultern. »Wie ist das möglich? Du verlässt doch nie deine Wohnung.«

»Wenn ich der Schatten bin, bin ich jemand anders«, sagte Sian leise. »Dann ist die Angst verschwunden.«

»Aber wie kann es sein, dass du ein Silberner bist und ich nichts davon wusste?«

Sian taumelte leicht und Angus zog ihn an sich. »Wir sprechen später darüber. Erst müssen wir dafür sorgen, dass deine Wunde behandelt wird. Und wir müssen nach Nisha und Greenaway sehen.«

»Ich kann nicht nach draußen«, sagte Sian und wich etwas von Angus zurück. »Sie dürfen nicht wissen, wer ich wirklich bin.«

»Wer darf das nicht wissen?«

»Das weiß ich selbst noch nicht so genau, aber inzwischen habe ich das Gefühl, sie sind überall. Die Gleichen, die es jetzt auch auf dich abgesehen haben.«

»Also gibt es wirklich eine Verschwörung?« Angus begriff langsam. »Nur, dass es eine Verschwörung gegen Silberne ist.«

»Ja, so ist es.«

»Trotzdem muss deine Wunde versorgt werden. Ich bringe dich nach Hause.«

Sian schüttele den Kopf. »Allein bin ich schneller. Ich habe meine eigene Art, mich durch die Stadt zu bewegen.«

»Ja, das habe ich gemerkt. Wieso warst du überhaupt hier?«

Sian legte ihm eine Hand auf den Arm. »Ich erzähle dir alles heute Abend, Angus. Das verspreche ich dir. Jetzt musst du nach Nisha und Greenaway sehen und ich muss mich beeilen, um hier wegzukommen. Sie haben überall ihre Späher und sie dürfen meine wahre Identität nicht erfahren.«

Angus nickte. »Ich verstehe.«

Sian zog sich die Sturmhaube wieder über. Er drehte sich um und kletterte mühelos auf eine der Kisten, die hinter ihm stand. Wieso war Angus nicht darauf gekommen, an wen ihn die Bewegungen des Schattens erinnerten? Früher hatte er Sian oft auf der Halfpipe zugesehen. Damals hatte es ebenfalls so gewirkt, als sei er schwerelos.

Und auch wenn er verwirrt und schockiert war und ihm der Unfall in den Knochen saß, war da ein leises Gefühl von Freude darüber, dass sein Bruder wieder »flog«.

Kapitel 24

Als Angus vor die Halle trat, standen dort zwei Krankenwagen. Greenaway wurde auf einer Bahre zu einem davongetragen. Nisha lief auf Angus zu. »Hast du den Schatten erwischt?«

Er schüttelte den Kopf. Es war ihm zuwider, sie anzulügen, aber er musste erst seine eigenen Gedanken ordnen, bevor er mit irgendjemandem darüber sprechen konnte. Dass Sian der Schatten war, warf ihn völlig aus der Bahn. Und gleichzeitig fragte er sich, ob ein Teil von ihm es vielleicht irgendwie geahnt hatte. Zumindest seit einer Weile. Warum sonst hätte er sich Sorgen um einen Unbekannten machen sollen?

»Wie geht es Greenaway?«, fragte er.

»Verdacht auf Gehirnerschütterung und ein kleines Schleudertrauma. Nichts Ernstes, aber er wird für eine Weile außer Gefecht gesetzt sein.«

»Gut, dass nichts Schlimmeres passiert ist.«

»Das kannst du laut sagen.« Nisha stemmte ihre Hände in die Hüften. »Und wie es aussieht, verdanken wir das dem Schatten, nicht wahr?«

»Ja, daran besteht wohl kein Zweifel.«

Nisha sah sich um und trat einen Schritt näher zu ihm. »Langsam frage ich mich ernsthaft, was hier gespielt wird. Das war kein Unfall. Jemand hat versucht, uns aus dem Verkehr zu ziehen. Und wenn es die Silbernen waren, frage ich mich, warum der Schatten uns beschützt hat.«

»Ich glaube nicht mehr, dass es die Silbernen sind«, sagte Angus. »Jemand versucht, ihnen zu schaden.«

»Und was machen wir mit diesem Verdacht? Denkst du, dass wir mit Sharp darüber sprechen sollten?«

»Ja, sollten wir.«

Nisha zögerte einen Moment. »Bist du sicher, dass wir ihm vertrauen können?«

Angus war drauf und dran ihr sofort zu versichern, dass sie auf Sharp zählen konnten. Der Gedanke, dass xier nicht auf der richtigen Seite sein könnte, kam ihm völlig absurd vor. Sharp war in seinen Augen unfehlbar korrekt. Aber er sah Nishas ernsten Blick und zögerte. »Du meinst ...«

»Ich denke nur, dass wir vorsichtig sein müssen. Diese Sache ist ernst. Und es muss jemand dahinterstecken, der unmittelbar mit dem Fall zu tun hat, oder? Nur so lässt sich erklären, wieso zum Beispiel die Obduktionen ergeben haben, dass es sich eindeutig um Magie handelt, wenn es nicht wirklich so ist.«

Angus nickte langsam. Er war nicht der schnellste Denker, das wusste er selbst. Aber was Nisha da sagte, hatte Hand und Fuß, so viel war ihm klar.

»Und Sharp wusste, wo wir sind.«

»Ja. Das stimmt. Denkst du, dass auch Aiden unschuldig ist?«

»Davon gehe ich aus.«

»Verdammt.« Angus schlug mit der Faust gegen die Wand der Lagerhalle. »Wie kann Sharp uns hintergehen?«

»Wir wissen nicht, ob es so ist«, sagte Nisha beschwichtigend. »Ich hoffe es nicht, denn ich schätze xien sehr. Aber du verstehst auch, dass wir uns nichts anmerken lassen dürfen, oder? Davon dass wir xien verdächtigen, meine ich.«

Angus nickte. »Also erstatten wir Sharp ganz normal Bericht?«

»Ja. Und dann überlegen wir weiter.«

~~~

Zurück auf der Wache beraumte Sharp sofort eine Besprechung an, an der zu Angus' Überraschung weder Rose noch Webb teilnahmen. Ein Blick zeigte Angus, dass Sharp sein Armband links trug. Er saß ihnen mit gefalteten Händen gegenüber und hörte sich ruhig an, was sie zu sagen hatten, ohne sie zu unterbrechen. Dann fuhr er sich mit beiden Händen über das raspelkurze Haar. »Es tut mir leid, dass Sie unter meiner Aufsicht in so eine gefährliche Situation geraten sind. Zum wiederholten Male.«

»Sir, das war nicht Ihre Schuld«, sagte Angus.

»Ich fürchte schon.« Sharp stand auf und ging im Büro auf und ab. »Zumindest bis zu einem gewissen Grad. Es wird immer deutlicher, dass es ein falsches Spiel ist, mit dem wir es hier zu tun haben.«

Nisha und Angus wechselten einen Blick.

»Was meinen Sie damit?«, fragte Nisha.

»Es gibt Ungereimtheiten in den Autopsieberichten«, erklärte Sharp. »Am Anfang dachte ich, es seien kleinere Fehler, die vorkommen können. Aber sie häufen sich. Wichtige Proben wurden nicht genommen, obwohl ich mehrfach darauf hingewiesen habe. Irgendwann geschah es dann doch, aber ich bin mir nicht mehr sicher, ob die negativen Ergebnisse stimmen. Die Berichte wurden von Pathologen durchgeführt, die mir völlig unbekannt sind. Das ist ungewöhnlich.«

»Können Sie das genauer erklären?«, bat Angus.

»Zum Beispiel wurde zunächst nicht auf die Stoffe hin getestet, die Lorcan Flynn erwähnt hat. Obwohl das natürlich bei den gegebenen Todesfällen sinnvoll gewesen wäre. Dann ist da der Anschlag auf die Brücke. Meiner Meinung nach wurde er unzureichend untersucht.«

»Sir, wir hatten das Gefühl, dass etwas nicht stimmen könnte«, sagte Nisha.

Sharp kam zu seinem Stuhl zurück, stützte sich auf die Lehne und musterte sie beide nacheinander. Angus sah zum ersten Mal Unsicherheit bei ihm. Es ließ ihn in seinen Augen menschlicher wirken.

»Ich muss darüber schlafen.« Er richtete sich auf. »Und Sie haben sich Ihren Feierabend verdient. Wir sprechen uns morgen.«

»Fährst du nach Hause?«, fragte Angus Nisha, als sie vor der Wache standen.

»Ich wollte Harlan im Krankenhaus besuchen. Denkst du, dass Cillian bei ihm ist?«

»Mit großer Sicherheit nicht. Krankenhäuser und Arztpraxen sind ihm zuwider. Nach meiner Blinddarm-OP hat er mich nicht besucht.«

»Möchtest du dann mitkommen?«

Angus schüttelte den Kopf. »Ich glaube nicht, dass er mich sehen möchte.« Angus brannte außerdem darauf, endlich in Ruhe mit Sian zu reden. Der Gedanke, dass sein eigener Bruder der Schatten war, den er vor kurzer Zeit verabschuet hatte, war ihm immer noch vollkommen fremd. Außerdem machte er sich Sorgen um Sians Verletzung.

»Das ist möglich«, sagte Nisha. »Dann komm gut nach Hause und pass auf dich auf. Nach der misslungenen Aktion glaube ich zwar nicht, dass sie sofort wieder etwas versuchen werden, aber man kann nie wissen.«

»Das Gleiche gilt auch für dich. Wir treffen uns morgen.«

Obwohl Angus wie Nisha glaubte, dass er für heute nicht in Gefahr war, nahm er nur gut befahrene Straßen und achtete sehr genau darauf, ob er verfolgt wurde. Er stieg erst aus dem Volvo, nachdem er sichergestellt hatte, dass kein anderes Auto in der Nähe gehalten hatte und dass niemand in den parkenden Autos saß und wartete. Dann überquerte er rasch die Straße zu dem Gebäude, in dem sich seine Wohnung befand. Die Sorge um Sian war jetzt ebenfalls mit aller Macht zurück. Was, wenn er nicht zu Hause angekommen war? Eine Nachricht hatte er von ihm bisher nicht erhalten und es auch selbst nicht geschafft, ihm zu schreiben. Was, wenn sie ihn doch noch erwischt hatten?

Er hoffte, Cillian auf dem Weg in Sians Wohnung nicht zu begegnen, aber er traf nur Matt, der ihn ungewohnt freundlich grüßte und sich an die Wand drückte, um ihn vorbeizulassen. Matt beobachtete, wie er an seiner eigenen Wohnungstür vorbeihastete.

»Besuchst du Sian?«, fragte er.

»Ja.«

»Könntest du ihm bitte liebe Grüße ausrichten? Sag ihm, ich komme nachher auf jeden Fall vorbei, um mir den tropfenden Wasserhahn anzusehen.«

»Das mache ich.«

Angus klingelte im obersten Stockwerk und schloss dann die Tür auf. Ihm fiel ein Stein vom Herzen, als er Sian im Türrahmen zu seinem Wohn- und Schlafzimmer stehen sah. Ein wenig blass um die Nase, aber wohlauf. Er ging auf ihn zu und zog ihn in eine feste Umarmung. Sian schmiegte sich an ihn, vergrub sein Gesicht an Angus' Schulter, so wie er es früher oft getan hatte. Nach Sians Entführung war Angus der Einzige gewesen, den sein Bruder an sich herangelassen hatte, auch wenn sie sich damals erst seit drei Jahren gekannt hatten. Aber es hatte sich immer so angefühlt, als wären sie schon seit ihrer Geburt zusammen gewesen.

»Was ist mit deinem Arm?«, fragte Angus. »Soll ich es mir ansehen?«

»Nur ein etwas größerer Kratzer. Ich habe ihn schon desinfiziert und verbunden.«

»Gut.«

»Ich bin froh, dass du nicht böse auf mich bist«, flüsterte Sian. »Ich hatte solche Angst, dass du nichts mehr mit mir zu tun haben willst, wenn du weißt, dass ich ein Silberner bin. Darum konnte ich nicht mit dir darüber reden. Dabei habe ich es seit Jahren vor.«

»Tut mir leid, dass ich dir nicht wirklich die Möglichkeit gegeben habe, ehrlich zu sein«, sagte Angus. »Aber meine Sicht auf die Silbernen ändert sich gerade gewaltig.«

»Dank Lorcan?« Angus hörte ein kleines Lächeln in Sians Stimme.

»Unter anderem.«

Sian wich von ihm zurück und sah ihn an.

»Ich mache uns Kakao, zünde ein paar Kerzen und ein Räucherstäbchen an und dann erzähle ich dir alles in Ruhe.«

»Das klingt gut.«

Kurz darauf saß Sian ihm im Schneidersitz auf dem Kissenberg gegenüber und trank einen winzigen Schluck von seinem Kakao. »Es fing kurz nach der Entführung an«, erzählte er. »Die Experimente, die sie damals mit mir durchgeführt haben … ich glaube, sie wollten herausfinden, ob ich ein Talent für Magie habe.«

»Das wusste ich nicht«, sagte Angus. Sian hatte nie über seine Entführung gesprochen und er hatte ihn nicht drängen wollen, um keine alten Wunden aufzureißen. Die zwei Jahre danach war Sian so fragil gewesen, hatte sich kaum aus seinem Zimmer gewagt, sodass Angus alles versucht hatte, um ihn nicht zu beunruhigen. Es war eine dunkle Zeit gewesen, an die er nur ungern zurückdachte. Erst als Sian in die Wohnung im Dachgeschoss gezogen war, wurde es langsam besser.

»Mich mit Magie auseinanderzusetzen, war so etwas wie Selbsthilfe für mich«, fuhr Sian fort. »Ich übernahm wieder die Kontrolle über mein Leben. Und offenbar habe ich Talent, denn ich habe schnell gelernt.«

»Das hast du«, bestätigte Angus. »Du bist der mächtigste Silberne, dem ich je begegnet bin.«

Sians Wangen röteten sich ein wenig. »Danke. Kontrolle ist der Grund, warum ich Telekinese lernte. Dadurch habe ich das Gefühl, die Dinge um mich herum im Griff zu haben.«

»Buchstäblich.«

Sian nickte.

»Und seit wann gehst du nach draußen?« Angus war immer noch froh darüber, dass es Sian wieder möglich war, seine Wohnung zu verlassen, ohne Angst vor einer Panikattacke haben zu müssen. Aber gerade davon hätte er gern gewusst.

»Das ist es eben«, sagte Sian. »Ich kann die Wohnung als Grey, oder wie du ihn nennst, der Schatten, verlassen, ohne Angst zu haben. Es kommt mir vor, als hätte ich dann ein Schutzschild um mich herum.«

Angus nickte. »Das verstehe ich. Aber warum bringst du dich freiwillig in Gefahr? Warum die Tricks mit dem schwebenden Auto?«

»Ich weiß, das war dumm.« Sian strich sich eine Haarsträhne aus dem Gesicht und sah Angus reumütig an. »Es fühlt sich an, als seien die Wölfe so etwas wie meine Freunde. Auch wenn ich noch nie mit ihnen gesprochen habe. Aber sie lassen mich bei ihren Versammlungen dabei sein, akzeptieren, dass ich meine Maske nicht abnehme.«

»Und du wolltest sie beeindrucken?«

»Ehrlich gesagt, ja.«

Angus seufzte. »Ich wäre fast vom Dach gefallen, als ich dich verfolgt habe.«

»Das hätte ich nie zugelassen.«

»Also warst du es, der meinen Fall gestoppt hat.«

»Natürlich.«

»Und du hast mich auf der Brücke beschützt?«

»Ich habe dafür gesorgt, dass du nicht von Gesteinsbrocken getroffen wirst. Leider konnte ich dich nicht aus dem Wasser holen. Ich musste den kleinen Jungen festhalten und ich kann immer nur einen Gegenstand gleichzeitig beeinflussen. Zumindest bisher.«

»Du hast richtig entschieden. Und dann hast du mich vor dem SUV beschützt. Aber wann war das vierte Mal?«

»Die Kugel, die dich getroffen hat. Ich konnte sie zumindest so lenken, dass sie dich nicht sofort tötet. Für mehr war nicht die Zeit.«

»Du kannst fliegende Projektile lenken?«

Sian zuckte die Schultern. »Ich wusste es selbst nicht. Ich wusste nur, dass ich dir unbedingt helfen muss. Ich habe in letzter Zeit immer versucht, in deiner Nähe zu sein, seit du in den Mordfällen ermittelst.«

»Wow.« Angus ließ sich in den Kissenberg zurücksinken. »Das sind sehr viele Informationen auf einmal.«

»Ich weiß.« Sian tätschelte seine Hand. »Was hältst du davon, wenn ich uns etwas koche?«

Angus' Stimmung hellte sich sofort auf. »Sehr gute Idee.«

»Ich habe alles für eine Spinatlasagne da. Matt hat für mich eingekauft. Das ist der Nachteil an meiner Schatten Persona, ich kann nicht einfach in einen Supermarkt hineinspazieren oder so.«

»Hey, weißt du eigentlich, dass du so etwas wie ein dunkler Spiderman bist?«, fragte Angus und richtete sich wieder auf. »Erinnerst du dich noch daran, wie gern wir die Comics zusammen gelesen haben? Jetzt da Cillian hoffentlich ausgezogen ist, kann ich auch meinen Pappaufsteller wieder in der Wohnung platzieren.« Angus folgte Sian in die Küche.

»Leider kann ich keine Netze werfen.«

»Deine Fähigkeiten sind viel cooler.«

»Danke, Angus.« Sian rührte Mehl unter die schmelzende Butter in der Pfanne.

»Lasagne kochen zum Beispiel. Und auch alles andere, was ein guter Bruder können muss.«

Sian lächelte. »Es tut mir leid, dass ich zu feige war, mit dir über alles zu sprechen«, sagte er. »Ich hätte es gleich tun sollen, als ich gemerkt habe, wie sehr mir Magie liegt. Aber du warst so sehr gegen illegale Magie. Wenn ich dich damals verloren hätte, dann ...«

»Ich weiß«, sagte Angus schnell. »Der Grund, aus dem ich Silberne so verabscheut habe, war, dass sie dich entführt haben. Dass sie dir das angetan haben. Aber es war falsch, so zu verallgemeinern.«

Sian legte die erste Schicht Lasagneplatten in die Form. »Wie geht es jetzt weiters«

»Morgen haben wir eine Besprechung mit Sharp. Xier glaubt inzwischen ebenfalls, dass jemand anders hinter den Morden steckt. Und dann sehen wir weiter.«

Kapitel 25

Lorcan lief in seiner Zelle auf und ab wie ein eingesperrtes Tier und genauso fühlte er sich auch. Er hatte versucht, ruhig zu bleiben, weil er hier drinnen nichts ausrichten konnte, aber die Ungewissheit machte ihn wahnsinnig. Seit seinem Besuch gestern war Angus nicht mehr bei ihm gewesen, und auch wenn ihm klar war, dass dieser jetzt alle Hände voll zu tun hatte, machte es ihn nervös, nicht zu wissen, was los war. Was hatte Angus als Nächstes vor? Und wie stand er zu ihm? Konnte er wirklich damit leben, dass Lorcan ein Silberner war oder hatte eine Nacht darüber schlafen dazu geführt, dass er merkte, wie sehr es ihn doch störte. Oder vielleicht war es auch Lorcans Unehrlichkeit, die ihm zum Verhängnis werden würde. Angus kam gerade erst aus einer toxischen Beziehung mit einem Mann, der ihn nach Strich und Faden belogen hatte. Würde er mit jemandem zusammen sein wollen, der ihm etwas so Wichtiges so lange verschwiegen hatte?

Lorcan setzte sich auf seine Pritsche, die noch unbequemer war, als sie aussah, und fuhr sich mit den Händen über das Gesicht. In der Nacht hatte er kein Auge zugetan, weil diese Gedanken wie ein zermalmendes Mühlrad waren, das sich immer weiterdrehte. Dadurch war er jetzt gleichzeitig erschöpft und fühlte diese Unruhe, die es ihm nicht erlaubte, sich auszuruhen.

Er richtete sich auf, als er Schritte im Gang vernahm. Sie waren schwer und könnten von Angus sein. Aber das hatte er in den letzten Stunden schon so oft gehofft und dann war es immer nur der Wachmann gewesen, der nach ihm sah oder eine Mahlzeit brachte und sich stoisch weigerte, seine Fragen zu beantworten.

Dennoch stand Lorcan auf und trat an die Glasscheibe.

Und tatsächlich war es Angus, der diesmal um die Ecke bog. Sein Herz setzte einen Schlag aus, so sehr freute er sich, ihn zu sehen.

Angus wirkte erschöpft, aber entschlossen. Lorcan wich von der Glasscheibe zurück. Er fürchtete, dass Angus ihm mitteilen würde, dass er es sich noch mal überlegt hatte und keinesfalls mit ihm zusammen sein konnte. Und außerdem sah er vermutlich furchtbar aus, nach der durchwachten Nacht.

»Hallo Lorcan«, sagte Angus. Sein Gesichtsausdruck wurde milder, als er an die Glasscheibe trat und Lorcan atmete auf. »Tut mir leid, dass ich nicht früher kommen konnte. Wir hatten eine unendlich lange Besprechung, in der sich alles im Kreis gedreht hat. Und gestern ist so viel passiert …«

»Schon gut. Wie geht es dir? Seid ihr weitergekommen?«

»Zumindest in einer wichtigen Sache.« Angus' Lippen verzogen sich zu einem kleinen Lächeln. »Du bist frei. Dein Arrest ist beendet. Sharp hat sich sehr dafür eingesetzt. Ich darf dich auf Kaution mitnehmen.«

»Auf Kaution? Wie viel ist es?«

»Mach dir darüber keine Sorgen. Hauptsache du kommst da raus. Pack deine Sachen zusammen, der Wachmann ist schon auf dem Weg hierher.«

»Heißt das, ich stehe noch immer unter Verdacht?«

»Ja, aber solange sie dir nichts nachweisen können, bist du frei.«

Lorcan warf in Windeseile sein Waschzeug und die Wechselsachen in seine Tasche. Als der Wachmann mit unverändert starrem Blick seine Zelle öffnete und Angus Lorcan sofort in die Arme schloss, wurde ihm fast schwindelig vor Erleichterung.

»Jetzt gehen wir erst mal was essen«, sagte Angus. »Es kommt mir vor, als hättest du in den zwei Tagen, die du hier bist, abgenommen.«

Während Lorcan in dem italienischen Restaurant Spaghetti Arrabiata aß, brachte Angus ihn auf den neuesten Stand. Immer wieder musste er ihn ans Essen erinnern, weil er das, was er hörte, zu aufregend fand. Und irgendwie schaffte Angus es mühelos, sich eine Portion Carbonara einzuverleiben, obwohl er die ganze Zeit redete.

»Also denkt Sharp, dass Webb an der Verschwörung beteiligt ist?«, fragte Lorcan leise nach.

»So ist es. Und jetzt geht es darum, Beweise zu sammeln, um ihn überführen zu können.«

»Gibt es da schon einen Plan?«

»Vielleicht. Nisha und ich sprechen morgen mit Itoro, Nishas Partnerin. Sie kann Schlösser öffnen. Vielleicht hilft sie uns, in Webbs Haus zu kommen.«

»Ist das nicht sehr riskant?«

»Eine bessere Idee haben wir momentan nicht.« Angus schob seinen Teller von sich. »Möchtest du Nachtisch? Das Tiramisu ist hervorragend.«

»Nein, danke.«

»Schade, hast du etwas dagegen, wenn ich mir eines bestelle?«

»Natürlich nicht. Wenn ihr wirklich in Webbs Haus einbrecht, möchte ich dabei sein.«

»Bist du sicher? Du bist gerade erst aus dem Arrest entlassen worden.«

»Genau. Ich habe lange genug tatenlos herumgesessen.«

Es dämmerte, als sie wenig später auf die Straße traten, und Lorcan den Kragen seines Mantels gegen die Kälte hochschlug.

»Gehen wir auf die Wache?«

»Auf keinen Fall. Was du jetzt brauchst, ist Schlaf.«

»Aber du kommst doch mit? Auf mein Zimmer, meine ich.« Lorcan war sich nicht sicher, wie sie zueinander standen. Angus hatte ihn umarmt und war offenbar froh, dass er entlassen worden war, aber dennoch waren sie zu einer ungünstigen Zeit unterbrochen worden.

»Wenn du das möchtest.« Das scheue Lächeln auf Angus' Lippen, das so ungewohnt für ihn war, gab Lorcan Hoffnung. Er griff nach dessen Hand.

»Ja, das möchte ich. Sehr gern.«

Lorcan betrachtete sich im Spiegel in seinem Badezimmer. Bleich und zerzaust, wie er aussah, war es fast ein Wunder, dass Angus mit auf sein Zimmer gekommen war. Seine Augenringe zeugten von der durchwachten Nacht. Aber Angus schien es angenehm wenig um Äußerlichkeiten zu gehen.

Lorcan nahm eine warme Dusche, die eine reine Wohltat war, trocknete sich ab und band seine feuchten Haare zusammen. Dann überlegte er, wie er wieder ins Zimmer gehen sollte. Nur mit einem Handtuch um die Hüften kam ihm zu aufdringlich und eindeutig vor. Schließlich zog er die Jeans und das T-Shirt über, die er mitgebracht hatte.

Immerhin lässiger, als er sich sonst kleidete. Auf nackten Füßen lief er zurück ins Zimmer.

Angus saß auf der Bettkante und blätterte in dem Buch von Lorcans Nachttisch. Er legte es zur Seite und stand auf, als dieser hereintrat. Zu sagen, dass die Situation nicht ein wenig angespannt war, wäre gelogen gewesen.

Lorcan fröstelte, obwohl er gerade aus der Dusche gekommen war. Das T-Shirt war vielleicht doch keine so gute Idee gewesen. Er verschränkte die Arme vor dem Körper.

»Frierst du?«, fragte Angus.

»Schon die ganze Zeit. Die Kälte der Zelle sitzt mir noch in den Knochen.«

»Komm her.« Angus streckte eine Hand nach ihm aus und kurz darauf lagen sie im Bett aneinandergeschmiegt, die Bettdecke über ihnen. Lorcans Kopf lag auf Angus' Schulter und der streichelte über seinen Rücken. Die Berührung hatte nichts Sexuelles, aber er fühlte sich trotzdem wie elektrisiert. Angus' Wärme hatte er nie vergessen. All die Jahre nicht. Manchmal, wenn er allein im Bett gelegen hatte, hatte er sich vorgestellt, Angus würde ihn umarmen. Es hatte ihm dabei geholfen, einzuschlafen. Jetzt jedoch war an Schlaf nicht zu denken, obwohl er müde war.

Angus war so nah. Er konnte seinen wunderbaren Duft einatmen, fühlte seine Bartstoppeln an seiner Wange. Und dann waren da seine streichelnden Hände auf seinem Rücken. All das führte dazu, dass er schmerzhaft hart war in seiner Jeans. Er konnte ein kleines Stöhnen nicht unterdrücken.

»Hey«, sagte Angus sanft. »Wirkt fast so, als wärst du noch nicht wirklich bereit zu schlafen.« Seine Hände wanderten tiefer, fuhren über Lorcans Hintern und zogen ihn näher. Lorcan atmete schneller, als seine Härte sich gegen Angus' Erektion drückte.

»Scheint so, als ginge es dir ähnlich.«

Statt einer Antwort küsste Angus ihn und Lorcan fühlte Hitze durch seinen Körper rasen. Angus öffnete seinen Gürtel und sie unterbrachen den Kuss kurz, um sich beide von ihren Hosen zu befreien. Lorcan drängte sich wieder an Angus und der umfasste Lorcans Erektion und seine eigene mit seiner großen Hand und rieb sie gegeneinander. Lorcan stöhnte wild auf. Angus' andere Hand war wieder an seinem Hintern, zog ihn näher und er konnte nur auf dieses wunderbare Gefühl von Angus' hartem Schwanz an seinem achten.

»Gut so?«, flüsterte Angus.

»Oh ja.« Lorcans Antwort war ein Keuchen. Es würde verdammt schnell gehen, wenn Angus so weitermachte. Ihm war nicht bewusst gewesen, wie sehr er das gebraucht hatte. Angus' warme Lippen erkundeten seinen Hals. Er küsste ihn, leckte über die empfindliche Haut und behielt gleichzeitig diesen wunderbaren Rhythmus bei, in dem er sie beide rieb. Lorcans Hand klammerte sich um Angus' Arm. Er bog den Kopf zurück und stöhnte auf. Die ganze Anspannung der letzten Tage entlud sich in seinem Orgasmus und es war fantastisch. Angus folgte ihm kurz darauf mit einem heftigen Stöhnen, vergrub den Kopf an Lorcans Hals und dieser zog ihn näher, erschauerte, als er Angus' Bartstoppeln dort an seiner Haut spürte.

Eng aneinandergeschmiegt lagen sie eine Weile still da und Lorcan fühlte Angus' Herzschlag, genoss das Gefühl der inneren Ruhe.

Angus rückte etwas von ihm ab, gab ihm einen Kuss auf die Stirn und stand auf. Lorcan vermisste seine Wärme sofort und wünschte sich, Angus würde einfach liegen bleiben. Aber wenn er duschen wollte, würde er ihn nicht aufhalten. Er wusste, dass manche Menschen das nach dem Sex gern machten. Leider.

Er hörte im Bad den Wasserhahn rauschen und kurz darauf kam Angus mit zwei Handtüchern zurück. Er lächelte Lorcan an und begann dann sanft, ihn zu säubern.

»Ich dachte, das fühlt sich besser an«, sagte er. Dann rückte er wieder an Lorcan heran, zog ihn in seine Arme und Lorcan vergrub seinen Kopf in Angus' Halsbeuge, atmete tief seinen Duft ein. Er hatte es noch nie erlebt, dass jemand nach dem Sex so fürsorglich war. Das sprach sicher nicht unbedingt für seine Partner. Aber Angus und er passten im Bett unglaublich gut zusammen. Das dachte er nicht zum ersten Mal. Umgeben von Angus' Wärme schlief er ein.

Am nächsten Morgen sah Lorcan Angus zu, wie er seinen Teller am Buffet belud, und dachte sich, dass er vermutlich wie ein verliebtes Honigkuchenpferd wirkte. Er versuchte, sein Lächeln unter Kontrolle zu bringen, aber das gelang ihm nur bedingt. Und was schadete es schon? Er war dabei, sich in Angus zu verlieben, das brauchte er nicht zu leugnen. Und dieses Mal hatte ihre Beziehung deutlich bessere Chancen. Außerdem ging ihm der heutige Morgen nicht aus dem Kopf. Er liebte es, morgens Sex zu haben, und Angus schien es genauso zu gehen. Jedenfalls hatte es lange gedauert, bis sie es aus dem Bett und unter die Dusche geschafft hatten. Die sie dann wiederum erst verlassen hatten, als das Wasser eiskalt gewesen war. Er hatte es vermisst, so intensiv mit jemandem zusammen zu sein.

Angus kam zurück zum Tisch und stellte den Teller an seinem Platz ab. Schuldbewusst blickte er ihn an, als er sich setzte, und Lorcan verstand nicht. »Was ist?«

»Sex macht mich immer hungrig.« Angus vergrub seine Gabel in Rührei.

Es war nicht das erste Mal, dass Angus scheinbar das Gefühl hatte, sich dafür entschuldigen zu müssen, dass er etwas aß. Lorcan wurde ganz anders bei dem Gedanken daran, dass es vielleicht daran lag, dass das in Angus' letzter Beziehung notwendig gewesen war.

»Du kannst essen, wann und was du willst«, sagte er. »Glaub mir, ich weiß, dass du es gebrauchen kannst.«

»Also findest du nicht, dass ich zu viel esse?«

»Auf keinen Fall.«

Angus nahm noch eine Gabel von seinem Ei. »Vermutlich ist es seltsam, das zu denken, aber das war einer der Vorwürfe, die ich mir bei Cillian ständig anhören musste. Und jetzt bekomme ich es nicht mehr aus meinem Kopf raus.«

Lorcan legte eine Hand auf seine. »Gib dir Zeit.«

Angus verschränkte ihre Finger miteinander und lächelte ihn an. »Ich muss heute in die Wohnung, ein paar Anziehsachen holen«, sagte er. »Möglichst noch vor dem Treffen mit Itoro.«

»Soll ich mitkommen?«

»Nicht nötig. Ich hoffe, dass Cillian schon ausgezogen ist.« Angus sah kurz zur Seite und dann wieder zu Lorcan. »Er ist jetzt mit Harlan zusammen.«

»Mit Harlan Greenaway?«

»Ja.«

Lorcan drückte Angus' Hand fester. »Das macht er, um dich zu verletzen.« Er war verwirrt. Der junge Mann, mit dem er Lorcan im Restaurant gesehen hatte, war nicht Harlan gewesen. Aber natürlich war es gut möglich, dass Cillian mehrere Affären hatte. Er überlegte, Angus davon zu erzählen, aber es würde ihm nur wehtun. Und da er sowieso von Cillian getrennt war, war das nicht mehr nötig, ihm wehzutun.

»Vielleicht. Oder er denkt, dass er ihn gut beeinflussen kann. Wer weiß das schon so genau. Ich wünschte, es wäre jemand, den ich nicht kenne. Harlan sieht mich seitdem an wie eine Maus die Eule.«

»Er wird hoffentlich bald merken, wie Cillian ist.«

»Vielleicht. Aber Cillian kann charmant sein. Ich habe drei Jahre gebraucht, um es zu begreifen.«

»Ich glaube, manche Menschen in toxischen Beziehungen brauchen noch viel länger dafür.«

»Möglich." Angus nahm einen Schluck Kaffee. »Ich bin mir sicher, dass Cillian auch vorher schon Affären hatte.«

Lorcan straffte sich. „Gab es dafür Hinweise?«

»Einige. Aber ich habe sie alle gekonnt ignoriert.«

»Ich habe überlegt, ob ich es dir sagen soll, weil ich dich nicht unnötig verletzen wollte, aber bei unserem Date im OX habe ich Cillian mit einem anderen Mann gesehen. Er hat ihn unter dem Tisch gestreichelt. Und es war nicht Harlan.«

Angus nickte. »Wusste ich's doch. Danke, dass du es mir noch gesagt hast.«

Lorcan legte seine Hand auf die von Angus. »Du hast es nicht verdient, so behandelt zu werden. Ich verspreche, dass ich dir nie wieder etwas verschweigen werde.«

Angus lächelte.

Kapitel 26

Der Schlüssel passte nicht in seine Wohnungstür, was Angus im ersten Moment komplett aus dem Konzept brachte. Er war hier, weil er ein paar Sachen holen wollte, und jetzt bekam er die Tür nicht auf. War es möglich, dass Cillian das Schloss hatte austauschen lassen? Aber warum?

Er klingelte und hörte gleich darauf Schritte. »Angus, gut, dass du da bist.« Cillian öffnete die Tür weiter. »Komm rein.«

»Was ist mit dem Schloss?«, fragte Angus, der den Schlüssel immer noch in der Hand hielt. »War das alte kaputt? Und was machst du hier? Ich hatte dich doch gebeten, auszuziehen.«

»Komm erst mal rein«, sagte Cillian, nahm seinen Arm und zog ihn in die Wohnung. Angus wäre am liebsten vor der Berührung zurückgewichen. »Lass uns reden. Ich glaube, wir haben einiges zu besprechen.«

»Das glaube ich nicht. Ich wollte nur ein paar Sachen holen. Ich muss in einer Stunde bei einer Versammlung sein.«

»Ist das hier nicht ein wenig wichtiger? Deine Beziehung, die drei Jahre gehalten hat?«

»Die ich beendet habe.« Angus verschränkte die Arme. Seine Nackenhaare stellten sich auf. Schon fühlte er sich wieder wie ein eingesperrtes Tier. Das kannte er aus den Gesprächen mit Cillian nur allzu gut. »Ich will, dass du ausziehst, Cillian.«

»Der Mietvertrag läuft auf uns beide, Angus.«

Angus ließ vor Überraschung seine Arme sinken. »Aber du hasst diese Wohnung. Du redest seit einem Jahr davon, dass du ausziehen willst, in eine Wohnung in der Innenstadt.«

»Mit dir, Angus.« Cillian trat einen Schritt auf ihn zu. »Hätte ich gewusst, dass es dir wichtig ist, hier zu wohnen, hätte ich nicht mehr darüber geredet.«

»Aber das stimmt nicht. Ich habe dir gesagt, dass es mir wichtig ist. Wegen Sian und weil ich diese Wohnung mag.«

»Siehst du?« Cillian setzte sich auf das Sofa, stützte die Ellenbogen auf die Knie und faltete die Hände. »Das ist vielleicht einer der Fehler, die ich in dieser Beziehung gemacht habe. Ich hätte dir mehr zuhören müssen.«

»Das ist nicht der einzige, Cillian.«

»Du hast mit Sicherheit recht. Wir haben beide Fehler gemacht. Aber wir hatten gute Zeiten zusammen, Angus. Komm, setz dich.«

Angus wich etwas zurück. »Ganz am Anfang vielleicht.«

»Nicht nur am Anfang. Da besonders, das gebe ich zu. Aber was spricht dagegen, dass es zwischen uns wieder so werden könnte?«

»Alles?« Angus Körper spannte sich an. »Du hast mich betrogen, Cillian. Du hast mit meinem Arbeitskollegen angebandelt, als wir kaum getrennt waren.«

»Willst du mir etwa sagen, dass zwischen dir und Lorcan nichts lief?« Cillian klang nicht wütend, eher beschwichtigend. Und das machte Angus noch mehr Angst.

»Erst nachdem wir getrennt waren.«

»Aber du kannst mir nicht erzählen, dass du es dir vorher nicht gewünscht hast. Dass du ihn nicht wolltest.«

Angus schwieg.

»Glaubst du, das habe ich nicht gespürt? Hast du auch nur einen Moment darüber nachgedacht, wie ich mich dabei gefühlt habe? Dass du über einen langen Zeitraum in unserer Beziehung Lorcan wolltest? Mit ihm schlafen wolltest? Ihn an deiner Seite wolltest? Lieber als mich?«

Angus schloss die Augen. Ihm war schwindelig. Irgendetwas stimmte an Cillians Worten nicht, aber er konnte nicht den Finger darauflegen, was es war.

»Ich wollte mit dir zusammen sein«, sagte er. »Du hast mir oft das Gefühl gegeben, dass du mich nicht besonders magst.«

»Das tut mir leid.« Cillian kam näher. »Ich weiß, dass es im Bett am Ende nicht immer gut lief. Dass dir etwas gefehlt hat.«

Angus schluckte trocken. »Es war nicht nur im Bett.«

»Aber besonders da, oder?« Cillian war vor ihm stehen geblieben, sah ihn an. »Ich verstehe, warum du mit ihm schläfst. Das will ich damit ausdrücken.«

»Es ist nicht nur das.«

»Angus. Das, was wir hatten, war etwas Gutes. Das wirst du auch merken, wenn deine erste Lust auf Lorcan gestillt ist.«

»Wenn das so ist, warum bist du fremdgegangen?«

»Weil ich eifersüchtig war, verstehst du das nicht? Ich weiß, ich habe irrational gehandelt und ich wünschte, ich könnte es ändern. Auch mein Verhalten letzten Sonntag. Ich wollte dir wehtun. Weil du mir wehgetan hast. Angus, bitte gib mir noch eine Chance. Gib uns noch eine Chance.« Cillian griff nach seiner Hand und Angus zog sie weg, als sei er gestochen worden.

»Nein. Du … du hast mich nicht gut behandelt.«

Cillian runzelte die Stirn. »Wie meinst du das?«

»Du mochtest es nicht, wenn ich Freunde getroffen habe.«

»Nur, weil ich selbst gerne Zeit mit dir verbringe.«

Angus atmete tief ein. Er hatte das Gefühl, die Kontrolle über das Gespräch zu verlieren. »Du mochtest es nie, wenn ich viel gegessen habe.« Wenn er es jetzt wiederholte, klang alles lächerlich unwichtig. Wie sollte er Cillian begreifbar machen, wie wertlos und eingesperrt er sich oft gefühlt hatte? Oder wie sehr er in seiner Gegenwart wie auf dünnem Eis gelaufen war, das jederzeit zerbersten konnte?

»Weil es ungesund ist. Weil ich mir Sorgen um dich mache.«

»Hör auf, Cillian«, sagte Angus. »Du drehst alles um, und ich weiß, dass du das gut kannst. Aber ich möchte das nicht mehr. Ich habe Schluss gemacht und dabei bleibt es.« Es fühlte sich gut an, das auszusprechen, und er atmete auf.

Cillians Gesicht, das eben noch offen und freundlich gewirkt hatte, verdüsterte sich, als fiele ein Schatten darauf. Es war erschreckend, diese Veränderung zu beobachten. »Dann sieh, was du davon hast«, zischte er. »Diese Wohnung bekommst du nicht so leicht.«

Angus schloss die Augen. »Du weißt, wie wichtig das für mich ist. Du weißt, dass mein Bruder über uns wohnt.«

Cillian lachte. »Dein Bruder. Der dir immer wichtiger war als ich.«

»Das stimmt nicht, aber Sian ist mir wichtig.«

»Dann solltest du bei ihm einziehen.«

»Cillian, bitte. Ich brauche diese Wohnung. Für Sian wäre ein Umzug schlimm, nachdem er sich endlich wieder an einem Ort wohlfühlt.«

»Das hättest du dir früher überlegen müssen.«

Angus wandte sich zum Gehen. Es hatte keinen Sinn, mit Cillian zu diskutieren, wenn er einen Entschluss gefasst hatte. Das wusste er von früher.

»Du solltest Harlan im Krankenhaus besuchen«, sagte er, den Türgriff schon in der Hand.

Cillian machte ein Geräusch, das wie ein abfälliges Lachen klang. »Mir liegt nichts an Harlan.«

»Dann solltest du ihn das wissen lassen.« Er zog die Tür hinter sich zu, hatte das Gefühl einer Schlinge entkommen zu sein, die sich um seinen Hals zusammenzog. Mit schnellen Schritten nahm er die Treppe nach oben, klingelte an Sians Tür, der ihm kurz darauf öffnete, ein türkisfarbenes Handtuch wie einen Turban um den Kopf gewickelt.

»Habe ich dich beim Haarewaschen gestört?«

»Nein. Sie trocknen gerade. Föhnen ist ungesund, wusstest du das?«

»Nein, aber ich föhne nie.«

»Darum sind deine Haare auch so schön. Ist alles in Ordnung? Du siehst erledigt aus.«

»Cillian. Er will nicht aus der Wohnung ausziehen. Hat sogar das Schloss austauschen lassen. Das heißt, ich muss immer an ihm vorbei, wenn ich etwas holen muss.«

»Darf er das denn? Der Mietvertrag läuft doch auch auf dich.«

»Vermutlich nicht, aber das ist ihm egal. Und ich denke nicht, dass ich ihn deswegen anzeigen kann.«

»Dann muss er dir zumindest erlauben, deine Sachen rauszuholen.«

»Ja, aber das ändert nichts daran, dass er in der Wohnung ist. Und dort bleiben wird. Ich habe im Moment andere Probleme, als mich damit herumzuschlagen.«

»Ich weiß.« Sian dirigierte ihn zum Küchentisch und stellte ihm eine Cola hin, die Angus dankbar öffnete.

»Wenn Cillian die Wohnung behält, könnte ich nicht mehr direkt unter dir wohnen.«

»Dafür finden wir eine Lösung«, sagte Sian. »Langsam wird es besser mit meinen Ängsten. Notfalls ziehe ich eben mit dir um.«

Angus' Schultern entspannten sich, als diese Last von ihm genommen wurde. Sian im Stich zu lassen, hätte er nicht ertragen. »Ich hoffe trotzdem, dass das nicht nötig sein wird.«

»Möchtest du Plätzchen? Ich habe gebacken.«

»Gerne.«

Sian stellte einen Teller mit Goldrand auf den Tisch, auf dem Zimtsterne lagen, und setzte sich Angus gegenüber.

»Eigentlich wollte ich Matt welche mitgeben, wenn er das nächste Mal meinen tropfenden Wasserhahn repariert, aber jetzt bin ich mir unsicher, wie oft ich ihn noch darum bitten kann.«

»Ich kann deinen Wasserhahn reparieren«, sagte Angus. »Und steckte sich ein Plätzchen in den Mund. Sie schmeckten hervorragend.

»Ich kann das auch, aber es gibt mir einen Grund, Matt wiederzusehen.«

»Ich dachte, ihr trefft euch jetzt regelmäßig.«

»Irgendwie ist es schwierig. Er fragt nie, ob er vorbeikommen kann, und lädt mich nie ein. Das könnte daran liegen, dass er weiß, dass ich die Wohnung nicht verlasse.«

»Ja, das liegt nahe.«

»Er fragt immer nur, ob er irgendetwas reparieren soll, und mir fällt bald nichts mehr ein.«

»Sag ihm, dass du gern für ihn kochen würdest.«

»Glaubst du nicht, dass das zu aufdringlich ist?«

»Nein, Sian. Er mag dich. Da bin ich völlig sicher.«

Sian lächelte leicht. »Vielleicht mache ich das. Aber das ist jetzt auch nicht so wichtig. Was ist mit eurem Fall?«

Angus brachte ihn auf den neusten Stand und Sian runzelte die Stirn. »Ist es nicht ziemlich gewagt, einfach in Webbs Haus einzubrechen? Was, wenn er euch erwischt?«

»Sharp wird dafür sorgen, dass er beschäftigt ist.«

»Ich könnte mitkommen.«

»Nein, Sian, das möchte ich nicht. Du hast dich oft genug in Gefahr begeben und das letzte Mal wurdest du verletzt. Halt dich ab jetzt aus dieser Sache raus.«

»Wie du möchtest. Aber dann versprich mir, dass du vorsichtig bist. Wenn Webb in der Sache drinsteckt, gehört er zu denen, die dich aus dem Weg räumen wollen.«

Angus kam zu spät zu der Besprechung mit Itoro und blickte Sharp schuldbewusst an, bevor er sich auf seinen Platz neben Lorcan setzte. Itoro hatte sich in ihrem Stuhl zurückgelehnt und die Arme vor der Brust verschränkt. Sie wirkte sehr abweisend und Angus fürchtete, dass das nichts Gutes für ihren Plan verhieß.

»Mrs. Amani, ich verstehe Ihre Bedenken sehr gut«, sagte Sharp, die heute einen schwarzen Anzug und Pumps trug und das Armband am rechten Handgelenk. »Ich kann Ihnen versichern, dass ich alles dafür tun werde, damit sie nicht belangt werden.«

»Das ist Ironie«, sagte Itoro. »Die Behörde, die dafür sorgt, dass Menschen ein Bußgeld bekommen, wenn sie Magie zum Schälen einer Kartoffel verwenden, bittet mich, bei einem Einbruch mitzuwirken.«

»Mit Magie Kartoffeln zu schälen wäre äußerst schwierig«, warf Angus ein. »Wenn nicht sogar unmöglich.«

»Das ist nicht der Punkt«, erklärte Itoro. »Ich mache mich strafbar. Und wenn ich meine Lizenz verliere, bin ich auch meinen Job los. Und ich hänge an meiner Arbeit.«

»Ich werde die volle Verantwortung übernehmen, falls wir auffliegen«, versprach Sharp. »Und dafür sorgen, dass Webb sich zu dieser Zeit nicht zu Hause aufhält. Im Moment sehe ich nur diese zugegeben nicht legale Möglichkeit, um herauszufinden, ob wir mit unseren Vermutungen richtig liegen. Zumindest, wenn das schnell passieren muss.«

»Und das sollte es, bevor weitere Menschen ihr Leben verlieren«, warf Lorcan ein. »Außerdem sitzt Aiden McAodhan im Gefängnis, vermutlich unschuldig. Auch ihm können wir nur helfen, wenn wir aufdecken, dass es sich um ein Komplott handelt, bei dem die Silbernen in Verruf gebracht werden.«

»Aber was hätte Webb davon, die Silbernen zu verleumden?«, wollte Itoro wissen.

»Fragst du dich das wirklich?« Nisha legte eine Hand auf ihren Arm. »Strengere Auflagen gegen Silberne, mehr Möglichkeiten, Magie vollständig zu untersagen, höhere Strafen.«

Itoro nickte nachdenklich. »Das war naiv. Natürlich würde das seinen Zielen dienen. Möchtest du, dass ich es mache, Benisha?«

Nisha sah sie an. »Ich werde dich nicht dazu drängen. Ich weiß, dass du ein Opfer bringst, wenn du uns die Tür öffnest und gegen deine Prinzipien verstößt.«

Itoro seufzte. »Ich bin dabei«, sagte sie. »Ich helfe euch, in das Haus des Hauptkommissars einzubrechen. Aber es wird mit Sicherheit Überwachungskameras und eine Alarmanlage geben. Habt ihr daran gedacht?«

Sharp nickte. »Mr. McAodhan, Aidens Vater, wird dafür sorgen, dass alle technischen Geräte im Haus außer Kraft gesetzt sind. Er braucht dafür nur in der Nähe zu sein.«

Itoro zog die Augenbrauen hoch. »Scheint, als hinge diese Mission stark von uns Silbernen ab. Ich hoffe, auf ihn ist Verlass.«

»Glaub mir, er würde alles dafür tun, seinen Sohn aus dem Gefängnis zu holen«, versicherte Nisha.

Itoro straffte sich, nahm Nishas Hand. »Also gut, wann soll es losgehen?«

»Heute um Mitternacht«, sagte Sharp. »Wir können nicht riskieren, dass ihr von Nachbarn gesehen werdet.«

»Und was ist, wenn wir nichts finden?«, fragte Itoro.

»Dann werden wir uns eine neue Strategie überlegen müssen.«

~~~

»Muss sich ziemlich lohnen, Hauptkommissar zu sein«, flüsterte Itoro. »Wenn ich mir diese Villa so ansehe.«

Das Anwesen lag in vollkommener Dunkelheit. Angus hoffte, dass das bedeutete, dass Mr. McAodhan seiner Aufgabe nachgekommen war. Lorcan war neben ihm und seine Anwesenheit gab ihm Sicherheit. Ihm war mulmig zumute bei der Aktion. Keiner von ihnen verstand sich auf Hausdurchsuchungen. Ausnahmsweise hätte er Harlan Greenaway gern dabeigehabt, aber der lag noch immer mit einer Gehirnerschütterung im Krankenhaus. Zumindest hatte er ihnen einige Tipps gegeben. Angus hoffte, dass sie etwas finden würden, das als Beweis ausreichte, zumindest um diese Spur weiter zu verfolgen. Aufzeichnungen oder am besten Benzodiapezine oder andere Stoffe, die zum Atemstillstand führen konnten.

»Ich zähle bis drei«, sagte Nisha und Angus atmete tief ein. Als Erstes mussten sie über einen Gitterzaun klettern, der kein großes Hindernis darstellte. Er zog sich nach oben und ließ sich kurz darauf auf der anderen Seite nach unten fallen. Lorcan kam neben ihm auf und Angus fasste ihn am Arm. »Alles okay?«

Lorcan nickte. Sie alle trugen dunkle Kleidung und waren jetzt in den Büschen und Bäumen, die auf dem Grundstück wuchsen und es vor Blicken von der Straße abschirmten, gut getarnt.

»Und hier wohnt Webb allein?«, fragte Itoro.

»Nach allem was wir wissen, ist er ein Einzelgänger.«

So leise wie möglich schlichen sie auf das große Gebäude zu, das imposant vor ihnen aufragte.

»Hoffen wir, dass wir nicht längst auf Kameras aufgezeichnet sind«, sagte Itoro.

Nisha schüttelte den Kopf. »Ich bin sicher, dass McAodhan Wort hält.«

Auf dem kurzen Weg zur Haustür waren sie ungeschützt und konnten von der Straße aus gesehen werden, da das große Gittertor den Blick auf die Einfahrt freigab. Zum

Glück arbeite Itoro äußerst schnell und hatte das Schloss innerhalb von zwei Minuten geöffnet.

Sie standen in der dunklen Eingangshalle. Angus betätigte den Lichtschalter und war erleichtert, als es duster blieb. Offenbar hatte ihr Plan funktioniert. Jetzt kam es ihnen zugute, dass das Haus nur von einer Seite aus zu sehen war. Ihre Taschenlampen würden den Nachbarn nicht auffallen. Nur in den vorderen Zimmern mussten sie äußerst vorsichtig sein.

»Teilen wir uns auf?«, fragte Angus.

»Die größte Wahrscheinlichkeit, etwas zu finden, haben wir in seinem Arbeitszimmer«, sagte Lorcan. »Vielleicht sollten wir das zuerst finden und dort gründlich suchen.«

Nisha und Itoro nickten.

Lorcan war es, der das Arbeitszimmer entdeckte und die anderen leise zu sich rief. Es war ein großer Raum auf der Rückseite des Hauses im ersten Stock. Hohe Fenster gingen in den Garten hinaus. In der Mitte stand ein riesiger Schreibtisch aus dunklem Holz, auf dem sich Papiere stapelten, unter denen der Laptop fast unterging. An allen Wänden befanden sich Schrankwände mit abschließbaren Türen.

Nisha sah Itoro an. Sie nickte und öffnete dann eine Tür nach der anderen. Angus, Lorcan und Nisha durchsuchten die Inhalte vorsichtig. Sie alle trugen Handschuhe, um keine Fingerabdrücke zu hinterlassen, aber Angus war klar, dass ihre DNA nachweisbar sein würde. Falls sie nichts fanden, mussten sie hoffen, dass Webb nicht merkte, dass sie hier gewesen waren. Aber die Chance war relativ gering, oder? Er versuchte, jetzt nicht weiter darüber nachzudenken, sondern sich auf die Suche zu konzentrieren. Der

Schrank, den er vor sich hatte, war voller kleiner Kästchen, in denen sich unterschiedliche Gegenstände befanden. Die Etiketten wiesen sie als die Beweisstücke verschiedener Fälle aus, an denen Webb gerade arbeitete. Angus ging besonders vorsichtig damit um.

Plötzlich wurde die Tür zum Zimmer aufgestoßen. Es ging so schnell, dass er keine Zeit hatte, um zu reagieren. Sechs schwarz gekleidete Personen stürmten das Zimmer und richteten mit Schalldämpfern ausgestattete Pistolen auf sie. Angus stolperte nach hinten und hielt die Arme hoch. Er sah zu Lorcan, der sich langsam aufrichtete, ebenfalls mit erhobenen Händen. Noch nie hatte jemand eine Waffe auf Angus gerichtet. Ihre Gegner standen still wie Statuen und das ließ sein Herz vor Angst schneller schlagen.

»Das ist ein Missverständnis«, stotterte er. »Wir sind keine Einbrecher.«

»Ein Missverständnis gab es in der Tat«, sagte eine vertraute Stimme. Angus traute seinen Augen nicht, als Staatsanwältin Rose den Raum betrat. Wie immer war sie perfekt gekleidet, heute in einem burgunderroten Kostüm. Im ersten Augenblick war Angus erleichtert, sie zu sehen, weil er glaubte, dass sie alles in Ordnung bringen würde.

Dann begriff er.

»Sie sind es«, sagte Lorcan im gleichen Moment. »Sie stecken hinter der Verschwörung.«

Rose runzelte die Stirn. »Eine Verschwörung würde ich es nicht nennen. Eher eine Aufdeckung.«

»Eine Aufdeckung von was?« Angus ballte die Hände zu Fäusten. Er wäre in diesem Moment am liebsten auf Rose losgegangen und nur Lorcans Blick hielt ihn auf. Er fühlte sich hintergangen, und wenn es ein Gefühl gab, das er hasste, dann das.

»Der Verbrechen, welche die Silbernen begangen haben«, sagte Rose. Die Abscheu war deutlich in ihren Augen zu lesen. »Jetzt wird die Verharmlosung dieser Fähigkeiten hoffentlich ein Ende haben.«

»Aber wir haben diese Morde nicht begangen«, zischte Lorcan. »Das waren sie.«

»Es ist möglich, mit magischen Kräften zu morden«, erklärte Rose. »Das ist es, was zählt. Magie ist eine gefährliche Waffe, und sie darf nicht länger in den Händen einzelner Menschen sein, ohne dass wir minutiöse Kontrolle darüber haben.«

»Und was ist mit der Macht, die Sie in Ihrer Hand halten?«

»Nun, in diesem Fall heiligt der Zweck die Mittel«, erläuterte Rose. »Und ich habe keine Zeit, mit Ihnen darüber zu diskutieren. Webb wird bald hier sein, und wir wollen doch sichergehen, dass er genau das vorfindet, was ich für ihn geplant habe.«

Eine weitere in schwarz gekleidete Person betrat das Zimmer, in der Hand ein Tablett, auf dem zwei Spritzen lagen.

»Sie wollen uns das gleiche Mittel verabreichen, an dem Graham Foley und der Pfarrer verstorben sind«, flüsterte Lorcan.

»Nicht Ihnen«, berichtigte Rose. »Wir brauchen endlich einen Schuldigen. Und der werden Sie sein, Lorcan. Aber richtig geraten. Es handelt sich um das gleiche Mittel und wir werden es Mr. Macbain und Mrs. Sarkar verabreichen. Für Webb wird es so aussehen, als hätten sie und Mrs.

Amani ihre Freunde hier in seinem Haus in eine Falle gelockt, indem sie den Verdacht auf ihn gelenkt haben. Sie wollten die Leichen der beiden als eine Warnung zurücklassen, sich nicht mehr in ihre Angelegenheiten zu mischen. Leider kam ich nicht rechtzeitig, um Macbain und Sarkar zu retten, aber zumindest konnten meine Schutztruppe und ich Sie festnehmen.«

»Das können Sie nicht ernst meinen.« Angus war verwirrt. Nur seine Knie schienen zu begreifen, in welcher Gefahr er sich befand und begannen zu zittern. »Das würde bedeuten, dass Sie vier unschuldige Menschen getötet haben, nur um zu beweisen, dass die Silbernen gefährlich sind?«

»Oh, diese Beweisführung wäre mir noch mehr wert gewesen.« Rose lächelte kalt. »Ich bin sogar überrascht, dass sich die Stimmung in der Bevölkerung schon so weit gewendet hat. Und Sie, Mr. Macbain, sind doch auch immer ein Gegner der Magie gewesen. Vielleicht bringen Sie dieses Opfer sogar gern.«

»Nein«, brachte Angus hervor. »Ich will nicht, dass wir sterben.«

»Zu schade. Die einzige Wahl, die ich Ihnen heute lassen kann, ist, ob sie Lorcan Flynn und Itoro Amani am Leben lassen wollen. Sollten Sie sich weigern, sich die Spritze geben zu lassen, werden Sie alle vier erschossen, wie sich wohl von selbst versteht.«

Angus begriff, dass es keinen Sinn hatte, mit ihr zu reden. Der Blick, mit dem sie ihn taxierte, war vollkommen kalt. Sie würde ohne Bedenken den Befehl geben, sie zu töten.

Er machte einen Schritt nach vorne.

»Angus, nein«, flehte Lorcan. »Bleib hier.«

Auch Nisha bewegte sich auf die Männer zu.

Mit einem Knall barst das Fenster links von ihnen und der Schatten sprang mit einer katzenhaften Bewegung in den Raum. Den bewaffneten Personen wurden die Pistolen aus der Hand gerissen und die Waffen flogen zur Zimmerdecke.

Itoro reagierte als Erste und verpasste einem von ihnen einen Kinnhaken, der diesen zu Boden gehen ließ. Angus stürzte sich auf den Mann, der ihm am nächsten stand. Sein Gegenüber parierte seinen Angriff. Angus wurde gegen die Wand geschleudert, stieß sich aber davon ab und verpasste seinem Gegner einen Faustschlag ins Gesicht, der ihn zu Boden streckte. Aus dem Augenwinkel sah er, wie Sian die Pistolen durch das offene Fenster nach draußen fliegen ließ und dann einen ihrer Gegner mithilfe seiner Kraft hochhob. Kurz darauf krachte dieser auf den Boden. Lorcan und Nisha waren dabei, den dritten Mann außer Gefecht zu setzen, und Angus stürzte sich auf den vierten. Rose hatte er aus dem Blick verloren, aber auch wenn sie geflohen war, würde ihr das jetzt nichts mehr nützen.

Gerade hatte er es geschafft, den Kopf seines Gegners so fest gegen die Wand zu schlagen, dass dieser daran herabsackte, als hinter ihm ein Aufschrei ertönte.

Er drehte sich um. Rose zog eine der tödlichen Spritzen aus Sians Oberarm.

»Sian!« Angus ließ von seinem Gegner ab und lief zu seinem Bruder, der langsam auf den Boden sank. Die Spritze musste eine erhöhte Dosis des Stoffes enthalten haben, denn Sian fasste sich an die Kehle. Er rang verzweifelt nach Atem. Seine Lippen verfärbten sich blau. Angus ließ sich neben seinem Bruder auf die Knie fallen, ohne darauf zu achten, was um ihn herum geschah und zog ihm die Sturmhaube vom Kopf, damit er besser Luft bekam. Sians Augen waren angstvoll geweitet und die Hand an seiner Kehle verkrampfte sich.

Angst presste Angus' Herz zusammen. »Lorcan!«, rief er und im selben Moment kniete sein Freund auch schon neben ihnen. Er legte beide Hände auf Sians Brustkorb und schloss die Augen. Angus beobachtete angstvoll, wie sich Lorcans Gesicht vor Anstrengung verzog und dann atmete Sian endlich wieder ein, so als sei er zu lange unter Wasser gewesen. Er hustete und keuchte und Angus half ihm dabei, sich aufzusetzen.

Lorcan war vornüber gesunken, beide Hände auf den Boden gepresst und fiel immer mehr in sich zusammen.

»Lorcan!« Angus überließ Sian, der jetzt keuchend hustete, Nisha, und kroch zu Lorcan. »Atme, Lorcan. Bitte, du musst atmen.« Er hielt ihn fest, versuchte, ihn aufzurichten, damit er besser Luft bekam.

Lorcan nahm einen rasselnden Atemzug. »Schon gut«, keuchte er. »Es geht gleich wieder.«

Angus sah auf, ohne Lorcan loszulassen. Itoro hatte Rose gepackt und hielt sie fest. Rose wehrte sich nicht. »Das wird euch nichts nützen«, sagte sie. Ihr Gesichtsausdruck war hasserfüllt.

In diesem Moment kam Webb mit erhobener Waffe ins Zimmer gestürzt. »Gut, dass Sie da sind«, wandte sich Rose an ihn. »Wie ich schon berichtete, haben diese Menschen Ihr Haus durchsucht. Es sind zwei Silberne unter ihnen. Nehmen Sie sie umgehend fest, bevor sie noch mehr Schaden anrichten.«

Hinter Webb betrat Sharp das Zimmer und Angus war noch nie so froh gewesen, sie zu sehen.

»Sie enttäuschen mich, Rose«, sagte sie. »Eigentlich sollten Sie wissen, wann Sie verloren haben. Webb, legen Sie ihr Handschellen an. Und ihren Handlangern ebenfalls.«

Rose wehrte sich nicht, als Webb sie festnahm. »Sie wissen nicht, was Sie hier tun«, erklärte sie. »Wenn wir jetzt aufgeben, werden die Silbernen das als Zeichen verstehen, dass sie ungestört weitermachen können.«

»Im Moment sehe ich es als größeres Problem an, wenn *Sie* ungestört weitermachen können, meine Liebe.« Webbs Ton war grimmig. »Ist Ihnen klar, dass Sie Menschenleben auf dem Gewissen haben?«

»Aber verstehen Sie denn nicht?« Rose sah Sharp mit weit aufgerissenen Augen an. »Die Silbernen werden noch viel mehr Menschenleben fordern, wenn ihnen nicht Einhalt geboten wird.«

»Diese Stadt …«, setzte Rose an.

»Diese Stadt wird ein sicherer Ort sein, wenn Sie hinter Gittern sind«, sagte Sharp.

Weitere Polizisten waren jetzt im Raum und nahmen Rose' Helfer fest, aber das bekam Angus nur am Rande mit.

»Sian, bist du in Ordnung?«, fragte er und half gleichzeitig Lorcan auf die Beine, der schwer atmete und sich auf ihn stützte.

»Mir geht es gut«, krächzte Sian. Sein Atem ging keuchend, aber er stand aufrecht.

»Brauchst du einen Krankenwagen?«, fragte Angus Lorcan.

Der schüttelte den Kopf. »Nur ein wenig Zeit.«

Angus half ihm zu einem Stuhl. Lorcan setzte sich und legte den Kopf zurück. Er nahm tiefe, rasselnde Atemzüge und Angus blieb an seiner Seite.

»Lorcan, du hast mir das Leben gerettet«, flüsterte Sian. »Danke dafür.«

Lorcan nickte und ein winziges Lächeln zeigte sich auf seinen Lippen. »Es war mir eine Ehre, dem Schatten beizustehen«, brachte er hervor.

»Wusstest du das, Angus?« Nisha sah zu ihm hoch. »Dass dein Bruder der Schatten ist?«

»Erst seit dem Vorfall in der Lagerhalle.«

»Sian du bist wirklich für eine Überraschung gut.« Nisha strich ihm übers Haar.

»Und hatte ich dich nicht gebeten, dich hier rauszuhalten?«, fragte Angus grollend. »Du hättest tot sein können.«

Nisha hob die Hand. »Wenn Sian auf dich gehört hätte, wären wir beide jetzt tot und Lorcan und Itoro wären ins Gefängnis gewandert.«

»Ich habe Schuld an diesem Vorfall.« Sharps Züge waren ernst. »Ich übernehme die volle Verantwortung.«

»Madam, Sie konnten nicht wissen —«

»Ich hätte es zumindest ahnen müssen«, unterbrach Sharp ihn. »Begriffen habe ich es erst heute, als ich festgestellt habe, dass mein Büro abgehört wurde. Nur Rose hatte Zugang. Aber es hätte mir früher klar sein müssen.« Sie wandte sich an Sian. »Ich bin froh, dass Sie gekommen sind. Und ich werde alles tun, um zu vermeiden, dass Ihnen dadurch Unannehmlichkeiten entstehen.«

Kapitel 27

Angus war beklommen zumute, als er neben Nisha den Krankenhausflur entlanglief. Es war nicht die Umgebung. Die wenigen Male, die er bisher im Krankenhaus gelegen hatte, hatte er sich wohlgefühlt und war gut behandelt worden. Es war vielmehr der Tatsache geschuldet, dass er gleich Harlan Greenaway gegenüberstehen würde, und er hatte keine Ahnung, wie er sich dann verhalten sollte.

»Meinst du nicht, es ist besser, wenn du allein zu ihm reingehst?«, fragte er Nisha. »Ich könnte vor der Tür warten.«

»Er will dich sehen, das habe ich dir doch gesagt.«

»Ich verstehe nur nicht, warum. Der Letzte, den ich am Tag vor meiner Entlassung im Krankenhaus sehen wollen würde, ist der Ex meines Partners.«

»Er hat mich Sicherheit seine Gründe. Jetzt warte doch erst mal ab.«

Angus ließ Nisha zuerst durch die Tür gehen, nachdem sie angeklopft hatte. Er trat zögernd an Harlans Bett, einen kleinen Blumenstrauß in der Hand, der ihm jetzt unpassend vorkam. Harlan lächelte zu ihm auf.

»Danke, Angus. Das ist sehr zuvorkommend von dir.«

»Ich gehe mal eine Vase suchen«, erklärte Nisha und bevor Angus, der ihr einen entsetzten Blick zuwarf, sie aufhalten konnte, war sie schon aus dem Zimmer.

»Ich bin froh, dass wir kurz allein reden können«, sagte Harlan und setzte sich etwas auf. Er war blass und wirkte jünger in der Krankenhausrobe. Um seinen Hals trug er eine Manschette und ein großes weißes Pflaster klebte auf seiner Stirn. Angus tat er leid, aber zum Glück schien es ihm besser zu gehen. Seine Augen zumindest waren wach, als er Angus ansah.

»Du hattest recht mit allem, was du mir über Cillian gesagt hast. Ich hätte dir von Anfang an glauben sollen. Ich hoffe, dass das nicht zwischen uns steht.«

Angus lachte trocken auf. »Darüber machst du dir Sorgen? Ausgerechnet bei mir? Ich war drei Jahre mit diesem Menschen zusammen und habe nicht gemerkt, was für ein Eisblock er ist. Glaubst du, ich mache dir Vorwürfe, dass du es nach drei Tagen nicht geglaubt hast?«

»Danke.« Harlan war seine Erleichterung deutlich anzusehen. »Ich bin Kriminalbeamter. Ich hätte wissen müssen, dass ich eher dir trauen kann als ihm.«

»Professionalität nützt einem leider oft wenig, wenn Gefühle im Spiel sind.« Angus zog sich einen Stuhl zu Harlans Bett heran. »Sei froh, dass du aus der Sache rauskommst, bevor sich die Schlinge immer enger zieht.«

»Ich bin nur so enttäuscht von mir selbst«, sagte Harlan. »Bin ich so verzweifelt, dass ich auf den nächstbesten Narzissten reinfalle?«

»Leider ist er ein verdammt guter Schauspieler.« Angus lächelte traurig. »Denk nicht mehr darüber nach.«

»Ich versuche es.«

»Mach dich darauf gefasst, dass er versucht, wieder bei dir zu landen, wenn er merkt, dass du dich zurückziehst.«

»Hat er das bei dir versucht?«

Angus nickte.

»Gut, dass ich gewarnt bin«, Harlan lachte bitter.

Nisha steckte den Kopf durch die Tür und trat ein, als Harlan ihr zuwinkte.

»War nicht so leicht eine Vase zu bekommen.« Sie hielt das Glasgefäß hoch, das nur wenig Ähnlichkeit mit einer Blumenvase hatte. »Aber das hier sollte es tun. Möchtet ihr Kaffee? Unten gibt es einen Automaten.«

Wenig später waren sie alle mit Kaffee versorgt und Nisha und Angus brachten Harlan auf den neusten Stand.

»Also ist Aiden wieder frei?«, versicherte er sich.

Angus nickte. »Sein Vater und Zahira Bashar haben ihn abgeholt und ich glaube, ich habe ihn noch nie so glücklich gesehen, wie darüber, dass er seine Freiheit wiederhat.«

»Und Rose wartet auf ihren Prozess?«

»Richtig. Es gab einige Festnahmen in ihren Kreisen«, erzählte Nisha. »Wir können nicht sicher sein, ob wir alle Teilnehmer der Verschwörung erwischt haben. Sharp vermutet, dass es auch in höheren Kreisen Sympathisanten gab und dass Rose nicht die einzige Verantwortliche war. Aber bisher schweigen alle beharrlich.«

»Zumindest wird es jetzt schwerer für sie sein, weiter gegen die Silbernen zu intrigieren«, sagte Angus. »Schließlich weiß die Stadt jetzt, dass jemand versucht hat, den Silbernen Morde anzuhängen. Es wird nicht mehr so leicht sein, die Menschen gegen Magie aufzubringen.«

»Ja, das ist gut.« Harlan ließ sich auf sein Kissen zurücksinken.

»Der Senat denkt über eine Entschädigung für die Silbernen nach«, erzählte Nisha. »Wobei ich mir nicht sicher bin, ob das nicht im Sande verlaufen wird.«

Angus blieb eine halbe Stunde bei Harlan und war überrascht darüber, dass er sich gut mit ihm verstand. Sie konnten sich sogar über Comics unterhalten, auch wenn sie nicht das gleiche Genre lasen.

Er verabschiedete sich mit dem Versprechen, ihn bald wieder zu besuchen, und brach zu einem weitaus unangenehmeren Treffen auf. Er hatte Cillian geschrieben, dass er heute vorbeikommen würde, um noch ein paar Sachen abzuholen. Bisher hatte der sich nicht aus der Wohnung bewegt und Angus war ratlos. Immerhin hoffte er, dass Sian bald so weit war, dass er ebenfalls umziehen würde, sodass sie wieder im selben Haus wohnen könnten, wenn Cillian wirklich nicht auszog. Auch wenn er es schade gefunden hätte, wenn Sian seine Wohnung zurücklassen musste. Und Matt. Und er selbst hing ebenfalls an seiner Wohnung. Er hätte sie gern nach Cillians Auszug nach seinen eigenen Vorstellungen eingerichtet.

Er fühlte sich müde, als er die Treppe hochstieg, und hoffte vor allem, dass es nicht wieder eine Diskussion mit Cillian geben würde. Darauf hatte er heute keine Lust.

Er klingelte und wartete lange, bis Cillian ihm endlich öffnete. Der Anblick, der sich ihm bot, traf Angus völlig unerwartet. Cillians Haare waren zerzaust, sein Gesicht gerötet und kleine Schweißperlen standen ihm auf der Stirn. Angus spähte an ihm vorbei. Im Wohnzimmer herrschte Chaos. Ein Sessel lag auf der Seite, die Schubladen der schmalen Kommode waren allesamt geöffnet und die Vorhänge hingen in der Mitte der Gardinenstange.

»Was ist passiert? Wurde eingebrochen?« Angus schob sich an Cillian vorbei ins Zimmer. Überall standen offene, halb gefüllte Kisten Cillian hatte einige seiner Bilder von den Wänden genommen.

»Ich ziehe aus«, erklärte er. »Das ist das reinste Irrenhaus hier.«

»Was meinst du?« Angus sah ungläubig auf die Bücher, die offenbar wahllos aus dem Regal gerissen worden waren. »Was ist hier los?«

»Warte einen Moment.« Cillian stemmte die Hände in die Hüften und taxierte Angus. Dieser runzelte die Stirn, wollte noch etwas fragen, als ein weiteres Buch aus dem Regal fiel. Gleich darauf kippte eine Vase zur Seite und drehte sich einmal um sich selbst.

Angus begriff und ein kleines Lächeln erschien auf seinen Lippen.

»Was gibt es da zu grinsen?«, fuhr Cillian auf und ballte die Hände zu Fäusten. Er ging einen Schritt auf Angus zu. »So lebe ich seit zwei Tagen!«

»Offenbar spukt es bei dir.«

»Blödsinn. Ich habe mich erkundigt. Ganz selten sammelt sich offenbar Magie an Orten und sorgt dann für solche Vorkommnisse.«

»Wer hat dir das erzählt?«, fragte Angus, der von so etwas noch nie gehört hatte.

»Matt, der Hausmeister. Er meint, man kann da leider gar nichts machen, nur abwarten. Und ich bin nicht gewillt, das zu tun.«

»Das verstehe ich.« Angus musste mit Mühe sein Lächeln zurückhalten.

»Du kannst die Wohnung wiederhaben.« Cillian warf ihm den Schlüssel vor die Füße. »Ich ziehe heute ins Hotel und dann bald ins Cathedral Quarter.«

»Das klingt nach einem hervorragenden Plan. Soll ich dir beim Packen helfen?«

»Nein, danke.« Cillian warf die Vase in einen der Kartons und es klirrte. »Verschwinde, das ist die größte Hilfe.«

»Mit dem größten Vergnügen.« Angus hob den Schlüssel auf. »Alles Gute, Cillian.«

Auf dem Weg nach draußen hörte er Cillian einen lauten Fluch ausstoßen, dann zog er die Tür hinter sich zu und lief die Treppe hoch. Mit einem breiten Grinsen im Gesicht klingelte er bei Sian.

Der öffnete und lächelte ebenfalls, als er ihn sah.

»Danke«, sagte Angus.

»Wofür?« Sian blinzelte unschuldig und ließ ihn eintreten.

»Dafür, dass ich weiter in meiner Wohnung bleiben darf?«

»Oh, hast du es etwa noch nicht gehört? Da lebt jetzt ein Poltergeist.«

»Ich habe das Gefühl, dass dieser Poltergeist mich nicht stören wird.« Angus lächelte. »Ich glaube sogar, dass wir uns gut verstehen werden.«

»Das kann sein. Ich denke, dass er sich mit dir als Mitbewohner ruhig verhalten wird.«

Angus zog Sian an sich. »Und wie ich mitbekommen habe, hast du Matt inzwischen eingeweiht? Du vertraust ihm also?«

Bevor Sian antworten konnte, klingelte es.

Angus trat einen Schritt zurück und Sian öffnete. Matt stand mit rotem Kopf vor der Tür und streckte Sian einen Blumenstrauß entgegen. »Oh, du hast Besuch«, sagte er. »Dann will ich gar nicht lange stören.«

Matts Ohren waren ebenfalls erstaunlich rot.

»Du störst nicht, Matt«, versicherte Sian und nahm die Rosen entgegen.

Matts Blick wanderte zu Angus und dann wieder zu Sian. »Ich wollte dich etwas fragen.« Er räusperte sich. »Hättest du Lust, heute Abend zum Essen in meine Wohnung zu kommen? Ich würde gern für dich kochen. Lasagne, falls du die magst. Sonst könnte ich etwas anderes machen. Ich weiß, dass du deine Wohnung nicht verlässt, aber ich würde dich abholen und du müsstest nicht nach draußen, sondern nur die Treppe runter. Ich dachte, das könnte ein guter Anfang sein.«

Angus wartete gespannt auf Sians Antwort. Der straffte sich sichtbar und nickte dann. »Das würde ich gerne machen. Und ich liebe Lasagne.«

Matts Ohren wurden eine Spur röter, und er strahlte über das ganze Gesicht. Seine Schneidezähne standen ein wenig schief, aber dennoch konnte Angus zum ersten Mal verstehen, was Sian an ihm hübsch fand.

»Dann hole ich dich um sieben ab. Ich freue mich.« Matt hob die Hand, nickte Angus zu und lief dann die Treppe hinunter. Ein Stockwerk tiefer hörte Angus ihn pfeifen.

Sian schloss die Tür und drehte sich zu Angus.

»Wow.« Angus pfiff leise. »Du willst wirklich deine Wohnung verlassen? Und das nicht in deiner Verkleidung als Schatten?«

Sein Bruder nickte. »Es wird Zeit, glaube ich. Und das ist ein guter Anfang. Ich werde nicht mehr so oft als der Schatten unterwegs sein können, also muss ich mehr daran arbeiten, mich wieder vor die Tür zu trauen.«

Angus umarmte ihn. »Ich bin für dich da«, sagte er.

Kapitel 28

»Es schneit.« Lorcan sah von Angus Wohnung aus auf die Straße. Er liebte den Blick auf die alten, ein wenig heruntergekommenen Häuser, so wie er alles an dieser Wohnung mochte. Auch wenn er nicht hier wohnte, fühlte er sich zu Hause. Vielleicht lag es daran, dass ihn alles hier an Angus erinnerte. Zwar hatte dieser vor einer Weile noch mit Cillian hier gelebt, aber darauf deutete nichts mehr hin. In den Bücherregalen stand Angus' Comicsammlung, an den Wänden hingen Filmplakate und das Sofa war riesig und gemütlich. Lorcan fühlte sich selten zu Hause. Schon als Kind war sein Heim nie ein Ort gewesen, an dem er sich aufgehoben oder sicher gefühlt hatte. Sein Vater war kein schlechter Mensch, aber er war streng gewesen, manchmal regelrecht kühl. Lorcans Mutter war gestorben, als er fünf Jahre alt gewesen war, und danach hatte sein Vater sich noch mehr zurückgezogen. Nur hervorragende Leistungen hatten ihm ein paar Worte der Anerkennung entlockt, nach denen Lorcan regelrecht süchtig gewesen war. Auch heute hatten sie ein distanziertes Verhältnis.

Vielleicht hatte er es auch deswegen nie geschafft, dass seine eigene Wohnung sich heimelig anfühlte. Hier jedoch konnte er sich entspannen und das war ein wunderbares Gefühl.

»Na, das passt doch perfekt«, sagte Angus. »Haben wir heute nicht den ersten Dezember? Der Kamin brennt auch gleich.«

War es wirklich schon Dezember? Die letzten Wochen waren wie im Fluge vergangen und gleichzeitig kam es Lorcan so vor, als wären Angus und er schon länger ein Paar. Er war fast jedes Wochenende in Belfast, und wenn das nicht funktionierte, kam Angus nach Dublin. Trotzdem merkte er, dass diese Fernbeziehung auf Dauer nichts für ihn war. Angus fehlte ihm jeden Abend und seine Verlustängste machten ihm zu schaffen, wenn sie getrennt waren, auch wenn er sich wünschte, es wäre anders.

Angus trat hinter ihn und umarmte ihn und Lorcan lehnte sich zurück. Es tat gut, so gehalten zu werden.

»Habe ich dir schon mal gesagt, wie sehr ich diese Stadt liebe?«, fragte er.

»Das hast du.« Angus küsste seinen Nacken und Lorcan erschauerte leicht. Einen Moment schwiegen sie beide. Etwas lag in der Luft und Lorcan glaubte, dass Angus es auch spürte. Trotzdem traute er sich nicht, auszusprechen, was er in diesem Moment dachte.

Angus brach das Schweigen. »Genug, dass du überlegen würdest, wieder hierher zu ziehen?«

Lorcans Herz machte einen Sprung. Er drehte sich in Angus Armen um, sodass er ihn ansehen konnte. »Würde dich das nicht stören?«

»Stören?«, fragte Angus ungläubig. »Ist das dein Ernst? Damit würde mein größter Wunsch in Erfüllung gehen.«

»Wirklich?« Lorcan runzelte die Stirn. »Aber warum hast du diese Möglichkeit dann nie erwähnt?«

»Weil ich dich zu nichts drängen wollte«, erklärte Angus.« Ich weiß ja, dass du ein unabhängiger Mensch bist, und ich will nicht, dass du das Gefühl bekommst, dass ich dich einenge. Immerhin sind wir erst seit zwei Monaten ein Paar.«

Lorcan schmiegte sich an Angus. »Es kommt mir aber länger vor. Ich fände es schön, wenn wir öfter zusammen sein könnten. Wenn ich nicht am Sonntagabend zurückfahren und die ganze Woche auf Freitag warten müsste.«

Er konnte hören, dass Angus' Herz schneller schlug. »Das geht mir auch so«, sagte Angus und seine Stimme klang rau. »Ich würde mich unglaublich freuen, wenn du hierher zurückkommst, Lorcan Flynn. Und du kannst gerne bei mir einziehen. Jederzeit. Aber ich verstehe es, wenn du zunächst eine eigene Wohnung haben möchtest.«

»Du meinst, du würdest wirklich mit mir zusammenleben?«, fragte Lorcan überrascht. »Bist du dir da sicher?«

»Ja, verdammt.« Angus grinste breit. »Nichts lieber als das. Wir haben drei Jahre vertan. Dann sollten wir zumindest ab jetzt jede Minute ausnutzen.«

»Ich hoffe, du meinst das so, wie ich denke.« Lorcan lächelte verschmitzt und verschränkte ihre Hände miteinander.

»Da bin ich mir sicher.« Angus gab Lorcan einen Kuss auf die Schläfe und dirigierte ihn dann ins Schlafzimmer. Lorcans Blick wanderte zu dem hohen Fenster. Er sah die Schneeflocken, die vorüber schwebten, und erschauerte, weil es hier drin so warm und gemütlich war. Angus' Bett war groß und einladend und er stöhnte auf, als Angus ihn jetzt an sich zog und seinen Hals küsste.

Sie ließen sich Zeit damit, sich gegenseitig auszuziehen. Am Anfang waren sie oft einfach übereinander hergefallen und natürlich kam das auch jetzt noch vor, besonders wenn sie sich einige Tage nicht gesehen hatten. Aber nach einem gemeinsamen Wochenende wie diesem, genossen sie es, sich Zeit zu lassen. Nebenan prasselte der Kamin und Lorcan spürte den weichen Teppich unter seinen Füßen. Angus knöpfte langsam sein Hemd auf, küsste jedes Stück Haut, das er freilegte, und kniete schließlich vor ihm. Er öffnete den Gürtel, schob Lorcans Hose nach unten und küsste seine Erektion durch die Unterhose hindurch. Lorcan streichelte über Angus Haar und sah auf ihn hinab. Noch immer konnte er kaum glauben, dass es wirklich Angus war, der vor ihm kniete. Dass sich dieser Traum doch noch erfüllt hatte, schien zu schön, um wahr zu sein.

Eine Weile genoss er es, sich von Angus verwöhnen zu lassen, bis er spürte, dass er es nicht mehr lange aushalten würde, wenn Angus weitermachte.

»Warte«, flüsterte er und Angus sah zu ihm auf. Die Lust in seinem Blick war nicht zu übersehen und Lorcan schluckte.

»Was möchtest du tun?«, fragte Angus.

»Ich möchte in dir sein.«

Angus nickte und erhob sich. Er streifte seinen Wollpullover über den Kopf, den Lorcan an ihm liebte. Lorcan öffnete Angus' Hose, zog sie ihm nach unten.

Kurz darauf lagen sie nebeneinander auf dem Bett und Lorcan küsste Angus' Hals und seine Brustwarzen, während er ihn liebevoll vorbereitete. Er ließ sich dabei viel Zeit, weil er wusste, dass Cillian einiges an Vertrauen in Angus zerstört hatte. Noch immer merkte er manchmal an Angus' Reaktionen, dass dieser fürchtete, Lorcan könne ihm wehtun oder zu wenig Rücksicht nehmen.

»Gut so?«, fragte er leise an Angus' Ohr.

»Ja. Es ist wunderbar.«

Und dann endlich war er über Angus ... in ihm und konnte auf sein Gesicht herabsehen, auf das Verlangen, das sich in seinen blauen Augen spiegelte. Nie wieder würde er diesem Mann von der Seite weichen, wenn er eine Wahl hatte.

Später lag er mit dem Kopf auf Angus Brust, lauschte auf das Knacken des Feuerholzes im Kamin und war so entspannt, wie nur nach dem Sex mit Angus. All seine Unsicherheit wurde danach für eine Weile verdrängt und er war müde und zufrieden. Angus streichelte träge seine Schultern und Lorcan glaubte, dass er kurz davor war, einzuschlafen.

»Hast du das vorhin ernst gemeint?«, fragte er dann jedoch plötzlich. »Könntest du dir wirklich vorstellen, nach Belfast zurückzukommen.«

»Ja«, sagte Lorcan. »Ich denke seit einer Weile darüber nach.«

»Aber du hast deine Arbeit in Dublin. Und deine Wohnung.«

»Um ehrlich zu sein, wollte ich schon länger umziehen. Ich bin sicher, dass ich hier an der Universität eine Stelle bekommen könnte, an der ich meine Forschungen fortsetzen kann.«

Lorcan hatte sich bereits an der Universität erkundigt, ob es eine Stelle für ihn gab. Seine Chancen standen gut.

»Tu es doch einfach.« Angus legte eine Hand an seine Wange. »Ich hasse es, dass du heute Abend fahren musst. Ich wünschte, wir könnten morgen nebeneinander aufwachen. Ich brauche nicht noch mehr Zeit, um zu wissen, dass du derjenige bist, mit dem ich zusammen sein will.«

Lorcan hob den Kopf und blickte Angus an. »Gut.« Er lächelte. »Ich ziehe nach Belfast.«

Angus zog ihn zu sich und küsste ihn.

Leseprobe:
J.L. Carlton
Königliches Blut
Am Rande des Waldes angekommen, blieb Sam schwer atmend stehen. Trotz der kühlen Nacht perlte Schweiß auf seiner Stirn und verklebte seine langen Haare. Sein struppiger Vollbart juckte. Er brauchte dringend ein ausgiebiges Bad.

Die Sonne war schon untergegangen, doch der Vollmond hell genug, um Sam die Richtung zu weisen. Vor fünf Kilometern war ihm das Benzin ausgegangen. Seine abgetragene Ledermontur war eher dafür gemacht, um auf dem Motorrad zu fahren und nicht, um es mühsam über den schmalen und unebenen Waldweg zu schieben. Aber das Motorrad war sein wertvollster Besitz und es zurückzulassen war keine Option – eine Tankstelle zu suchen sinnlos. Seine illegal beschafften Bezugsscheine für Benzin waren aufgebraucht. Treibstoff war rar, trotzdem waren Fahrzeuge aller Art heiß begehrt. Hätte er sein Motorrad im Wald zurückgelassen, hätte es binnen kürzester Zeit – unfreiwillig – den Besitzer gewechselt, selbst wenn es gut versteckt gewesen wäre. Es gab genug lichtscheues Volk, das einen Riecher für unbewachte Wertgegenstände hatte. Früher, als er noch jung, idealistisch und stolz darauf gewesen war, dem schottischen Königshaus als Polizist zu dienen, war es seine Aufgabe gewesen, solche Menschen ins Gefängnis zu stecken. Heute war er selbst ein Verbrecher und verdiente seinen Lebensunterhalt durch Auftragsmorde. Es war kein schönes oder sicheres Leben, aber er hatte seine Entscheidung, dem staatlich verordneten Recht und Gesetz den Rücken zu kehren, nie bereut. Leichten Herzens hatte er Haus und Heim verlassen und gegen ein unstetes und gefährliches Nomadenleben eingetauscht. Seitdem er damals Xavier seiner Art von Gerechtigkeit zugeführt hatte, war er in gewissen Kreisen unter dem Namen *Mink* bekannt. Eine Karriere als Profikiller hatte zuerst nicht in seiner Absicht gelegen – es hatte sich einfach so ergeben. Nach Xaviers Tod hatte sein erster Auftrag nicht lange auf sich warten lassen und irgendwie war es immer so weitergegangen. Ab und zu lehnte er eine Anfrage ab, doch meist nahm er an.